Der Fall Garnisonkirche

Christine Anlauff

DER FALL GARNISONKIRCHE

Ein Verloren-in-Potsdam-Krimi

berlin.krimi.verlag
be.bra verlag

Bibliografische Information der Deutschen Nationalbibliothek

Die Deutsche Nationalbibliothek verzeichnet diese Publikation in der Deutschen Nationalbibliografie; detaillierte bibliografische Daten sind im Internet über http://dnb.d-nb.de abrufbar.

KulturBrauerei Haus 2
Schönhauser Allee 37, 10435 Berlin
post@bebraverlag.de
Lektorat: Gabriele Dietz, Berlin
Umschlag: Ansichtssache, Berlin
Satz: psb, Berlin
Schrift: Stempel Garamond 10/12,7 pt
Druck und Bindung: Finidr, Český Těšín
ISBN 978-3-89809-537-2

www.bebraverlag.de

Allen bedeutenden Taten wohnt ein magischer initialer Moment inne: Ein banaler Satzfetzen, von einem vorbeischlendernden Dichter aufgeschnappt, zündet den Funken für einen epochalen Roman.

Ein Soldat schnitzt in einer Kampfpause in Gegenwart eines gewitzten Fürsten an einem Pferd für seinen Sohn, und kurz darauf zerfällt Troja zu Asche. Ein griechischer Mathematiker steigt ins Bad, fühlt seinen Körper erstaunt auftreiben, und zweitausend Jahre später kreuzen Stahlkolosse von hunderttausend Tonnen über die Weltmeere, als wären es Enten.

Oder das Lesen einer Annonce.

Es ist nur ein unauffälliger Vierzeiler in einer dieser kostenlosen Wurfzeitungen, die man mit hinaufgenommen hat, um seine regennassen Schuhe auszustopfen. Zufällig bleibt der Blick beim Auseinandernehmen der Zeitung auf der Seite mit den Inseraten hängen. Und dann auf dieser speziellen Anzeige.

Die erste Reaktion: Neugier, gemischt mit leichtem Bedauern. Eine Yacht, selbst eine so betagte wie diese, sprengt den Rahmen der Möglichkeiten. Dann Staunen angesichts der technischen Daten. Und plötzlich senkt sich ein rostiger Anker in die Seele.

Auf einmal ist alles wieder da: Der Wind, die vertrauten Gespräche, das abendliche Knallen der Sektkorken, nahezu ungetrübtes Glück. Zu viel Hoffnung, in zu kurzer Zeit ausgegeben. Bis, ohne Vorankündigung, der Schlag in die Magengrube kommt. Die Welt trübt sich ein und verliert die Konturen. Natürlich ist das nur ein vorübergehender Zustand, aber man weiß jetzt, wie Galle schmeckt.

Was man noch nicht weiß: dass dem ersten Jahre später ein zweiter Schlag folgen wird.

Wie von selbst wandern die Augen von der Anzeige zur Wand über dem Schuhregal, wo zwischen anderen das Filmplakat von *Dead Man Walking* hängt.

Verdammt. Jeden Tag gehst du an diesem Poster vorbei, warum hast du seine Botschaft nicht früher begriffen?

Weil es noch nicht dran war. Weil der magische Moment fehlte. Erst jetzt ist er gekommen, in Form dieser Anzeige. Genau zur richtigen Zeit.

Tja, *dead man*, noch ahnst du es nicht, aber du hast soeben die Zielgerade betreten. Genieße sie!

1

1. 6. 2016

Liebe Freunde,

fast siebzig Jahre lang defilierten wir trauernd am Grab unserer Garnisonkirche vorbei.

Ich korrigiere mich: 23 davon hatten wir wenigstens noch ihre Ruine, und – Dentisten werden mir zustimmen – solange eine Ruine steht, besteht Hoffnung auf Sanierung.

Ach, wäre Walter Ulbricht doch Zahnarzt gewesen!

Aber nein, er musste ausgerechnet Staatsratsvorsitzender werden – ein Beruf, den er mangelhaft in der Sowjetunion erlernt hatte, dafür umso intensiver den Umgang mit Sprengstoff.

Bums, noch mal bums (nachdem der Glockenturm beim ersten Mal störrisch geblieben war), und aus war es mit einem »der bedeutendsten Wahrzeichen Potsdams«. Am 23. Juni 1968 hatte das Volk in Potsdam über den preußischen Klerus gesiegt.

Gott sei Dank jedoch gab und gibt es eine lokale Erinnerungskultur! Und deren Hüter haben ihren Portemonnaies die letzten Groschen entnommen, um sich und uns die Identität zurückzukaufen, die wir so lange entbehren mussten. Ihretwegen treten wir nun endlich wieder aus der Körperlosigkeit und werden, was wir einst waren: Ein stolzer barocker Mittelfinger im Herzen Europas.

»F… u«, ruft er all jenen zu, die trübselig der Moderne anhängen. »Die Moderne ist seit achtzig Jahren tot, es lebe Preußens Gloria!«

Nun denn: Am 23.6. um zehn Uhr läuten die Glocken zum feierlichen Spatenstich. Werdet Ihr dabei sein, wenn wir andächtig und von Dankbarkeit durchdrungen die Hymne singen, die seit dreihundert Jahren unser Leitmotiv ist: »Üb immer Treu und Redlichkeit«?

Euer Just

Ich tippte auf *Beitrag erstellen*, sah ihn in meinen Blog rieseln und ging in die Küche, um Kaffee zu kochen. Der vierte heute, dabei war es erst kurz nach elf. Langsam bildete sich ein säuerlicher Belag auf meiner Zunge. Aber ich hatte nichts anderes im Haus.

Auf den Einkaufsblock am Kühlschrank kritzelte ich »Bitterlemon«, schaufelte Kaffeepulver in meine Tasse, schüttete die Hälfte wieder in die Dose zurück, gab einige zermahlene Kardamomkapseln dazu und wartete, bis das Wasser kochte. Als ich auf den Balkon zurückkehrte, blinkte mir von der Kommentarleiste des Blogs der erste Eintrag entgegen.

Agro: Meinst du das ernst?

Ich griff in die Tasten:

Agro, mein Freund. Wie lange begleitest du meinen Blog schon?

Eine Minute später:

Agro: Ich wollte nur sichergehen. Wir sehen uns am 23. bei der Auferstehung des Militarismus!

Ich trank einen Schluck Kaffee und verbrühte mir die Lippen. Schade. Das mit dem Militarismus hätte er nicht schreiben sollen.

Auf Polemik reagiere ich empfindlich, eine Nebenwirkung meines Broterwerbs als Literaturkritiker, das müsste Agro eigentlich wissen. Ich ignorierte ihn und holte mir stattdessen den Roman, der für nächste Woche auf meiner Rezensionsliste stand.

Es war das Debüt eines fünfundzwanzigjährigen Fräuleinwunders, von der Presse stürmisch als neue Bachmann gefeiert, obwohl die Welt, wie ich fand, bereits an der alten genug hatte.

Nach drei Seiten schlug ich das Buch wieder zu.

Die kleine Bachmann hatte was mit dem Verleger, einigen Verlagsvertretern und Feuilletonisten, anders konnte es nicht sein. Das Foto über dem Klappentext sprach dafür. Nach einiger Überlegung beschloss ich, ihr eine Chance zu geben, falls sie innerhalb der nächsten Tage an meiner Tür klingelte, um mich an den Wonnen ihrer Gönner teilhaben zu lassen. Falls nicht, würde ich sie verreißen.

Während ich mir ihren Besuch genüsslich ausmalte, bemerkte ich aus den Augenwinkeln eine Bewegung im Blog.

Mindbeard: Wieder einmal ein geniales Stück, Meister! Mit »F…« meintest Du wahrscheinlich »Friedrich«, aber was bedeutet das »…u«?

Ich lehnte mich zurück. Mindbeard war mir sympathischer als Agro, schon wegen seines Nicknames. Er hatte eine ordentliche Antwort verdient. Seit der Geburtsstunde von »Verloren in Potsdam« hatte ich Gelegenheit genug gehabt, mir Gedanken über Pseudonyme zu machen. Und ich war zu der Absicht gelangt, dass sie über ihren Schöpfer mindestens genauso viel aussagten wie die Texte, die sie autorisierten.

Agro zum Beispiel schätzte ich auf dreißig bis vierzig, Teilnehmer diverser Anti-Settlement-Demonstrationen, aus Frust darüber, dass er es selbst nie in die Mittel-, geschweige denn Oberschicht geschafft hatte. Unergiebige, kurze Frauengeschichten, keine Kinder. Vermutlich arbeitslos, worauf sein mittägliches Surfen im Internet hindeutete, oder in sporadischen Honorarjobs unterwegs. Messebau, Dielenlegen bei Bekannten, so etwas.

Mindbeard dagegen brütete in meiner Phantasie über einer zähen Dissertation, von der er sich gern ablenkte, liebte Fantasyromane und hörte gitarrenlastigen Punkrock.

Das waren nur zwei von einem Dutzend Psychogrammen, für die ich im Übrigen absolut keine Geltungshoheit beanspruchte, wie Anja mir immer unterstellt hatte.

Anja. Ich vergaß ihr Gesicht allmählich, leider mailte sie mich immer noch an. Selten zwar und meist nur, um sich Bücher empfehlen zu lassen, aber hin und wieder erkundigte sie sich auch, wie es mir ging.

Die ersten Mails dieser Art hatte ich mit »blendend« beantwortet. Dann war mein Finger nach dem Lesen irgendwann einmal auf die Löschtaste gerutscht. Seitdem war Ruhe.

Und ich hoffte aus ganzer Seele, dass es so blieb.

Ich: »Lieber Mindbeard, F… u!«, heißt »Fater unser!« Was sollte ein Kirchturm sonst rufen?

Eine Minute später.

Mindbeard: Ein Kirchturm mit Sprachfehler?
Ich: Zwangsläufig, wenn er vom handgeschriebenen Zettel eines legasthenischen Königs abliest.
Mindbeard: Aach Soh.

2

Am 23. Juni erwachte ich um halb sieben im Spot einer unbarmherzigen Morgensonne.

Ich wälzte mich auf die Seite und schwor mir zum hundertsten Mal, Vorhänge kaufen zu gehen. Die alten hatte Anja mitgenommen. Während ich mich vergeblich bemühte, an das Ende meines letzten Traums anzuknüpfen, ärgerte ich mich erst über sie, dann über das aufdringliche Licht. Nicht nur, weil es mich am Schlafen hinderte, sondern vor allem, weil ich etwas anderes erwartet hatte.

Platzregen, wütende Wolkenkumulationen, eine Sonnenfinsternis oder wenigstens bleierne Gräue, irgendetwas, das dem bevorstehenden Ereignis angemessener gewesen wäre als ein weiterer strahlender Sommertag. Schließlich begann in wenigen Stunden der Showdown eines städtischen Streits, den ich vier Jahre lang kommentiert hatte: die Feierlichkeiten anlässlich des Spatenstichs zum Wiederaufbau der Garnisonkirche.

Wie sollte ich an jenem Morgen auch ahnen, dass an genau diesem strahlenden Sommertag etwas seinen Anfang nahm, das weitaus düsterer werden würde als eine Sonnenfinsternis?

Beobachtet hatte ich das Gerangel um die Kirche natürlich schon länger, aber richtig eingestiegen war ich erst mit der Eröffnung meines Blogs, als es in die dritte Runde gegangen war.

Was nahe legt, dass es zuvor schon zwei gegeben hatte.

Den Auftakt zur ersten hatte um 2000 herum ein Oberstleutnant a. D. gemacht, als er die heroische Idee hatte, das rekonstruierte Glockengestühl der 1968 gesprengten Militärkirche wieder in ein naturidentisches Gewand zu stecken. Von dort aus gedachte er gegen die Aufweichung der urchristlichen, also preußischen Tugenden anpredigen zu lassen.

Allerdings hatte er nicht mit der Potsdamer Bürgerschaft, der Evangelischen Kirche und der Stadtregierung gerechnet. Letztere konnten die Reanimierung einer Militärkirche schon aus reinem Selbsterhaltungstrieb nicht billigen. Um den patriotischen Ex-Oberst aus dem Feld zu räumen, gründeten sie kurzerhand einen Förderkreis für den Wiederaufbau des umstrittenen Gotteshauses. Umstritten, weil der greise Hindenburg im März 1933 den schwerwiegenden Fehler begangen hatte, sich vor dem Kirchportal von einem frisch inthronisierten Reichskanzler mit Seitenscheitel die Hand schütteln und dabei auch noch fotografieren zu lassen.

Der Plan ging auf. Angesichts der geballten Übermacht streckte der Oberst die Waffen und verschwand von der Bildfläche. Stadt und Kirche beglückwünschten sich. Allerdings ergab sich bald ein neues Problem. Wenn nicht für Soldaten, wozu sollte die zukünftige neue alte Kirche dann dienen? Bis zur Sprengung hatte in ihrem kriegsversehrten Turm immerhin noch eine Gemeinde Gottesdienste gefeiert. Die jedoch hatte sich inzwischen durch chronischen Mitgliederschwund aufgelöst, was den Verdacht nahelegte, dass es Potsdam weniger an Kirchen als an Gläubigen mangelte.

Es ist unbekannt, wem die Lösung für dieses Dilemma kam, vermutlich der Kirche: Versöhnung!

Die neue Garnisonkirche würde ein Versöhnungszentrum werden und damit praktisch der Gegenentwurf zu ihrer Vorgängerin, obwohl sie genauso aussah. Dagegen konnte nun wirklich niemand etwas sagen, zumindest keiner, der sie noch alle beisammen hatte. Und wer sich mit wem und weshalb versöhnen sollte, würde sich später zeigen.

Ein Jahr darauf wurde der Grundstein in Form eines gotischen Bogens gelegt, der das Portal des ehemaligen und künftigen Kirchturms markierte, und feierlich ein Nagelkreuz zum Zeichen der internationalen Versöhnung nach den Kriegen des 20. Jahrhunderts daran gehängt.

Dann folgte eine Pause.

In Potsdam gab es schließlich noch anderes aufzubauen, zum Beispiel das Stadtschloss. Aus Beton leider, aber dank eines potsdamaffinen Milliardärs immerhin mit originalgetreuer Fassade. Und eine Verwendung war auch schon gefunden: Oben auf dem Brauhausberg saßen die Landtagsabgeordneten auf gepackten Kisten und freuten sich auf den Umzug in die ehemals königlichen Gemächer.

Mit der Zeit wurde jedoch deutlich, dass einige Potsdamer tatsächlich nicht mehr alle beisammen hatten. Statt sich über die barocken Verschönerungen zu freuen, beschimpften sie sie als teure Schönheitsoperationen und unterstellten den »Chirurgen« die absichtliche Sektion aller Körperteile, die an eine bestimmte Entwicklungsphase ihrer Stadt erinnerten. Denn für das Stadtschloss würden über kurz oder lang das Hotel Mercure und die Fachhochschule am Alten Markt fallen, für die Garnisonkirche das Rechenzentrum in der Breiten Straße. Zufälligerweise alles DDR-Gebäude.

Der Gong zur zweiten Runde erklang 2008.

Der Förderkreis hatte inzwischen ein erkleckliches Sümmchen für die Kirche beisammen, und man schritt zügig zur nächsten Gründung. Diesmal die einer Stiftung, in der auch das Land als Finanzquelle vertreten war. Im Überschwang der Stunde bestimmten die frischen Stifter das 600. Jubiläumsjahr der Reformation für die Fertigstellung des Kirchturms: 2017.

Mein Blog startete 2012, als diese zweite Runde gerade geschmeidig in die dritte überging.

Die immer wieder aufflackernden Proteste der Kirchengegner begannen sich in ersten Stadtverordnetenbeschlüssen niederzuschlagen, von denen einer jegliche Unterstützung aus dem Stadtsäckel für den Wiederaufbau der Garnisonkirche ausschloss. So weit, so gut.

Offen blieb allerdings die Frage, wo der Wiederaufbau begann. Mit dem Ausschachten der Baugrube, oder schon bei der Planung? Als im Sommer 2012 die Breite Straße verengt wurde – unerlässlich, um Baugrund für den Kirchturm zu schaffen –, hoben die Proteste jedenfalls wieder an. Ich hörte, sah und schrieb. Eine Bürgerinitiative brachte in einer spektakulären Sammelaktion 14.000 Unterschriften für ein Bürgerbegehren zusammen, in dem der Bürgermeister zur Auflösung der Stiftung aufgefordert wurde, in der er selbst Mitglied war. Ich las, sah, staunte und schrieb.

Wie erwartet, scheiterte die Auflösung der Stiftung am Votum ihrer übrigen Mitglieder. Zwei Großspender tauchten auf. Die Befürworter jubelten, die Gegner gründeten ihrerseits einen Verein. Ich schrieb. Zwischendurch rezensierte ich Bücher.

Die Großspender zogen Kleinspender nach sich. Darauf steuerte das Land Brandenburg seinen versprochenen Anteil der nötigen vierzig Aufbau-Millionen bei, und nach einer letzten erfolgreichen Fundraising-Kampagne des Förderkreises war der Kampf gewonnen. Und dieser Sieg sollte nun, am 23. Juni mit einem feierlichen Spatenstich manifestiert werden.

Schade.

Ich hatte die taktischen Winkelzüge beider Seiten in der Kirchenschlacht fasziniert beobachtet, ihr Ende fühlte sich an wie der Tod eines lieben Verwandten.

Was die Kirche selbst betraf, sah ich die Sache pragmatisch. Ich kannte Schlimmeres als Barock, zum Beispiel Neo-Gotik. Und für Hindenburgs Aussetzer am Tag von Potsdam schämte ich mich zwar, aber in meinen Augen gehörte er eher in den geronto-psychiatrischen als politischen Bereich. Umso mehr ärgerte mich deshalb seine Vermarktung, erst von den Nationalsozialisten, dann von den Sozialisten, in deren Folge die Kirche eine Bedeutung genoss, die ihr nicht zukam. Sie war einfach eine barocke Stadtkirche wie viele andere gewesen. Und seit siebzig Jahren war sie weg, gefolgt von ihrer letzten Gemeinde.

Aus diesem simplen Grund war ich gegen den Wiederaufbau. Einem toten Meerschwein kauft man auch keinen Käfig.

Dagegen liefen Scharen von Studenten und Touristen durch die Stadt, die an warmen Tagen Durst bekamen. Warum also nicht lieber einen Biergarten an die Stelle? Meinetwegen einer, in dem lokal gebrautes Versöhnungsbier ausgeschenkt wurde, mit dem Einheimische und die internationalen Nachfahren der Opfer beider Weltkriege einträchtig anstoßen konnten? Mir wären tausende Gestaltungsmöglichkeiten für den ehemaligen Kirchplatz eingefallen, aber mich hatte keiner gefragt. Also blieb mir nur, mich auf den Spatenstich und die anschließende Blog-Kolumne zu freuen und zu hoffen, dass Anja nicht kam.

Dreieinhalb Stunden später stellte ich fest, dass Anja mein geringstes Problem darstellte.

Obwohl ich für meine Verhältnisse pünktlich war, kam ich nur bis zum Rechenzentrum. Dort blieb ich in der Rückfront einer Menschentraube stecken. Schräg rechts vor mir rang ein honigblondes Mädchen zwischen zwei übergewichtigen Männern um Luft. Sie reichte ihnen kaum bis zur Brust. Ein Küken, aber ein attraktives, soweit ich es in ihrem Sandwichzustand ausmachen konnte. Links versuchten ein paar Spätjugendliche vom Typ Agro vergeblich, ein Transparent zu entrollen.

Ich tippte einen der Übergewichtigen an.

»Entschuldigen Sie: Die junge Frau zwischen Ihnen und Ihrem Kollegen droht zu ersticken.«

Der Dicke brummte etwas und schob sich einige Zentimeter zur Seite, wobei er einer Dame auf den Fuß trat. Immerhin entstanden eine Atemblase und genug Raum für das Mädchen, sich nach mir umzudrehen. Mitte zwanzig, schätzte ich. Kurze Haare, braune Augen, grüne Bluse zu abgeschnittenen Jeans, sehr schlank. Etwas *zu* schlank für meinen Geschmack, aber mit Frauen war ich sowieso durch.

»Danke.«

»Jederzeit.«

Sie ließ ihre Augen auf mir ruhen. »Irgendwoher kenne ich Sie.«

Ich lächelte. »Falls Sie, wie ich, aus Potsdam stammen, sind wir wahrscheinlich verwandt.«

Statt einer Entgegnung hob sie eine Augenbraue und lüftete damit ein kleines persönliches Geheimnis. Nur wenige Menschen schaffen es, ihre Augenbrauen einzeln zu heben, sie gehörte dazu. Allerdings wusste ich nicht so recht, was ich mit dieser Entdeckung anfangen sollte.

»Befürworter oder Gegner?«, fragte sie.

»Wovon«, entgegnete ich. »Des Lebens, der vegetarischen Ernährung, Leinenzwang bei Hunden?«

Ihre Braue zuckte. »Witzig.«

»Na gut. Beobachter mit Tendenz zum Gegner.«

»Einer aus der dritten Reihe also.« Sie wandte sich um und zog ein Smartphone aus der Hosentasche.

Offensichtlich hielt sie unser Gespräch für beendet. Auch gut.

Die Postjugendlichen neben mir hatten es derweil geschafft, ihr Transparent zu entrollen, was für Unruhe unter ihren Vordermännern sorgte.

»Pöbeln!«, blaffte ein älterer Herr. »Pöbeln, pöbeln, das ist alles, was ihr könnt. Keine Ahnung, immer eine Meinung! Die Garnisonkirche hat nie den Nazis gedient. Aber für euch ist ja alles braun, woran Hitler mal vorbeigespuckt hat!«

Sein Ausbruch erntete zustimmendes Gemurre der Umstehenden.

Vorn, am eigentlichen Ort des Geschehens, quäkte ein Lautsprecher auf. Ein paar Takte von »Üb immer Treu und Redlichkeit« erklangen und brachen wieder ab.

»Welche Farbe würdest du dem Tag von Potsdam denn zuordnen, Opa?«, fragte einer der Bannerträger, ein bärtiger Trotzki-Verschnitt um die dreißig.

Der Alte schnaubte und steckte damit seine Nachbarn an.

»Der 21. März 33 war einer von tausenden Tagen in der Geschichte dieser Kirche. Und außerdem hatte er rein gar nichts mit einem Bekenntnis zum Faschismus zu tun!«

»Nee, nur dass sich Hindenburg und Hitler hier die Hand geschüttelt haben.«

Trotzki grinste und steckte damit wiederum seine Mannen an. In null Komma nichts teilte die Menge sich in zwei Lager: die Schnauber und die Grinser. Das Mädchen mit den Honighaaren spähte über die Schulter. Sie gehörte zu den Grinsern.

»Zur Verabschiedung!«, schrie der Alte. »In wohlerzogenen Kreisen gibt man sich zum Abschied die Hand! Davon habt ihr bei eurer verlotterten Erziehung wohl noch nie was gehört! Und dass ausgerechnet dieses Foto überall abgedruckt wurde, war nichts als Anti-Preußen-Propaganda von Ulbricht und Co!«

»Antimilitarismus-Propaganda«, korrigierte einer von Trotzkis Kumpeln.

»Außerdem gab's das Foto auch in westdeutschen Schulbüchern zu sehen.«

Der Greis lief dunkel an. Zu meinem Bedauern ging sein nächster Wortschwall in »Üb immer Treu und Redlichkeit« unter, diesmal in ganzer Länge. Danach wirkte er irgendwie erschöpft. Trotzki und sein Clan hatten ihn schon vergessen und skandierten Verse, die meine sprachgeschulten Ohren schmerzten.

Ich fingerte meinen Presseausweis aus der Hosentasche und begann mich durch die Menge zu pflügen. Ein Abenteuer, das nur stockend voranging und mir etliche Knüffe und Flüche eintrug, obwohl ich wie ein Tonband ununterbrochen Entschuldigungen leierte.

»Pardon.«

»Komm früher, wenne wat sehn willst!«

»Verzeihung.«

»Scheiß Presse.«

»Ich bin vom Radi…«

»Au!«

»Sorry.«

Gefühlte Stunden später langte ich in der dritten Reihe vor dem Baufeld an und erblickte zwischen Köpfen hindurch den Oberbürgermeister, der eben die Wiedergewinnung eines Potsdamer Wahrzeichens pries. Flüchtig ging mir die Bemerkung des Mädchens durch den Kopf: »Einer aus der dritten Reihe.«

Was hatte sie damit gemeint?

»… unsere Stadt wieder im alten Glanz erstrahlt«, schloss der OB und warf einen nachdenklichen Blick über die Menge. Vielleicht hatte er Trotzkis Banner erspäht oder eines der anderen mit zweifelhafter Botschaft. Anzunehmen, dass er auch die Buhrufe und abgehackten Sprechgesänge hörte, die sich aus dem hinteren Drittel des Publikums in den Applaus der Kirchenfreunde mischten.

Es sah aus, als zähle er innerlich bis zehn, dann trat er zurück und überließ das Mikrofon einer verwegen geschminkten Frau mit Hut.

Sie sprach als Vertreterin des Vereins zur Wiedergewinnung der historischen Potsdamer Mitte. Ich straffte mich. Mein Lieblingsverein der letzten Jahre. Dank seiner wusste ich überhaupt erst um den desaströsen Zustand der Stadt, die seit den letzten Kriegstagen augenscheinlich nur noch aus historischen Rändern bestand. An einem davon wohnte ich, in einem knapp dreihundert Jahre alten Typenhaus. Es war dieser Verein gewesen, der mich von dem jahrelangen Irrtum geheilt hatte, mich als Bewohner der Innenstadt auch gleichzeitig als Bewohner der Stadtmitte zu wähnen. Denn die gab es nicht mehr. Eine schockierende Erkenntnis, aber Gott sei Dank hatten sich endlich Leute gefunden, die der historischen Mittelosigkeit ein Ende machen wollten.

Gespannt wartete ich darauf, was ihre Rednerin zu sagen hatte.

Aber sie sprach einen unbekannten Dialekt, oder das Mikrofon war defekt, alles, was ich verstand, war »großer Schritt« und »drei Kirchen-Blick«.

Ihr folgte ein ehemaliger Innenminister. Ich zog mein Notizbuch heraus und machte mir ein paar Stichpunkte. Zwar sagte der Minister im Wesentlichen dasselbe wie der Bürgermeister, benötige dafür aber nur die Hälfte der Zeit, weil er auf Nebensätze verzichtete. Womöglich aus taktischen Gründen, denn die Sprechchöre im hinteren Teil des Auditoriums hatten sich eingesungen und gingen allmählich zum Crescendo über.

Neben mir schrieb ein junger Mann mit Sonnenbrille und Karohemd emsig auf einen Block. Bis eben hatte dort noch eine ältere Dame gestanden. Als er absetzte, trafen sich unsere Blicke.

»Für wen arbeitest du?«, fragte er und deutete auf mein Heft.

»Radio. Und du?«

»Für die Gegenseite. Welcher Sender?«

Ich sagte es ihm. »Nur nicht heute«, fügte ich hinzu. »Heute bin ich im Auftrag meines Blogs hier.«

Die Brille rutschte ihm auf die Nase. Routiniert schob er sie wieder hoch. »Du hast einen Blog? Wow, was für einen?«

Ich winkte ab. »Verloren in Potsdam. Eine Art satirische …«

»Ich fass es nicht!« Die Brille rutschte wieder herunter. Er gab auf und riss sie sich aus dem Gesicht.

»*Du* bist Just Verloren? Bevor ich losgegangen bin, hab ich noch dein Wort zum Tage gelesen. Herrlich, diese Überzeichnung! Und dabei so subtil, dass man dich am Anfang für einen Befürworter der Kirche halten könnte!« Er schüttelte unaufhörlich den Kopf. »Was für ein Zufall! Ich meine, du hast ja angekündigt, hier zu sein, aber trotzdem … Claudius«, sagte er und griff nach meiner Schreibhand. »Du kennst mich unter meinem Nicknamen. Leviathan.«

Seine Begeisterung warf mich ein wenig aus der Bahn. Vor allem, weil ich sie nicht teilte. Blog ist Blog, das Leben außerhalb davon gehört mir. Allein. Ich erwiderte den Händedruck höflich. Wenigstens war es nicht Agro.

»Tja, so lernt man sich kennen. Interessant, wer sich hinter einem Titel von Paul Auster so verbirgt. Oder war es Thomas Hobbes?«

»Hobbes. Ich habe …«

»Oh, wenn ich mich nicht täusche, schreiten sie da vorn zur Tat!«

Leviathan verschluckte den Rest des Satzes und schlug hastig eine Seite seines Blocks um.

Um uns herum brachen sich die Sprechchöre der Kirchgegner an den ersten Tönen eines klassischen Musikstücks, das ein fünfköpfiges Ensemble von der Tribüne spielte, während der Bürgermeister vom ehemaligen brandenburgischen Ministerpräsidenten einen Spaten entgegennahm.

Mit seiner ernsten Gemächlichkeit erinnerte mich der Vorgang mehr an eine Beerdigung als eine Geburt. Der Spatenstich konnte auch einem Grab gelten. Damals dachte ich mir nichts bei diesem Vergleich.

Ich notierte ihn nur, dann blickte ich mich um. Mir war, als hätte ich über dem allgemeinen Lärm noch etwas gehört.

Möglicherweise war ich deshalb einer der Ersten, der sie kommen sah.

Eine Standarte, dann noch eine, aus der Richtung des neuen Landtags. Als nächstes einen Reiter in Uniform. Dass er ritt, schloss ich aus seiner Größe und dem Rhythmus seiner Bewegungen.

»Jetzt wird es spannend«, raunte ich Leviathan zu.

»Oh«, machte er, als er sich umblickte, und seine blassen Wangen flammten auf.

Inzwischen hatten es auch andere mitbekommen. Die Menge geriet merklich in Erregung, in die Parolen der Gegner mischten sich Buhrufe der Befürworter, bis nicht mehr auseinanderzuhalten war, wer wen ausbuhte und das alles untermalt von den melancholischen Harmonien der Tribünenmusiker.

Ich stellte mich auf die Zehenspitzen, doch außer der Standarte und dem Reiter konnte ich nichts ausmachen.

Wir hörten nur, Leviathan und ich: fernes Gezeter, näheres Murren, ein in ein Megaphon gebrüllter Befehl in Richtung der Standarte, die Veranstaltung zu verlassen, dazwischen Haydn oder was immer die Musiker spielten und schließlich etwas, das wie ein Marschlied klang. Es war eine berauschende Kakophonie, vor allem angesichts Leviathans Aufregung.

»Das ist ›Heilig Vaterland‹«, keuchte er. »Ein Lied aus dem Dritten Reich.«

»Was du nicht sagst.«

Ich spähte nach der Standarte. Sie war weg. Dafür blitzte zwischen den sommerlich gekleideten Zuschauern hin und wieder etwas Schlammfarbenes auf, und endlich sah ich für eine Sekunde ein Pferd ohne Reiter inmitten einer Lawine aus stolpernden, teilweise ineinander verknoteten Menschen. Die Musiker brachen ihr Konzert ab und standen auf, um einen hochroten Bürgermeister ans Mikrofon zu lassen.

»Falls das eine Form des Protestes sein soll, nur ein Wort: Als NS-Horde verkleidet friedliche Bürger zu schockieren, Bürger, die zum Teil selbst noch unter Traumata der NS-Zeit leiden, ist kein Protest! Das ist …«

Weiter kam er nicht. Etwas Rotes landete an seiner Stirn. Im nächsten Augenblick warfen sich zwei Schutzleute vor ihn, ein weiterer geleitete ihn die Treppe herunter an den Fuß der Tribüne, wo schon die Stiftung und der Verein zur Wiedergewinnung der historischen Potsdamer Mitte Zuflucht suchten.

Apropos Zuflucht.

Eigentlich hatte ich genug gesehen. Interessanter wurde es nicht, höchstens gefährlicher.

Seinem besorgten Blick nach empfand Leviathan es ähnlich. Nur wohin? Hinter uns herrschte Panik. Links von uns auch, dort kämpften falsche Nazis zwischen paralysierten Kirchenfreunden gegen echte Bullen. Wer konnte, floh nach rechts, wo deshalb ebenfalls Panik herrschte.

»Nach vorn«, sagte ich zu Leviathan.

»Auf das Baufeld?«

»Wir sind nicht die Ersten.«

Ich deutete auf die Rudimente dessen, was einmal die beiden Reihen vor uns gewesen waren und dann zur Tribüne, hinter der Polizisten versuchten, eine drängelnde Menschentraube an einem Kran vorbei in die benachbarte Dortustraße zu lotsen. Wer sie erreichte, war aus dem Schneider, aber nicht jeder schaffte es, wie wir bemerkten, als wir uns ihr anschlossen. Neben einem Bauwagen lag eine Dame in einem zitronengelben Kostüm und hielt sich einen Fußknöchel, während sie in ihr Handy wimmerte.

In der Dortustraße trennten wir uns. Leviathan wollte in die Innenstadt, ich in die Markthalle.

»Wir lesen von einander«, sagte er.

»Unbedingt«, antwortete ich.

3

Verschwitzt, staubig, aber durchaus zufrieden langte ich kurz nach Mittag wieder zu Hause an. Wie sich herausgestellt hatte, war ich nicht der Einzige gewesen, den es nach den Aufregungen des »Spatenstichs« in die Getränkeabteilung der Markthalle gezogen hatte.

Wir waren beide erstaunt, das honigblonde Mädchen und ich, als wir uns gegenüber standen.

Einer persönlichen Langzeitstudie zufolge treffe ich Menschen, die in meinem Leben eine Rolle spielen, nach der ersten Begegnung ziemlich bald ein zweites Mal. Und dann wieder, in der Regel so lange, bis die Treffen nicht mehr zufällig sind. Es ist dies eines der seltsamen stochastischen Phänomene der Menschheit, die den erschlafften Glauben an Wunder aufrecht erhalten, jedenfalls meinen. Daher überraschte mich weniger, dass sie mit ihrem Einkaufswagen in mich hineinfuhr, sondern die Bedeutung dahinter.

Sie errötete, als sie mich erkannte. »Oh, der Beobachter mit Tendenz zum Gegner.«

Und dann lächelte sie. Nicht wie Anja gelächelt hatte, breit und einladend, sondern schief, indem sie nur einen Mundwinkel krümmte. Kurz blitzte mir die Frage durch den Kopf, ob sie alles einseitig tat, Brauen heben, Lächeln und wer weiß was noch.

»Eben der«, erwiderte ich und fügte hinzu: »So schnell sieht man sich wieder.«

»Verwandte treffen sich eben immer mal, wenn sie in derselben Stadt leben.«

»Tja.«

Dann wussten wir nicht weiter, bis mir etwas einfiel.

»Wie meintest du das vorhin mit der dritten Reihe?«

Sie blinzelte, auf der Suche nach der passenden Erinnerung.

»Ach das. Hat es dich gekränkt?«

»Nein, ich habe es nicht verstanden.«

Darauf nickte sie, was mich noch mehr verwirrte und begann die Sachen in ihrem Wagen zu sortieren. Milch, Joghurt, Katzenfutter, einen Beutel Kartoffeln, ein Tiefkühlbaguette, zwei Tetrapacks Tomatensaft. Bis auf die Kartoffeln und den Saft entstammte alles der billigen Hausmarke.

»Vielleicht erkläre ich es dir beim nächsten Mal. Mir tun die Füße weh, und zwischen Regalen unter Neonröhren hab ich keine Lust.«

»Na gut«, sagte ich. »Ich warte dann also einfach und hoffe, dass wir uns beim nächsten Mal noch erkennen. Falls nicht, hilf mir auf die Sprünge.«

Ihr anderer Mundwinkel krümmte sich plötzlich auch.

»Wozu? Wenn du mich vergessen hast, spielt es doch keine Rolle. Aber wenn dir so daran liegt, gern. Bis dann.«

Sie schob ihren Wagen in Richtung der Kassen.

Ich hetzte durch die Getränkeabteilung, umrundete das Saftregal, rannte durch den nächsten Gang zurück und erwischte gerade noch den Platz hinter ihr in der Schlange.

»Hi. Wie war das mit der dritten Reihe?«

»Das zählt nicht«, sagte sie und legte die Kartoffeln auf das Laufband.

»Du bist wirklich ein harter Brocken. Verrätst du mir wenigstens deinen Namen?«

Sie zögerte einen Moment. »Magda.«

Dann war sie dran.

»Magda. Kurzform von Magdalena, Langform von Magd, hübsch.«

Da sie gerade bezahlte, hörte sie nicht zu.

»Sammeln Sie Treuepunkte?«, fragte die Kassiererin.

Ein flüchtiger Blick, verbunden mit einem ebenso flüchtigen Lächeln.

»Nein.«

Sie zahlte bar aus einem Lederbeutel, in dem sie ewig nach Kleingeld kramte.

»Na dann«, sagte sie, als sie ihre Einkäufe in einem Beutel verstaut hatte. »Aufs nächste Mal.«

Ich achtete darauf, welchem der beiden Ausgänge sie zustrebte, dem südlichen zur Breiten Straße. Aber ich folgte ihr nicht. Ein Gentleman weiß, wann er sich zurückziehen muss. Außerdem konnte ich getrost der Stochastik vertrauen.

Ich öffnete ein Bitter Lemon, schaltete das Radio ein, und während ich mir eine Zigarette drehte, hörte ich, dass die Feierlichkeiten zum Baubeginn der neuen Garnisonkirche von einem Pulk als Nazis verkleideter Protestdemonstranten gestört worden war und in einer Massenpanik geendet hatte.

Das Ergebnis: mehrere Leicht- und eine Schwerverletzte. Letztere nach Angaben der Polizei eine Frau, die bei der Flucht aus dem Tumult gestürzt war und sich einen Knöchel gebrochen hatte.

4

23. 6. 2016, 15.35 Uhr
Stellt euch vor, ihr wärt ein Spaten auf einem zukünftigen Baufeld. Dort liegt ihr, weggeworfen, allein und in Gedanken versunken, bis euch plötzlich der Staub hunderter Füße einhüllt und kurz darauf eine Frau neben euch landet. Oh, denkt ihr: Gesellschaft. Und als Nächstes: komische Gesellschaft, beachtet mich nicht, wimmert bloß.

Kämt ihr auf den Gedanken, Urheber dieses Gewimmers und der eilenden Füße zu sein? Wenn ja – wäre es jetzt wohl an der Zeit, den Spaten für den Anstich der neuen Garnisonkirche in psychologische Obhut zu geben. Nicht, dass er am Ende noch dissoziiert und sich in einen Sprengsatz verwandelt.

Alles Weitere könnt ihr den Nachrichten entnehmen. Es bleibt spannend.

Euer Feldberichterstatter Just: Heil.

Bier und Bitter Lemon waren ausgetrunken. In der Regenrinne über meinem Balkon rumorte eine Elster. Wir kannten uns, sie bewohnt ein Nest in der Linde vor meinem Haus, und wenn es dort etwas instand zu setzen gilt, benutzt sie die Regenrinne als Baumarkt. Manchmal kommt sie auch runter, um in meinen verwilderten Balkonkästen zu stöbern. Wir sind sozusagen alte Freunde, die Elster und ich.

Weniger befreundet war ich mit meinem Nachbarn Herrn Pachulke, der während meiner Abwesenheit einen Ausdruck der Hausordnung vor meine Tür gelegt hatte, den Absatz über die Treppen- und Flurreinigung rot angestrichen. Einige Tage vorher war es ein Zettel mit der Aufforderung gewesen, mein Fahrrad nicht vor dem Haus abzustellen, Unterschrift: Die Hausgemeinschaft. Vorigen Monat: eine Buchsendung und ein Zeitungsartikel über die Brandbeschleunigung durch im Hausflur befindliche Schuhe. Abgelegt, geklingelt und abgehauen. Feigling.

Um die Zeit bis zum ersten Kommentar meiner Beerdigungsgeschichte totzuschlagen, fegte ich den Treppenabsatz auf meiner Etage, wobei ich den Staub unter dem Geländer hindurch zu Pachulke hinunterkehrte und mich bei dem Wunsch ertappte, eines Tages die honigblonde Magda auf meiner Schwelle vorzufinden, auf der Brust einen Zettel: »Damenbesuch nur bis 22.00 Uhr. Die Hausgemeinschaft.« Oder noch besser, ohne Zettel.

Ich kehrte gerade rechtzeitig zurück, um den ersten Kommentar in den Blog springen zu sehen.

Agro: Meinst du mit »Heil« etwa das, was ich denke??!

Ansonsten haben wir denen da oben heute ordentlich eingeheizt. Hast du unser Transparent gesehen? »Die Miete steigt, der Bürger geht, Hauptsache, die Kirche steht«?

Holla, der Text war aber nicht auf seinem Mist gewachsen!

Agro: Ich noch mal. Wie fandest du eigentlich die braune Spaßkompanie? Krass, wie?
Ich: »Krass« trifft es ziemlich genau. Vielleicht etwas ZU. Ich wage zu bezweifeln, dass die Kirchgegner durch die Aktion Sympathisanten gewonnen haben.

Agro: Das wollten sie auch gar nicht.
Ich: Was dann?
Agro: Den Barockfaschisten die Augen öffnen. Die schockieren.
Ich: Letzteres haben sie geschafft, Ersteres zöge die Frage nach sich, wofür. Im Übrigen meinte ich mit »Heil«, dass ich den Auftritt der Spaßkompanie ohne Blessuren überstanden habe. Aber auf meinem Fluchtweg lag eine Frau mit gebrochenem Knöchel.

Ich wartete. Nach Agros Argumentationslogik müsste jetzt etwas wie »Na und, wer hat die ganze Sache denn angezettelt?« kommen.

Aber es kam nichts.

Dafür zwei kurze Statements von Mindbeard und Leviathan, die meinen Frust wegen der als Nazis verkleideten Kirchengegner teilten. Ersterer verurteilte die Maskerade als geschmacklos (was mir sagte, dass er ebenfalls vor Ort gewesen war), Letzterer fügte hinzu, dass die Darbietung des »Heimatliedes« den Bogen überspannt habe.

Agro muckste sich nicht.

Im Laufe des Abends meldeten sich weitere Mitglieder meiner Blogfamilie. Und allmählich entspann sich eine kontroverse Diskussion über die Spielräume provokativer Straßenkunst, als die einige den falschen Naziaufmarsch sahen, Zumutbarkeiten und den Sinn der Aktion. Dauernd plingte es. Ich stellte den Ton ab und guckte beiläufig auf den Bildschirm, während ich Spaghetti kochte und eine Wahrscheinlichkeitsrechnung über eine Wiederbegegnung mit Magda anstellte.

Ich goss gerade Tomatenpüree in einen Topf und zog dabei die nutzlose Schlussfolgerung, dass Magda offenbar eine Katze hatte, wenn sie Katzenfutter kaufte, als mein Blick an Mindbeards Namen in der Kommentarleiste hängen blieb.

Mindbeard: All das Gerede um Naziaufmärsche lenkt doch vom eigentlichen Thema ab. Die Kirche wird gebaut, das heißt, wir haben verloren. Aber wenigstens haben wir ja Verloren! Was sagt der dazu?

Mindbeard war mein Mann. Ließ sich nicht aus der Spur bringen.

Andererseits brachte er mich in eine prekäre Situation. Er verlangte ein Statement, und, wenn ich ihn richtig deutete, sah er in mir eine Art Führer. Nichts lag mir ferner, ich kommentierte nur.

Hier Stadtgeschehen, dort Bücher. Das schrieb ich ihm, worauf er fragte, ob er meine bisherigen Beiträge fälschlicherweise als Verriss des Kirchenbauprojekts verstanden hätte.

Nein, schrieb ich, *die hast du sehr richtig verstanden. Aber ich bin ein Mann des Wortes, meine Waffe ist das Skalpell der Ironie.*
Mindbeard: Dein Gleichnis vom Spaten, der sich in einen Sprengsatz verwandeln könnte, ist also keine Prognose?
Ich: Stell mir die Frage in drei Monaten noch mal, ich bin beim Essen.

Das Spaghettiwasser kochte über. Ich kickte den Deckel vom Topf und schaltete den Laptop aus, ohne zu ahnen, wie sehr ich die lapidar hingeworfene Bemerkung drei Monate später bereuen würde.

5

Ich finde Potsdam im Herbst am schönsten.

Natürlich haben auch die Schneeglöckchen und Märzmagnolien in den Vorgärten der Berliner und Brandenburger Vorstadt ihre Reize, obwohl mich da die Metaebene stört. Wenn ein Potsdamer zeigen will, dass er es geschafft hat, führt er heute keine Dalmatiner oder Klunkern mehr aus, er pflanzt eine Magnolie.

Über den Sommer müssen wir nicht reden, der steht jeder Stadt. Aber Potsdam ist für den Herbst gemacht. Erst wenn es bunt wird, merkt man, wie grün es wirklich ist. Die Luft schmeckt wie Sahne, die Vögel holen noch einmal alles aus sich heraus, der Heilige See hat genau die richtige Temperatur, und mit etwas Glück begleitet einen beim Schwimmen ein Haubentaucherpaar mit seinem pubertierenden Nachwuchs. Ungefähr so hatte ich es vor einer Woche in meinen Blog geschrieben, worauf Monk – ein neues Mitglied meiner Familie – mich fragte, ob ich verrückt sei, im September noch schwimmen zu gehen, er (oder sie) könne mir auf Anhieb mindestens drei angenehmere Methoden des Selbstmords nennen. Es folgten einige Vorschläge, die an mein Morgenbad aber alle nicht heranreichten.

Wenn ich es vor halb neun aus dem Bett schaffte, hatte ich den See fast für mich allein. Ich teilte ihn nur mit Albert und Marina, zwei Rentnern, die jeden Morgen im Bademantel angeradelt kamen, um die Dusche zu sparen. Albert mit Hund. Wir störten uns nicht, jeder hatte seinen Stammplatz für die Kleider, wir grüßten uns, dann schwamm jeder seiner Wege. Manchmal plauderten wir hinterher noch ein bisschen: Über das Wetter, das Rheuma von Alberts Hund, die neuesten Aktionen des Sandmanns, eines Umweltschützers, der täglich um den Heiligen See fuhr und freiliegende Baumwurzeln mit frischem Sand bedeckte. Den Sand führte er in einem Eimer am Lenker seines Fahrrads mit sich. Albert, Marina und ich hatten so unsere Theorien, woher er ihn bezog. Ich tippte auf Kinderspielplätze, Albert auf Baustellen.

Wenn die beiden Alten gegangen waren, setzte ich mich mit einer Thermoskanne Kaffee und meinem aktuellen Rezensionsexemplar auf die Wiese und las.

Der kleinen Bachmann hatte ich schließlich doch eine wohlmeinende Kritik geschrieben. Tenor: Mit einer Portion Lebenserfahrung, weniger Adjektiven und einem guten Lektor könne aus ihr etwas werden.

Gerade hatte ich einen Band mit Short Stories am Wickel, ein Tipp von Bert, meinem Senderkollegen und seit einer Sauftour vor vier Jahren mein Freund. Wie es der Zufall wollte, hatten uns unsere Frauen quasi zeitgleich verlassen. Bert hatte es an meiner damaligen Rezension gemerkt, ich an seinen Tränensäcken. Nach der Arbeit waren wir losgezogen, und ich bin mir sicher (Bert bestreitet es), dass wir gegen Morgen in der letzten Kneipe Blutsbrüderschaft geschlossen hatten. Was den Literaturgeschmack angeht, lagen Bert und ich ebenfalls gleichauf.

Die Short Stories bewiesen es. Knackig, pointiert, von einer frappierenden Beobachtungsgabe und dennoch literarisch. Der Autor war ein Berliner Türke und in meinen Augen ein lebender Gegenbeweis zu Sarrazins Thesen. Rein sprachlich hatte Sarrazin, im Vergleich zu ihm, nie eine Deutschstunde besucht.

Es waren noch drei Geschichten übrig. Drei Geschichten, drei Thermosbecher Kaffee, drei Zigaretten, so sah es mein Plan vor. Aber wie es mit Plänen so ist.

Ich steckte gerade in der zweiten Geschichte, als etwas an mir vorbeirauschte. Meine Netzhäute fingen flüchtig Grün, Schwarz, Rot ein und verloren es wieder. Dank einer Baumgruppe ist meine bevorzugte Badestelle vom Weg und der angrenzenden Wiese aus unsichtbar. Unter anderem deshalb wird sie gern von FKK-Freunden wie Albert, Marina und mir benutzt.

Als ich mir die dritte Zigarette drehte, tauchte das Grünrotschwarze wieder auf. Es war eine Sie, und diesmal schob sie ihr Rad. Das Rote waren Haare, das schwarze ein Overall und das Grüne das Fahrrad.

Ich nickte ihr vage zu und widmete mich wieder meiner Lektüre.

Den Blick auf die Seiten geheftet, lauschte ich dem leisen Rasseln des Rads, das mich passierte und – stehen blieb. Im nächsten Augenblick legte sich ein Schatten über mein Buch.

»Die in der dritten Reihe stehen weit genug vorn, um alles mitzubekommen, aber sicher genug, um sich bei Bedarf hinter der ersten und zweiten verstecken zu können. Sie beobachten bloß, und wenn sie eine Meinung haben, äußern sie sie höchstens tendenziell. Man könnte sagen, sie sind feige.«

Noch bevor sich aufsah, hörte ich das Lächeln in ihrer Stimme.

»Leute aus der dritten Reihe vermeiden es zum Beispiel auch, jungen Frauen am Strand nachzuschauen. Stattdessen tun sie so, als würden sie lesen, und schielen dabei immer mal am Buch vorbei.«

Ich atmete tief. Danach hatte ich mich so weit erholt, dass ich halbwegs zusammenhängend antworten konnte.

»Was würdest du sagen, wenn ich behaupte, wirklich nur gelesen zu haben?«

»Dass du lügst«, sagte sie und klappt den Ständer ihres Fahrrads aus. »Was machst du hier, mitten am Tag?«

Ich hob mein Buch. »Ich arbeite. Und du?«

Sie bewegte ihre Braue, und plötzlich war mir, als hätte es das vergangene Vierteljahr nicht gegeben, in dem ich mir eine Anwartschaft auf den Titel des treuesten Markthallenkunden aller Zeiten erworben und das Internet nach honigblonden Magdas durchforstet hatte.

Jetzt stand sie da, mit längeren und roten Haaren zwar, aber mit demselben schiefen Lächeln und der beweglichen Braue.

»Mein Dienst beginnt in der Regel, wenn der von anderen endet.«

Sie kam heran und setzte sich neben mich. Als wäre es das Normalste der Welt. Als wäre ich ein Kumpel, den sie zufällig getroffen hatte.

Ich drückte meine Zigarette aus und zündete mir umgehend die nächste an.

»Du hast mir letztens deinen Namen nicht gesagt«, meinte sie.

Letztens.

»Just, von Justus. Möchtest du einen Kaffee? Der Becher ist aber schon benutzt.«

»Macht nichts, Just von Justus.«

Sie nahm den Becher und pustete hinein, obwohl der Kaffee darin nur noch warm war. Daraus schlussfolgerte ich, dass sie auch nicht so unbefangen war, wie sie tat.

»Nach meiner Berechnung hätten wir uns früher wiedertreffen sollen«, sagte ich.

»Du stellst Berechnungen an?« Der Gedanke schien sie zu amüsieren. »Auf welcher Grundlage?«

»Das erzähle ich dir beim nächsten Mal.«

Sie grinste. Das Rot stand ihr genauso gut wie vorher das Honigblond. Nur der schwarze Overall störte mich etwas, aber wer war ich, an ihrer Kleidung herumzukritteln.

Sie deutete auf mein Buch. »Wenn ich dich frage, welchen Beruf einer hat, der Lesen am See unter Arbeit abbucht, bekomme ich die Antwort dann sofort?«

»Das kommt drauf an, wann ich erfahre, welchen Job eine hat, die erst nach Dienstschluss der anderen zu arbeiten anfängt.«

Sie trank einen Schluck Kaffee.

»Lass dich überraschen.«

»Ich bin Literaturrezensent eines mehr oder weniger regionalen Radiosenders.«

Ihre Braue glitt nach oben.

»Regelmäßig?«

»Immer freitags, 20.10 Uhr.«

»Wow. Kann man davon leben?«

Ich zeigte auf mein verschossenes T-Shirt. »Wenn man nichts gegen ungedämmte Dachwohnungen hat. Hin und wieder schreibe ich auch für Eventjournale.«

»Immerhin bist du so etwas wie ein Promi. Ich stehe heute Abend am Einlass im UCI. Morgen auch und an ein paar anderen Tagen die Woche. Mit dem Schreiben hab ich's auch schon probiert, aber wenig erfolgreich, wie du siehst.«

»Nicht direkt. Welches Genre? Entschuldige die Standardfrage, Berufskrankheit.«

»Gegenwartsromane«, sagte sie vage und nannte mir den Namen zweier Verlage. Den einen kannte ich, den anderen nicht.

»Egal, ich bin davon weg. Du rezensierst wahrscheinlich eh nur Hochliteratur.«

»Nein, Unterhaltung auch. Zuweilen sogar Schrott, der weder hoch noch Unterhaltung ist.«

Sie runzelte die Stirn. »Wie das? Bestimmst du nicht selbst, was du rezensierst?«

»Doch, meistens jedenfalls. Aber weißt du vor dem Lesen immer, was dich erwartet?«

»Ach so. Kriegst du auch Manuskripte zugeschickt?«

»Mehr als mir lieb ist.«

»Und was tust du mit denen?«

»Ich sammle sie. Wenn ich genug beisammen habe, bringe ich sie einem befreundeten Antiquar, der einen Altpapierhändler zum Freund hat.«

Auf einen Schlag verdunkelte sich ihr Gesicht.

»Du schmeißt Bücher weg?«

Es klang, als ob ich Katzen verbrennen würde.

»Meine Wohnung hat fünfundvierzig Quadratmeter.

Und ich brauche Platz zum Schlafen, essen und Atmen. Was würdest du an meiner Stelle tun?«

»Ich würde sie wenigstens anlesen!«

Sie stellte die Tasse ins Gras und erhob sich. »Danke für den Kaffee. Du schuldest mir noch eine Antwort, vergiss das nicht.«

Verwirrt sah ich ihr nach. Was war passiert? Es hatte so vielversprechend begonnen. Woher sollte ich wissen, dass Magda die Schutzheilige überflüssiger Bücher war?

Um meine Heimkehr nach dieser unerquicklichen Begegnung hinauszuzögern, entschied ich mich für einen Umweg.

Ich wollte sehen, wie der Wiederaufbau der Garnisonkirche voranschritt, vielleicht ein paar Fotos für meinen Blog schießen. Mich ablenken.

Kaum war ich aus der Ebertstraße in die Breite eingebogen, begann der Stau. Ich holte meine Kamera aus der Satteltasche und machte ein Bild von zwei quasi nahtlos ineinander übergehenden Opel, das ich »Just trifft Frust« zu nennen gedachte. Dann radelte ich an ihnen vorbei bis zum Bauzaun.

Es war dies keiner der üblichen Gitterzäune aus Steckmodulen, sondern ein nahezu blickdichter aus kreuz und quer besprayten Latten. Nahezu blickdicht, weil sich zwischen den Modulen schmale Spalte befanden. Ich suchte mir einen und schob das Objektiv meiner Kamera so nah heran wie möglich.

Der Turm war überraschend schnell gewachsen, ich schätzte ihn auf neun, zehn Meter. Bei meiner letzten Visite war es höchstens einer gewesen.

Das liegt daran, dass im Potsdamer Sumpf die Vorbereitungen immer am längsten dauern, das Abpumpen des Grundwassers, das Versiegeln des Baugrundes und so weiter. Erst dann geht es los. Ab da kann man zusehen, wie ein Gebäude wächst. Auch eines wie die Garnisonkirche, bei der man eigentlich ein gemächlicheres Bautempo erwartet hätte, weil sie, anders als das Stadtschloss, aus echten Ziegeln errichtet wurde.

Über mir in der Luft hing, an einem Kranarm, eine Palette.

Ein Bauarbeiter flaggte sie mit den Händen zu sich und zwei anderen auf das Baugerüst. Nach einigen Fotos von der schwebenden Palette, vom Kran, einem Bauarbeiter südlicher Herkunft, einem Graffiti am Bauzaun und zwei Touristinnen, die ein Stück weiter eine Infotafel mit dem Aufriss der Kirche studieren, machte ich Schluss. Die Sonne streichelte tröstend meinen Scheitel.

Auf der Treppe stolperte ich über Pachulke, der eben aus dem zweiten Stock herunterkam.

»Hab Ihnen was hingelegt«, brummte er. »Für Briefmarken

sind Ihre Freunde wohl zu geizig, dass sie ihre Post unter der Haustür durchschieben.«

Er zog die Nase hoch und stapfte weiter, ohne mir Gelegenheit zu einer Antwort zu geben. Also tat ich es ihm gleich, er nach unten, ich nach oben.

Auf meinem Fußabtreter lag ein A4-Umschlag. Dem Umfang nach enthielt er ein Buch, was mir schmerzlich das Gespräch mit Magda ins Gedächtnis rief. Ich konnte mich nicht erinnern, ein Buch bestellt zu haben. Vorläufig legte den Umschlag in der Küche ab und briet mir ein Spiegelei. Dann setzte ich mich an den Tisch, um ihn zu inspizieren.

Es war ein handelsübliches Stück mit gestärktem Rücken. Weiß, kein Aufdruck irgendeines Verlages, überhaupt kein Absender, die Adresse mit der Hand geschrieben. Das war ungewöhnlich, weil Autoren unverlangt eingesendeter Bücher normalerweise Wert darauf legten, dass man mit ihnen in Kontakt treten konnte. Vielleicht hatte dieser hier eine Karte oder Ähnliches beigelegt.

Wenn es sich überhaupt um ein Buch handelte, woran ich allmählich zu zweifeln begann. Dafür schien mir der Inhalt des Umschlags zu groß und flexibel. Ich riss ihn auf.

Ein durch ein Gummiband zusammengehaltener Stapel Blätter rutschte heraus. Im ersten Moment fürchtete ich eine Doktorarbeit. (Mindbeards?)

Dann las ich den Titel auf dem Deckblatt.

Üb immer Reu nach Tätlichkeit
Der Fall (der) Garnisonkirche
Von P. Faust

Vor meinem inneren Auge erstand eine mit falschen Persern ausgelegte Plattenbauwohnung, in der ein Rentner in einer L-Küche vor einer »Erika«-Schreibmaschine hockte, neben sich eine Tasse Haag, im Hintergrund Kunstdrucke von Carl Spitzweg.

Wobei, das Manuskript war ein Computerausdruck. Ich retuschierte das Bild: ein Rentner in seinem mit falschen Persern ausgelegten Wohnzimmer vor einem Computer aus dem Neunzigern, den sein Enkel vor Jahren ausrangiert hatte. Aus irgendeinem Grund hatte er nur den ersten Buchstaben seines Vornamens angegeben. P. Faust.

Normalerweise hätte ich sein Werk auf geradem Wege zu meiner Altpapierkiste getragen.

Dass ich es nicht tat, sondern zum ersten Kapitel blätterte, lag allein an Magda.

6

»Die Bauarbeiter machten wie immer um 18.00 Uhr Feierabend. Zuerst Willi, dann Klaus, dem das Bier schon bis zur Halskrause stand, dann die anderen und als letzter Khan. Khan blieb stets bis zum Schluss, um sich nicht als fauler Ausländer beschimpfen lassen zu müssen und um die Flaschen einzusammeln, die Klaus und die anderen herumliegen ließen. Auf dem Weg zur S-Bahn gab er sie im Kaufland ab. Das brachte pro Tag etwa einen Euro zusätzlich zu seinem Hungerlohn als Bauhelfer.

Als alle Flaschen im Rucksack steckten, warf Khan einen abschließenden Blick über die Baustelle. Das tat er jeden Abend, so wie er jeden Morgen beim Losgehen einen zärtlichen Blick auf seinen schlafenden Sohn Cem warf.

Sie hatten gut was geschafft während der letzten Wochen. Der Turm war schon ungefähr zehn Meter hoch.

Was zu diesem Zeitpunkt kaum jemand wusste, war, dass er auch keinen Zentimeter mehr wachsen würde.«

Ich klappte das Manuskript zu und schickte die falschen Perser in den Müll.

P. Faust war jünger und er schrieb besser, als ich erwartet hatte. Trotzdem: Ich war Rezensent, kein Literaturagent oder Lektor. Und falls er hoffte, über mich an einen heranzukommen, hatte er sich geschnitten. Zumindest hatte ich Magda soeben bewiesen, dass ich nicht das arrogante literarische Trüffelschwein war, für das sie mich hielt. Ich holte meine Kamera, zog die Speicherkarte heraus und schob sie in den Laptop. Während er hochfuhr, kam mir eine Idee.

12.9.2016, 12.55
Hier mal wieder ein paar Fotos fürs Familienalbum. Das Baby wächst und gedeiht, wie man sieht. Und die Autokolonne auf der Breiten Straße ächzt und schreit. Weiß übrigens jemand, ob im UCI heute etwas Interessantes läuft?

Sechs Minuten später.

Agro: Im UCI?! Warum in diesem Film-McDonalds, warum nicht im Thalia!
Mindbeard: Vielleicht dieser neue mit Mads Mikkelsen? Da kam neulich was im Radio drüber, hab aber vergessen wie er heißt.
Monk: Zwischen Sonntag und Montag. Der ist wirklich gut.
Ich: Danke.
@Agro: UCI zu Recherchezwecken. Keine Sorge um meine Seele!

7

Wie in jeder Stadt, die auf sich hält, besitzt auch der Hauptbahnhof in Potsdam alles, um zur Not autonom existieren zu können: Geschäfte, Kino, Ausstellungsflächen, Restaurants, sogar einen Bahnanschluss. Mit seinen abwärts führenden

Rolltreppen erinnert er an eine Krake mit monströsem Kopf. Tagsüber summt es dort geschäftig, wie in jedem anderen Kopf auch, abends um acht aber hatte ich mit einer gewissen Schläfrigkeit gerechnet. Daher überraschten mich die Menschenschlangen, auf die ich bei meiner Ankunft prallte. Mit dunklen Ahnungen wanderte ich eine davon kopfauf, um herauszufinden, wo sie endete.

An der äußersten linken Kasse des UCI. Ich hatte den Kinotag erwischt! Und noch dazu einen, an dem in zwei Sälen der neue James Bond lief.

Meine Lust, eine halbe Stunde zwischen schwitzenden, parfümdünstenden Menschen zu kleben, nur um später mit ihnen in einem Raum ohne Fenster auf eine Leinwand zu starren, ging gegen null.

Agro hatte recht. Das UCI war eine Zumutung. Man musste schon einen guten Grund haben, wenn man sich ihm auslieferte.

Der meine stand, flankiert von einem hohläugigen Jüngling, vor Kino sieben, *meinem* Kino! Als sie mich bemerkte, hob sie ihre Braue.

»Du lässt wohl nicht gern was anbrennen.«

»Heute ist Kinotag.«

Der Hohläugige musterte mich und zerriss dabei die Karten eines Pärchens. Ich zwinkerte ihm zu und wandte mich wieder an Magda.

»Um auf deine Frage von heute Vormittag zurückzukommen: Die Antwort lautet Sto…«

»Dein Ticket«, sagte sie und streckte die Hand aus.

»Aber du …«

»Danke. Viel Spaß im Film!«

Das Schicksal setzte mich zwischen zwei mittelalte Paare. Eines davon teilte sich eine Portion Nachos, die nach der Werbung alle war. Es hätte schlimmer kommen können.

Auch der Film schien zu halten, was Mindbeard und Monk versprochen hatten. Ich bekam allerdings nur wenig davon mit, denn nach jedem zweiten Satz von Mads Mikkelsen fragte ich mich, was Magdas Verhalten zu bedeuten hatte.

War das Hohlauge ihr Freund? Durfte sie im Dienst keine Privatgespräche führen? Aber dann hätte sie mir wenigstens einen Wink geben können.

Über meinem Kopfkino verpasste ich eine Schlüsselszene des echten. Plötzlich lag Mads Mikkelsen in einem Doppelbett und streichelte weinend einen Frauenschuh, ohne dass ich eine Ahnung hatte, wie er oder der Schuh dorthin gekommen waren.

Um meinen Mangel an Aufmerksamkeit wieder auszugleichen, blieb ich nach dem Film sitzen und sah mir konzentriert den Abspann an, ließ andere murrend über meine Beine steigen und erhob mich erst, als der letzte Name über die Leinwand gerollt war und das Licht anging.

Vorn in der dritten Reihe sammelte eine rothaarige Angestellte Popcorntüten und Becher in einen Müllsack.

Mit steifen Beinen stieg ich zu ihr hinunter. Magda tauchte eben hinter einer Lehne auf.

»Ich bin gleich fertig, dann könnten wir los.«

Als mir der Mund aufklappte, lächelte sie. »Oder brauchst du jetzt kein Bier?«

»Doch. Genau genommen«, stotterte ich, »hätte ich schon vor dem Film eins gebraucht.«

»Na dann: in zehn Minuten unten an den Kassen.«

Zehn Minuten können extrem lang sein.

Nach elf Minuten veränderte sich meine Wahrnehmung, und zehn Minuten kamen mir plötzlich wie nichts vor, eine dagegen wie zehn. Nach zwölf begann ich zu argwöhnen, dass Magda mit dem Hohlauge durch einen Hinterausgang geflohen war.

In der vierzehnten bog sie um die Rolltreppe, die zu den Kinosälen führte.

»Ich musste noch einen Dienst verschieben, entschuldige. Was hältst du vom Olga?«

Ich nickte. Meinetwegen hätte sie auch den Neuen Friedhof vorschlagen können.

»Mein Fahrrad steht am Nordausgang.«

»Meins am westlichen.«

Das bedeutete zum zweiten Mal an diesem Abend das Risiko, sie zu verpassen oder von ihr versetzt zu werden.

Kurz darauf radelten wir in die Stadt.

8

Das Olga war eine kleine linksalternative Stampe in einem der letzten unsanierten Häuser der Charlottenstraße. Ich kannte es nur vom Vorbeifahren, Magda dagegen schien dort Stammgast zu sein. Nach einem kurzen Schlagabtausch mit dem Barmann holten wir uns zwei Flaschenbier zu einem lächerlichen Preis, setzten uns vor den Laden auf den Fenstersims und ließen uns von den Laternen beleuchten. Es war mild und roch unglaublich nach Herbst.

»Jetzt wäre ich bereit für den Rest der Antwort«, sagte sie nach dem ersten Schluck. »Es fing mit St...« an.

»Warum warst du vorhin so abweisend?«

»Eins nach dem anderen, sonst kommen wir durcheinander.«

Ich breitete also meine stochastische Philosophie vor ihr aus. Magda hörte zu und trank, dann stellte sie ihr Bier zur Seite, zog Tabak aus einer Gürteltasche, die sie am Kinoeinlass noch nicht getragen hatte, und drehte sich eine Zigarette, womit sie im selben Augenblick fertig wurde wie ich. Wie ich bemerkte, rauchte sie auch dieselbe Marke: Pepe, seit einigen Jahren der Renner unter Genussrauchern.

»Interessant«, sagte sie. »Du denkst wie ein Mädchen. Ich hab dieselbe Theorie zur Zufälligkeit von aufeinanderfolgenden Begegnungen zwischen Fremden.«

»Das könnte auch darauf hindeuten, dass du wie ein Mann denkst«, meinte ich leicht beleidigt.

»Nein, Schicksalsstudien sind Frauensache.«

Sie nahm eine Streichholzschachtel aus der Tasche und zündete im Schutz ihrer hohlen Hand die Zigarette an. Dann warf sie das Streichholz weg und inhalierte mit geschlossenen Augen. Nach dem zweiten Zug schlug sie sie wieder auf.

»Zu vorhin: Ich wollte die Antwort nicht im Kino hören, weil ich einen Grund brauchte, mit dir Bier trinken zu gehen.«

Sie lächelte und hob ihre Braue und trank und wickelte eine Strähne um den Finger, alles auf einmal, und vom Josephs-Krankenhaus heulte ein Krankenwagen heran, als wüsste er, dass gerade eben wieder jemand Opfer der Stochastik geworden war.

Sie war fünfundzwanzig, zehn Jahre jünger als ich. Nachdem wir das herausgefunden hatten, nannte sie mich nur noch »alter Mann«. Mein Greisentum hielt sie indes nicht davon ab, mit mir zu flirten, und in dieser Hinsicht schlug sie Anja um Längen. Anja hatte mir zu Anfang unserer Beziehung gestanden, dass sie systematisches Buhlen um die Gunst eines anderen demütigend fand. Wenn ihr jemand sympathisch war, sagte sie es ihm. Eine etwas hartholzige Methode, aber bei mir hatte sie funktioniert. Allerdings vielleicht auch nur, weil damals keine von Magdas Schlag in der Nähe gewesen war.

Ihre Augen waren braun mit grünen Sprenkeln, und sie überließ sie mir in ihrer ganzen Tiefe, um – sobald ich hineingefallen war – die Wimpern darüber zu senken.

Sie wollte alles von mir wissen: Ob ich häufig allein ins Kino ginge. Wie ich seinerzeit aus dem Schlamassel der Spatenstichfeier herausgekommen war – und wie ich überhaupt zur Garnisonkirche stand, was in diesem Zusammenhang tendenziös bedeute. Über meine Antwort dachte sie gründlich nach, ehe sie fragte, ob ich immer so pragmatisch urteilen würde. Darüber wiederum musste ich nachdenken. Und so ging es weiter. Es war, als habe Magda beschlossen, an einem Abend alles über mich zu erfahren, und umgekehrt erzählte sie über sich, ihre Pläne und Gedanken, als wäre ich ihr Biograf. Das Schreiben betriebe sie nur noch als Hobby, sagte sie, nachdem die öffentliche Aufmerksamkeit ihre Bücher verschmäht hatte und das letzte von zwei Verlagen abgelehnt worden war. Als ich sie bat, es mir zu zeigen, flackerten ihre Augen kurz, dann machte sie eine wegwerfende Geste und wechselte das Thema. Sie wollte sich nach dem Abi und mehreren Praktika zum Frühjahrssemester endlich an der Uni einschreiben. In welchem Fach, wusste sie noch nicht. Ob ich Kunstgeschichte sinnvoller fände oder Slawistik? Ich gestand, dass ich keines der Fächer sonderlich sinnvoll fände und es darauf ankäme, was sie damit anfangen wolle. Sie seufzte. Sie wollte alles: reisen, Sesshaftigkeit, lernen, schreiben, Geld verdienen, Freiheit, eine Struktur und berühmt werden. Sie lachte und stand auf, um neues Bier zu holen.

Es war nicht das letzte an diesem Abend, und als der Barkeeper herauskam, um die letzte Runde auszurufen, sah ich Magda wie mit einem Weichzeichner gemalt. Die Augen grüner denn je, ihre Lippen glänzende Stempelkissen und ihre Gesten träge zerfließend, wohingegen sich die Konturen unter ihrer Jacke immer konkreter abzeichneten.

Beim Zahlen stellte ich fest, dass wir über alles geredet hatten außer unser Liebesleben. Und dass es mir egal war.

»Zu dir oder zu mir?«, fragte ich, jedes Wort ausbalancierend.

Sie stieß sich vom Tresen ab.

»Das kann ich auf die Schnelle nicht entscheiden. Ich finde, wir sollten es bei dir besprechen.«

Ein Gentleman genießt und schweigt. Ich glaube, ich war wenig Gentleman in dieser Nacht. Und Magda keine Lady.

Als wir uns voneinander lösten, hatte ich das Gefühl, entjungfert worden zu sein, trotz Anja und der Mädchen vor ihr. Der Sex mit Anja war eine angenehm regelmäßige und vorhersehbare Angelegenheit gewesen, wie ein Roman, dessen Handlung ohne größere Überraschungen dem Showdown entgegenstrebt und einen zufrieden und bis auf weiteres gesättigt zurücklässt.

Bei Magda hingegen stürzte ich von einem Cliffhanger zum nächsten.

Mir war nicht bewusst gewesen, dass ich so viele Körperöffnungen hatte. Magdas Zunge fand sie alle, sprang hinein und zündete sie an. Dazu ihr heißer Atem, ihr Geruch und Laute die ich einem so fragilen Wesen nie zugetraut hätte. Bevor sie mir erlaubte, in sie einzudringen, nahm sie mich mit dem Mund. Ohne die dämpfende Wirkung des Biers wäre ich zweifellos kollabiert. Keuchend befreite ich mich, suchte den anderen Eingang, fand ihn einladend feucht, und als ich zustieß, klammerte sie sich zitternd an mich. »Just …«, stammelte sie, »du …« Dann kam sie, eine Zehntelsekunde vor mir, ehe die Druckwelle der Entladung uns auseinander riss.

Hinterher wimmerte sie leise und klagend wie ein Kätzchen. Ich wollte sie in den Arm nehmen, ich wollte ihr wenigstens sagen, dass ich sie gern in den Arm genommen hätte, würde ich nicht gerade langsam, aber stetig in meine Atome zerfallen. Magda verstand mich auch so. Sie hörte auf zu wimmern und atmete sie eines nach dem anderen ein, bis neben ihr nur noch der durchsichtige Schatten eines Mannes lag, der bis vor kurzem ein Literaturkritiker namens Just Verloren gewesen war. Sie küsste den Schatten, drehte sich seufzend auf die Seite und schlief ein.

Am nächsten Morgen wunderte ich mich über das Chaos in meinem Bett. Eins meiner beiden Kissen lag am Fußende, das Laken war zur Hälfte abgezogen und gab einen Blick auf meine speckige Matratze frei. Erst der Anblick eines zehn Zentimeter langen Kratzers auf meinem rechten Oberschenkel machte mich endgültig wach. Ich angelte meine Hose von Boden und ging in die Küche.

Magda war nicht dort. Ebenso wenig im Bad oder Wohnzimmer. Mit einem schalen Geschmack auf der Zunge kehrte ich in die Küche zurück, um Kaffeewasser aufzusetzen. Dabei bemerkte ich die Thermoskanne.

Normalerweise bewahrte ich sie, zusammen mit dem übrigen Geschirr, auf dem Regal über der Spülmaschine auf. Jetzt stand sie auf dem Kühlschrank, neben einem Stapel A4-Blätter und der Kaffeedose. Ich hob sie an, schaltete den Herd lächelnd wieder aus und angelte stattdessen eine Tasse vom Bord. Dann pflückte ich einen gelben Notizzettel von dem Blätterstapel.

Einige Sekunden lang weidete ich mich nur an Magdas Schrift. Großbuchstaben, leicht nach rechts geneigt, die i-Punkte so hoch, dass sie beinahe an die darüber liegende Zeile stießen. Eine großzügige Mädchenschrift. Ich trank einen Schluck.

»Lieber Just,
ich hoffe, der Kaffee ist nach deinem Gusto?
Danke! Ich fühle mich wie ein gut geschüttelter Cocktail, also genau richtig für einen Tag, wie ich ihn vor mir habe. Hat dir schon mal jemand gesagt, dass du extrem weiche Füße hast? Pass bitte gut darauf auf!
Magda
P.S.: Das Manuskript hier habe ich auf deinem Schreibtisch gefunden und beim Kaffeetrinken ein bisschen darin gelesen. Ist das eins von den berühmten »unverlangt« eingesendeten, oder bist du selbst P. Faust?
In jedem Fall finde ich es genial! Nicht wegwerfen, ich will es beim nächsten Mal weiterlesen.«

Lag es am Kaffee, dass mich plötzlich eine solche Wärme durchströmte?

Ich stellte die Tasse ab und hielt die Zeilen von Magdas Botschaft zu, bis auf eine: Ich will es beim nächsten Mal weiterlesen.

Beim nächsten Mal.

Mir war nach Singen, nach urmenschlichem Brüllen und Auf-die-Brust-Trommeln, danach, irgendwelchen Unsinn zu machen. Weil mir auf die Schnelle keiner einfiel, griff ich nach dem Manuskript.

P. Faust, dachte ich feierlich: Du hast es einer Frau zu verdanken, dass ich dich lese, und vielleicht, wenn du mich überzeugst und sie wiederkommt, an meinen Freund und Kollegen Bert weiterreiche. Bert hatte, wie ich wusste, auch ein paar Verlagsleute in seinem Freundeskreis.

Den Titel fand ich genauso dämlich wie beim letzten Mal. Nun gut.

Weil ich den ersten Absatz bereits kannte, wollte ich ihn überspringen, las ihn dann aber doch, aus dem einzigen Grund, weil Magda es auch getan hatte. Nach meinen Maßstäben beging ich damit einen Kardinalfehler, weil ich nicht objektiv las und meine Meinung über die Qualität des Manuskripts deshalb nicht die Bohne wert war. Aber das scherte mich wenig. Magda gefiel es, und sie gefiel mir, also musste etwas dran sein. Außerdem half es mir, die Zeit bis zu unserer nächsten Begegnung zu überstehen.

Ich schlug eben zum zweiten Kapitel um, als mir auffiel, dass ihre Notiz keinen Aufschluss über den Zeitpunkt dieser nächsten Begegnung gab.

Ich hatte noch immer nicht ihre Nummer. Meine fand man nach einigen gezielten Klicks im Netz. Darüber hinaus gab es den Blog, aber würde sie danach suchen?

Ich unterbrach meine Lektüre und holte den Laptop.

Monk erkundigte sich, ob Mads Mikkelsen mir gefallen habe.

Er ist brillant, antwortete ich, ließ den Laptop an und vertiefte mich wieder in Fausts Manuskript.

Die nächste halbe Stunde erlebte ich in einem inneren Shisma. Halb folgte ich Fausts Protagonisten, einem gewissen Veit Jaron, ans Sterbebett seines Großvaters, der ihm das Versprechen abnahm, ihn für irgendetwas Unerwähntes zu rehabilitieren, während meine andere Hirnhälfte einen Tagesplan entwarf.

Die Wohnung aufräumen. Einkaufen: Wein, Käse, Obst. Kondome. Da Magda letzte Nacht nicht darauf bestanden hatte, verhütete sie wahrscheinlich selbst, aber sicher war sicher. Die Rezension für den Erzählband des Berliner Türken schreiben. Zum Friseur. Nein, nicht zum Friseur. Was, wenn sie währenddessen hier auftauchte? Oder heute Abend, während meines wöchentlichen Badminton-Termins mit Bert? Unmöglich. Ich musste mir etwas einfallen lassen. Eine entzündete Zahnwurzel oder so.

Der Protagonist namens Veit hatte das Krankenhaus derweil verlassen und war in der nächsten Kneipe eingekehrt, um einen Sibona zu trinken. Auch ohne die Erklärung des Autors wusste ich, dass das ein Grappa war, und zwar der einzige, der mir schmeckte, weil er nicht stach, sondern den Gaumen streichelte. Hin und wieder gönnte ich mir trotz meines schmalen Etats eine Flasche davon. Dieser Veit wurde mir langsam sympathisch.

Ein Blick zum Laptop. Keine Neuigkeiten.

Veit zahlte und ging nach Hause. Unterwegs machte er einen Zwischenstopp, und da stutzte ich zum ersten Mal. Zwar deutete der Buchtitel es an, dennoch begriff ich erst, als Veit einen Lattenzaun erreichte, hinter dem ein eingerüsteter Turmrumpf aufragte, von welcher Baustelle im Eingangskapitel die Rede gewesen war. Für einen Augenblick vergaß ich die Vorfreude auf Magda.

Wie erwähnt war ich weder Agent noch arbeitete ich für einen Verlag. Mir ein unveröffentlichtes Manuskript zu schicken und darauf zu hoffen, dass ich es rezensierte, setzte schon ein gutes Stück Naivität voraus. Oder aber – das Wissen um mein Interesse für die Garnisonkirche. Was das betraf, kamen außer meiner Blog-Familie eigentlich nur Bert und Anja in Frage. Strich ich letztere, blieb der Blog.

Ich ging auf den Balkon, um die Sauerstoffversorgung meines Gehirns anzukurbeln. Hatte in den vier Jahren von *Verloren in Potsdam* irgendwann jemand etwas unter dem Nicknamen Faust gepostet? Mein Gedächtnis gab nichts her. Ich konnte natürlich nachsehen, aber das dauerte. Außerdem, wer sagte, dass Faust im Blog seinen echten Namen benutzte?

Über mir in der Regenrinne rumorte die Elster. Wahrscheinlich räumte sie auf. Ihrem Beispiel folgend, kehrte ich in die Küche zurück, legte das Manuskript zusammen, klappte den Laptop zu und griff nach dem Besen.

Erstaunlich, wie die Chemie Menschen verändert.

Die Angestellten des Bistros im Nachbaraufgang stellten gerade die Tafel mit der Mittagskarte auf den Gehweg, als meine Wohnung wie nach einem Besuch meiner Mutter aussah. Meine Haare kräuselten sich seidig um die Schläfen, der Kühlschrank war aufgefüllt und Bert vertröstet. Die Geschichte von der Zahnwurzel hatte gefruchtet.

»Himmel! Oben oder unten?«

»Oben rechts.«

»Oha. Warst du schon beim Zahnarzt?«

»Bin quasi unterwegs.« Vorsichtshalber hatte ich ein wenig genuschelt.

»Wenn ich zurück bin, setze ich mich an die Rezension.«

»Gemach, morgen reicht. Wir könnten sie von Jan einsprechen lassen, der hat Grit letztens ganz akzeptabel beim Wetter ersetzt, als sie's mit dem Hals hatte.«

Meine Rezension, eingesprochen von einem pickligen Praktikanten?

»Nicht nötig. Wenn's hart kommt, werfe ich mir halt eine Pille ein. Ach so, falls eine Magda anruft und nach mir fragt, sei so gut und gib ihr meine Handynummer, ja?«

»Magda, wie weiter?«

Verdammt! Wir hatten miteinander geschlafen, seit einem halben Tag summte sie in meinen Venen, und ich wusste nicht einmal ihren Nachnamen!

»Nur Magda. Ein Künstlername, nehme ich an. Entschuldige, ich muss los, die haben mich zwischen zwei andere Patienten geschoben, da wirkt es undankbar, wenn ich zu spät komme.«

Bert war also erledigt.

Fehlte noch die Rezension. Ich schrieb sie innerhalb einer halben Stunde herunter, und als ich sie Korrektur las, staunte ich über mich selbst. Ohne jeden pastoralen Unterton besang ich den Berliner Autor türkischer Herkunft als Geheimtipp des Jahrhunderts, einen Wanderer auf dem schmalen Grat eines urbanen, klischeefreien Pathos, als literarische Kreuzung aus Bukowski und Ibn Hazm. Wer sein Buch nach diesem Hohelied nicht kaufte, musste Analphabet sein.

In meinem Blog philosophierten Mindbeard und Leviathan indes über die Bedeutung von Stadtwäldern. Ich klinkte mich kurz ein, indem ich sie für unabdingbar für Geist und Lunge erklärte, dann zog ich los, Wein kaufen.

Als ich eine halbe Stunde später wieder in den Hausflur schlüpfte, hörte ich irgendwo über mir eine Treppenstufe knarren. Es war nur ein flüchtiges Geräusch, aber es genügte, um hinter meinen Rippen einen Vulkan ausbrechen zu lassen. In Zehntelsekunden äscherte er alles um sich herum ein. Jeder brauchbare Gedanke verdampfte. Meine Füße hoben sich der ersten Stufe entgegen und senkten sich wieder. Eine Ewigkeit verstrich, ehe mich ein sanftes Kribbeln in den Fingern daran erinnerte, zu atmen.

Eine Hand um die Weinflasche geklammert, stieg ich die Treppe hinauf.

Unterwegs durchlief ich mehrere Metarmorphosen. Ich begann meinen Aufstieg als Flüchtender im brennenden Pompeji, kühlte auf der ersten Etage etwas ab und kam als Sechsjähriger, der gerade seine Schultüte in Empfang nahm, vor meiner Wohnung an, um festzustellen, dass auch Magda sich verwandelt hatte: Sie hatte einen Schwanz und Fell.

In meiner Verwirrung grüßte ich sie mit »Hallo«.

Sie maunzte und strich mir um die Beine. Ich nahm sie hoch, sie kratzte mich. Wie Magda.

Aber es war nicht Magda, es war die Katze der alten Friese aus dem Ersten. Als ich das begriff, ließ ich sie angewidert fallen und lehnte die Stirn gegen die Tür.

Mit Faust, Tabak und einem Bier verkroch ich mich auf den Balkon und begann an der Stelle zu lesen, an der ich nach dem Frühstück aufgehört hatte.

Keine vier Sätze später blieb ich schon hängen. Faust ließ Veit eben ein Foto vom Kirchturmrumpf schießen, so wie ich es gestern auf dem Rückweg vom See getan hatte.

Ich schlug zur Titelseite zurück, dann vor zur letzten. Kein Datum. Das war nichts Absonderliches, und im Grunde war mir auch egal, wann Faust seinen Krimi beendet hatte, ich wusste ja, wann er bei mir eingetroffen war. Das wiederum bedeutete bei einer Seitenzahl von 295, dass Faust, selbst wenn er sich gedopt hätte, spätestens vor vier Wochen mit dem Schreiben begonnen haben musste, eher davor. Vor vier Wochen hatte der Turm ungefähr die Höhe eines Trafohäuschens gehabt. Dennoch beschrieb Faust den aktuellen Entwicklungsstand so plastisch, als wäre er an meiner Seite gestern daran vorbeigefahren. Und da war noch etwas. Im Prolog war von einem ausländischen Arbeiter die Rede gewesen einem – ich sah nach – Khan, der nach Dienstschluss Pfandflaschen einsammelte. Der, den ich gestern fotografiert hatte, war zwar nicht mit einem Flaschennetz herumgelaufen, aber der Name passte zu ihm. Das musste alles nichts heißen, wahrscheinlich arbeiteten auf jeder Baustelle Ausländer, und natürlich wuchs ein Bau in vier Wochen, dennoch verursachte die Authentizität der Szene mir Unbehagen.

Ich holte meinen Laptop, überflog die letzten Einträge und fragte kurzentschlossen in die Runde, ob mir jemand ein Manuskript geschickt habe.

Ein paar Minuten wartete ich nervös, bis es mehrmals hintereinander plingte.

Agro bedauerte.

Mindbeard ebenso. Er wollte wissen, um welche Art von Manuskript es sich handle, was mein Bild von ihm bestätigte. Leviathan nutzte die Gunst der Stunde, um mir das Lektorat einer Erzählung anzutragen, die er früher einmal geschrieben hatte. Ich lehnte ab. Vielleicht etwas zu brüsk, denn er wies mich leicht verschnupft darauf hin, dass ich die literarischen Ergüsse anderer schließlich auch annähme.

Ich: Irrtum. Mein Nachbar hat ihn angenommen, ich hab ihn nur ausgepackt.
Leviathan: Ach so, es klang, als würdest du es lesen.
Ich: Tu ich auch, aber das hat einen speziellen Grund und ist eine absolute Ausnahme.
Mindbeard: Okay. Was ist es denn nun für ein Manuskript?
Ich: Ein Krimi, der sich offenbar um die Garnisonkirche rankt.
Mindbeard: Also ein historischer?
Ich: Im Gegenteil.
Mindbeard: ???
Ich: Ich halte euch auf dem Laufenden. Im Übrigen bin ich mir ziemlich sicher, dass der Autor hier mitliest. Kennt jemand einen P. Faust?
Agro: Wie Panzerfaust?
Ich: Exakt.

Agro und seine kleine Welt.

Ich blieb noch eine Weile im Blog und sammelte digitales Kopfschütteln, dann verabschiedete ich mich, um zu lesen und mich auf Magda vorzubereiten, die, wenn es so lief wie gestern, in anderthalb Stunden Dienstschluss hatte. Aber das ging nicht einmal Mindbeard etwas an.

In der folgenden Stunde pendelte ich ziemlich paritätisch zwischen Himmel und Hölle. Jedes Mal, wenn unten die Tür klappte, raste ich zum Türöffner – um eine Minute später auf den Balkon zurückzutrotten.

Dazwischen versuchte ich, mich auf Fausts Manuskript zu konzentrieren, anfangs in etwa mit demselben Erfolg wie gestern auf Mads Mikkelsen. Dann jedoch schockte Faust mich mit einem hervorgehobenen Absatz:

»Um halb drei Uhr morgens zitterte die Erde und spaltete sich unter ohrenbetäubendem Krachen in zwei Hälften. Eine Rentnerin in der Yorckstraße, die eine Woche später ihren hundertsten Geburtstag feiern wollte, schrak aus den Kissen, wähnte sich unter den Bomben der Alliierten und erlitt einen Herzinfarkt. Daher erfuhr sie nie, dass keine Bombe, sondern ein Geflecht von Sprengladungen Schuld an ihrem ausgefallenen Jubiläum trug und die Erdspaltung nur einen halb fertigen Turm betraf. Hätte sie es noch bis zum Fenster geschafft, wäre sie in den Genuss einer riesigen Staubwolke gekommen, die sich von der Stelle, an der er sich eben noch erhoben hatte, wie ein träger Schleier über die Stadt verteilte.

Die Garnisonkirche, ehemaliges Kleinod des preußischen Militäradels und bevorzugter Zankapfel der Nachkriegszeit, war zum zweiten Mal gefallen.«

Damit endete der Absatz. Er ließ mich beinahe so erschüttert zurück, wie jene bedauernswerte Neunundneunzigjährige. Faust hatte sie nicht alle! Auch wenn ich zugeben musste, dass sein Stil nicht von schlechten Eltern war. Eine Sprengung aus Sicht einer toten Alten zu beschreiben, hatte etwas.

Oder beeindruckte mich dieser Unfug nur, weil er mich einmal mehr vor die Frage stellte, warum Faust ihn ausgerechnet mir geschickt hatte?

Es war jetzt kurz vor elf und Magda sicher auf dem Weg hierher. Ich holte den Wein aus dem Kühlschrank und entkorkte ihn, um ihn atmen zu lassen.

Dem solitären Absatz fügte sich ein neues Kapitel an, in dem

Faust die Erzählperspektive wechselte und zu Tagebucheinträgen seines Helden Veit überging. Im ersten beschrieb er den eingangs erwähnten Krankenhausbesuch bei seinem Großvater, der nach einer Bypass-Operation mit einer Lungenentzündung rang. Schlechte Genesungsaussichten, wie ich wusste. Vor etwas über einem Jahr war mein Großvater an so einer Lungenentzündung gestorben. Operation geglückt, dann Schleim in der Lunge, Entzündung, und eine Woche später hatte eine erkältete Krankenschwester mir seine persönlichen Sachen in die Hand gedrückt. Da meine Mutter seinerzeit auch krank gewesen war, hatte ich die gesamten Beerdigungsformalitäten am Hals gehabt. Ich verstand, warum Veit nach dem Krankenhaus zwei Sibona brauchte. Clever gemacht von Faust, dieses Arrangement aus sich gegenseitig erhellenden Perspektiven. Ich schenkte mir Wein ein, sah zur Uhr und stieß mangels Gesellschaft mit dem Flaschenhals auf Faust an.

Zwar verstand ich noch immer nicht ganz, was genau Veit seinem sterbenden Großvater mit den Worten »Ich rehabilitiere dich« versprach, aber ich ahnte, dass es etwas mit der apokalyptischen Szene davor zu tun hatte.

Was Magda betraf, ahnte ich auch etwas.

Mit dem Rad benötigt man vom UCI maximal zehn Minuten bis zu mir. Demnach hätte sie mir seit einer Viertelstunde gegenübersitzen sollen.

Nun ja, wenn heute nicht, dann morgen, sagte ich mir, als ich das Glas in einem Zug hinunterstürzte. Ich goss mir ein neues ein und schlug das Manuskript zu. Das Licht aus dem Wohnzimmerfenster reichte mir plötzlich nicht mehr zum Lesen.

9

Für manche hat es etwas Beruhigendes, sich von anderen bestimmen zu lassen und wie auf der Schmalspur einer Vorstadtbahn durchs Leben zu rauschen, bis sie nach einigen festgelegten Stopps in einem Sackbahnhof endet.

Für mich nicht. Allein die Vorstellung, verlockende Landschaften vorbeifliegen zu sehen, ohne bei ihnen halten und verweilen zu dürfen, verursacht mir Atemnot.

Das konnte die Mücke, die mich am Donnerstagmorgen durch ihr Gesirre weckte, natürlich nicht wissen. Sie starb demnach unter mildernden Umständen. Mit dem Schlaf war es trotzdem vorbei.

Ich schnippte die kleine Leiche von meiner Wange und stapfte in die Küche. In einem Zwischenzustand aus Wachen und Dösen setzte ich Kaffeewasser auf und schaltete das Radio an, während ich den Resten eines Traums nachhing, in dem ich Magda aus einem bombardierten Hochhaus gerettet hatte, dann schlurfte ich ins Bad.

Als ich wieder raus kam, klingelte das Telefon.

Ich ließ es klingeln. Auf dem Festnetz riefen nur meine Eltern und Ämter an. Zu spät fiel mir Magda ein, die vielleicht im Telefonbuch … In diesem Moment meldete sich mein Handy. Ich rannte ins Schlafzimmer. Die Nummer vom Sender.

»Was macht der Zahn?«, fragte Bert beschwingt.

»Er steht noch.«

»Na wenigstens der. Schon Nachrichten gehört?«

»Nein, wieso?«

»Dann tu's«, sagte Bert und legte auf.

Verärgert schlappte ich in die Küche. Bert wusste genau, wie sehr ich Andeutungen hasse.

Auf *unserem* Sender lief Musik. Bis zu den Nachrichten dauerte es noch eine gute Viertelstunde.

Ich nutzte sie, um Kaffee aufzubrühen und mir ein Brötchen zu belegen. Käse hatte ich ja genug im Haus. Dank Magda, die ebenfalls eine Vorliebe für Andeutungen hegte: Heb mir das Manuskript auf, ich lese es beim nächsten Mal weiter, sage dir aber nicht, wann das sein wird, oder ob ich vorher mit dir schlafe oder hinterher oder gar nicht.

Meine Stimmung stieg in eine Lore, fuhr in einen Schacht ein und sank abwärts, begleitet von Kaffee und Werbespots für Versicherungen und Billigflüge, die mich an die Endlichkeit des Daseins erinnerten.

Beim Nachrichtenjingle setzte sie in einer dämmerigen Sode auf und erzitterte unter der ersten Meldung.

»Zum zweiten Mal in der Stadtgeschichte wurde in der letzten Nacht die Garnisonkirche gesprengt. Die Detonation erfolgte gegen halb drei Uhr morgens und legte den zirka zehn Meter hohen Turm vollständig in Trümmer. Nach ersten Einschätzungen geht die Polizei von einem politisch motivierten Anschlag aus. Umliegende Gebäude wurden nicht in Mitleidenschaft gezogen. Wegen der Räumungsarbeiten ist die Breite Straße in Potsdam gesperrt, der Verkehr wird auf die Friedrich-Ebert- und umliegende Straßen umgeleitet, mit Behinderungen …«

Ich starrte auf das Radio. Dann wechselte ich zu einem Konkurrenzsender, wo gerade die Geschichte der Garnisonkirche wiedergekäut wurde.

Auf dem Weg ins Wohnzimmer riss ich zwei Küchenstühle mit, warf mich auf Fausts Manuskript und blätterte zur entscheidenden Seite.

»Um halb drei Uhr morgens …«

Flach atmend, griff ich nach meinem Handy.

»Weißt du noch mehr über diesen Anschlag, als ihr in den Nachrichten bringt?«, stieß ich hervor, bevor Bert etwas sagen konnte.

»Nee, aber im Laufe des Tages trudelt sicher was ein. Ich hab Dietmar darauf vereidigt, mir alles brühwarm zu liefern. Dafür erlasse ich ihm ein paar Spielschulden.«

Dietmar. Den Namen hatte ich schon mal gehört, aber ich

kam nicht drauf, in welchem Zusammenhang. Ich wollte gerade fragen, da fiel es mir ein. Berts gelegentlicher Backgammon-Kumpel und irgendein hohes Tier beim LKA.

»Hat dein Dietmar zufällig etwas über menschliche Opfer des Anschlags angedeutet? Mehr so mittelbare meine ich, zum Beispiel welche, bei denen der Knall einen Herzinfarkt verursacht hat?«

Bert räusperte sich.

»Herzinfarkte gehören nicht zum Metier des LKA. Wie kommst du darauf?«

»Nur so. Eine Bekannte meiner Mutter wohnt in der Nähe der Baustelle. Sie hat's am Herzen. Vergiss es.«

»Ruf sie doch an.«

»Ja.«

Eigentlich war alles gesagt. Aus irgendeinem Grund jedoch zögerten wir beide, das Telefonat zu beenden.

»Just?«

»Hm.«

»Habe ich richtig in Erinnerung, dass es in deinem Blog um die Garnisonkirche geht?«

Ich hatte Bert oft genug erzählt, worum es in meinem Blog ging.

»Was willst du?«

»Tja, also, ist dort mal was gepostet worden, das ... du weißt schon. Könnte vielleicht einer von deinen Jüngern was damit zu tun haben?«

Mein erster Impuls war, aufzulegen.

Was für eine absurde Idee! Meine Gefolgschaft schrieb und diskutierte, und wer diskutierte, sprengte nicht! Andererseits wusste ich nicht genau, ob das ein Naturgesetz war. Und letztlich wohnte Berts Frage bei aller Frechheit auch eine latente Logik inne.

»Wie wäre es, wenn du dir selbst ein Bild machst, indem du dich in den Blog einklinkst und meine Leute einfach fragst, wer von ihnen die Kirche auf dem Gewissen hat?«

»War ja nur so eine Idee, reg dich ab. Übrigens: Wahnsinnsrezension, du solltest häufiger Zahnschmerzen haben.«

Ein Versöhnungsversuch. Ich ließ ihn an mir abtropfen. Stattdessen fragte ich: »Angerufen hat niemand für mich?«

»Bedaure.«

»Gut, dann – halt mich über die Neuigkeiten deines LKA-Freundes auf dem Laufenden.«

»Klar. Dolles Ding, wie? Ich kann's immer noch nicht fassen. Ein zehn Meter hoher Turm, einfach weggepustet. Schade nur, dass diese Idioten die Sprengung nicht ins Sommerloch gelegt haben.«

»Zu der Zeit waren die Idioten, wie alle vernünftigen Menschen, vermutlich im Urlaub«, sagte ich.

Was ging hier vor? Warum fühlte ich mich plötzlich wie einer, den man auf den Mars gestellt hatte?

Was die Sprengung betraf, konnte man sich noch einreden, dass Faust nur einen Wunsch vieler Potsdamer literarisch ausgesponnen hatte. 14.000 Leute hatten seinerzeit gegen den Wiederaufbau der Garnisonkirche unterschrieben, zack, beseitigte er die Kirche durch ein Fingerballett auf seiner Tastatur.

Und zufällig hatte jemand anderer parallel an der Realisierung seiner Fiktion gearbeitet. Vielleicht lagen Sprengungen gerade im Trend, wie seinerzeit S-Bahn-Surfen oder Amokläufe.

Aber dass dieser jemand sogar die von Faust vorgegebene Stunde gewählt hatte, fand ich für einen Zufall denn doch zu fett.

Den Vormittag verbrachte ich über dem Manuskript. Allerdings las ich es jetzt nicht mehr mit den Augen Magdas, an die mich ab und an ein dumpfes Stechen in der Brust erinnerte, sondern wie einer, der einen Kessel Suppe auslöffelt, nur um das unvermeidliche Haar darin zu finden.

Ich begann bei Veits Tagebucheintragung über den Tod seines Großvaters. Da er sich schon angedeutet hatte, erschütterte er mich wenig. So war es eben, in Büchern wie im Leben: Man trat auf und ging ab.

Interessanter fand ich einen Abschnitt, der offenbar eine Art Brief an den Verstorbenen darstellte. In ihm umriss Veit seine Jugend, die er aus familiären Gründen überwiegend unter der Obhut seines Großvaters verbracht hatte. Kameragleich schwenkte Faust in verschiedene Erinnerungssequenzen, die auch meine hätten sein können: Campingurlaube mit selbst gebauten Windfängen in Mecklenburg oder an der Ostsee, Paddeltouren, nächtliche Belagerungen von Musikgeschäften in Erwartung von Lizenzplatten. Episode reihte sich an Episode, wie die Fotos in einem beliebigen DDR-Erinnerungsalbum. Nur zwei waren individueller.

In der ersten stand Veit an einem 1. Mai, mit nachlässig hinters Ohr geklemmtem Winkelement in der Breiten Straße und erklärte Mitschülern ein Mosaik an einem mehrstöckigen Gebäude, das sein Großvater mit entworfen hatte.

Ich unterdrückte den Wunsch zu googeln, notierte nur »Rechenzentrum« und las in der Erwartung weiter, dass die Schilderung dieser harmlosen Szene etwas Bedeutenderes vorbereitete. Ich wurde nicht enttäuscht.

Veit machte einen Zeitsprung.

In einem abgedunkelten Wohnzimmer trat er zu einem älteren Mann, nahm ihm eine Flasche aus der Hand und schaltete den Fernseher aus. Er war kein Schüler mehr, sondern Germanistikstudent im zweiten Semester. Der Ältere murrte unwillig. Vor ihm auf dem Couchtisch verstreut lagen Zeichnungen von Gebäuden, die es nicht mehr gab, neben abgelehnten Entwürfen jüngeren Datums. Dazwischen eine Zeitung, deren Frontseite das Foto einer barocken Kirche zierte.

Veit zog die Gardinen auf und setzte sich seinem Großvater gegenüber.

»Das Leben ist nicht zu Ende, nur weil du Rentner bist, Opa.«

»Frührentner.«

»Na und. Einige deiner Freunde sind schon viel länger zu Hause, und die lassen sich nicht so hängen, die genießen ihr Leben.«

Der Alte hob den Blick.

»Welches Leben? Mein Leben liegt da auf dem Tisch: eine Bibliothek, ein Pionierhaus, zwei Ambulanzen, zwei Jugendklubs. Abgerissen, um neuen Dreck hinzustellen. Haben wir das mit Hitlers Bauten gemacht?«

»Ich meine nur«, seufzte Veit, »dass es nichts än...«

»Und jetzt wollen sie sogar die Garnisonkirche wieder aufbauen!«

Veit schluckte. Er kannte den Artikel und wusste, was er bedeutete. Das Rechenzentrum, seines Großvaters Lieblingskind, nicht zuletzt dank des Kosmonauten-Mosaiks von Onkel Fritz, ragte ein gutes Stück in den Grundriss der ehemaligen Kirche hinein. Er merkte selbst, wie falsch es klang, als er murmelte: »Das ist doch nur eine Spinnerei der Presse.« Und als sein Großvater wortlos nach der Flasche griff, ließ er ihn.

An dieser Stelle hätte ich gern selbst nach einer Flasche gegriffen. Ich tat es nur deshalb nicht, weil mir die temporäre Alkoholsucht meines eigenen Großvaters vor Augen trat. Seine Ausfälle, der Verlust der Würde und am Ende ein Unfall, der ihm paradoxerweise das Leben gerettet hatte, weil er danach wochenlang nicht zum Kühlschrank, geschweige denn in den Getränkeladen hatte gehen können.

Doch es war nicht nur diese Parallele, die mir schon vormittäglichen Durst bescherte, sondern auch die Erwähnung von Veits Studiengang. Zu der Zeit, als mein Großvater nach der Abwicklung seines Pflanzenanzuchtbetriebs den regionalen Schnapssorten verfallen war, hatte ich Germanistik studiert und nebenbei ein Jungautorenjournal herausgegeben.

Ruhe, sagte ich mir. In jedem zweiten Roman studieren lebensuntaugliche Protagonisten Germanistik. Und die Wendeschäden deiner Eltern und Großeltern füllen Bände.

Der diktatorische Ton meiner Kopfstimme wirkte. Dennoch begleitete die Lektüre fortan eine persönliche Art der Beklemmung. Ich hatte lange nicht an meinen Großvater gedacht, und beinahe schämte ich mich, dass erst ein Fremder kommen und einen Turm sprengen musste, um mich an ihn zu erinnern.

Mit der düsteren Szene im Wohnzimmer des alternden Architekten, dessen Leben im doppelten Sinne zerfiel, endete Veits Rückblick.

Durch ihn besaß ich den Schlüssel für das Verständnis der folgenden Tagebucheinträge, in denen er Schritt für Schritt an die Einlösung seines Versprechens ging. Wie es aussah, war mir nun klar.

Noch stand das Rechenzentrum zwar, aber jeder wusste, dass es fallen würde, sobald Stiftung und Förderverein das Geld für das Schiff der Garnisonkirche zusammen hatten. Sogar ein Asyl für sein berühmtes Mosaikfries von Fritz Eisel, das auf Gagarins Weltraumflug anspielte, war bereits festgelegt: das Treppenhaus des Hauses der Brandenburgisch-Preußischen Geschichte.

Ich drehte mir eine Zigarette, während Faust seinen Helden ins Internet gehen ließ, wo er einen Blog aufrief und sich als Administrator anmeldete.

Vor Schreck verrutschte ich in der Zeile.

Sehen, hören, stören – las ich, als ich sie wiedergefunden hatte.

Nichts an diesem Namen erinnerte an *Verloren in Potsdam*. Aber es war ein Blog!

Und auch die Themen ähnelten meinen, wenngleich der Ton in Veits Forum rüder war, weil sich dort überwiegend Agros tummelten.

In diese Runde hinein meldete Veit ein »weiteres Opfer der Geschichtsverdreher«, womit er zweifellos seinen Großvater meinte, und fragte einen gewissen Treiber, ob er noch Verbindungen zum AGV habe.

Treiber bestätigte.

Ob er einen Kontakt herstellen könne.

Treiber bestätigte. Er schlug ein Treffen für denselben Abend im Olga vor, wo sein Kontaktmann die Bar bediente.

Ich hatte die Namen der Bar und des Vereins gerade verdaut, da klingelte mein Handy.

»Bereit für eine richtig heiße Nachricht?«, rief Bert. »Ist gerade reingekommen, sie dampft quasi noch.«

»Lass mich raten: Nach der Kirche ist der neue Landtag explodiert.«

Wobei, das hätte ich hören müssen. Der Landtag war etwas größer als ein halber Kirchturm, dessen Explosion nur Träume von bombardierten Hochhäusern erzeugte.

»Ach, das hättest du doch gehört. Nein, besser: Unter den Trümmern der Garnisonkirche liegt eine Leiche.«

Mein Herz setzte für einen Schlag aus.

»Männlich oder weiblich?«

»Mann. Ist offenbar von einem der herumfliegenden Ziegel oder Gerüstteile erschlagen worden.«

»Wie kommt jemand denn nachts um halb drei auf die Baustelle?«

»Das ist die Frage. Die Eine-Million-Euro-Frage. Dietmar und seine Leute raufen sich gerade die Haare deswegen.«

»Weiß man schon, wer der Tote ist?«

»Die Fünfhunderttausend-Euro-Frage. In seiner Jacke hatte er nur Kaugummis und eine Tankquittung.«

»Immerhin. Aus einer Tankquittung kann man eine Menge rausholen.«

»Dieser Tote scheint dich nicht besonders zu beeindrucken«, bemerkte Bert enttäuscht.

»Na ja, die Sprengung einer umstrittenen Kirche hat irgendwie mehr Bums als ein Mann, den es dabei unglücklicherweise erwischt hat. Tote gibt es täglich.«

»Deine Abgebrühtheit schaudert mich«, sagte Bert und legte auf.

Abgebrüht!

Mit Gummifingern tastete ich nach dem Manuskript.

Ich schlug die Seiten erst einzeln, dann bündelweise um, überflog sie, verhedderte mich in Namen, Dialogen und Orten und fand mich eine halbe Stunde später im letzten Kapitel wieder, in dem Veit, unbemerkt von vereinzelten Nachtschwärmern des nahe gelegenen Studentenclubs, über die Breite Straße zum Lustgarten am Fuße des Hotels Mercure schlenderte. Dort drehte er sich im Schutz einer Hainbuchenhecke eine Zigarette und rauchte sie zum Gedenken an seinen Großvater. Als er fertig war, zog er ein Handy aus der Tasche und gab einen Code in die Tastatur ein. Es dauerte etwa fünf Sekunden, ehe ein Blitz und das Krachen der Detonation die Luft zerrissen. Der Roman endete mit einem Zitat aus dem Buch der Bücher:

»Der Stein, den man auf einen anderen rollt, wird auf einen selbst zurückrollen.«

Ich notierte *»Fernzünder – Handy«* und schlug das Manuskript zu.

Keine Leiche. Oder ich hatte sie überlesen.

Minutenlang starrte ich auf das Titelblatt. *»Üb immer Reu nach Tätlichkeit.«*

10

Um mich zu beruhigen, fuhr ich schwimmen. Auf dem Gepäckträger nahm ich einen leichtgewichtigen Tramper namens Hoffnung mit, immerhin war ich Magda schon einmal am See begegnet.

Aber ich traf nur einen zopfbärtigen Freak, der mir etwas über das unterschätzte Gedächtnis der Füße erzählte und dabei abwechselnd den rechten und linken großen Zeh ins Wasser tauchte, vermutlich, um ihnen Erinnerungsmaterial zu liefern.

Ich drehte meine Runde und kehrte über denselben Umweg

zurück, wie vorgestern, nur aus einem anderen Grund: um den zertrümmerten Turm zu sehen. Und aus einem zweiten, den ich mir erst eingestand, als ich im Lustgarten vom Rad stieg.

Die von Faust beschriebenen Buchenkarrees lagen im südöstlichen Teil und bestanden aus je einer Bank und einem Papierkorb, die bis auf zwei schmale Durchlässe von schulterhohen Hainbuchenhecken umgeben waren. Ideale Verstecke für Verliebte oder Süchtige, die ihren Stoff in Ruhe genießen wollten. Ich hatte sie zuvor noch nie wahrgenommen, was allerdings wenig besagte, weil ich den Lustgarten boykottierte. In meinen Augen war er ein Paradebeispiel für den Typ Landschaftsarchitektur, in der selbst der schöpferischste Geist nach wenigen Minuten des Lustwandelns anfing, in Exceltabellen zu denken. Die Böden der drei Karrees sahen aus, als würden sie täglich desinfiziert. Ich ging sie trotzdem der Reihe nach ab, wobei ich zu meiner Freude feststellte, dass das Reinigungsteam geschlampt hatte. Unter einer Bank im zweiten schlief ein vergessenes Hustenbonbon.

Im dritten fand ich eine Kippe und zwei Streichhölzer neben dem Papierkorb. Ich hob sie auf, und während ich meine Fundstücke betrachtete, sagte ich mir, dass sie nur bewiesen, dass hier vor kurzem jemand geraucht hatte. Eine Selbstgedrehte.

Und wenn schon, es gab viele, die losen Tabak parfümierten Fertigzigaretten vorzogen, unter anderem ich. Und unter diesen Vielen etliche, die Slimfilter und die dünnere Sorte Papier benutzten, unter anderem ich.

Gott, was tat ich hier überhaupt? Wütend auf Faust und mich selbst, ließ ich die Kippe fallen und ging. Nach einigen Metern kehrte ich um und klaubte sie mitsamt den Hölzern wieder auf, wobei ich mir einredete, dass ich es der Ordnung halber tat. Desinfiziert war nun einmal desinfiziert. Dann bestieg ich mein Rad in Richtung Trümmerfeld.

Es sah ungefähr so aus, wie ich erwartet hatte, und doch anders. Die Breite Straße war auf der Seite der Baustelle über eine

Länge von etwa hundert Metern abgesperrt. Zwischen den Sperren räumte eine Mannschaft mit Hilfe eines Baggers gerade die letzten Trümmer von der Fahrbahn. Den Lattenzaun hatte es großflächig zerlegt. Er sah aus wie das Gebiss eines alten Landstreichers, ein Anblick, der mir weh tat. Aus irgendeinem Grund hatte ich den Zaun gemocht.

Und selbst in seinem desolaten Zustand mochte ich ihn, denn seinen Lücken verdankte ich einen ungehinderten Blick auf den rotbraunen Haufen, der einmal der Turm der neuen Garnisonkirche hatte werden sollen. Der oder die Attentäter hatten ganze Arbeit geleistet. Nur ein etwa drei Meter hoher Zacken ragte noch aus dem Schutt. Ihm wohnte eine irgendwie melancholische Ästhetik inne, und ich stellte mir vor, wie es wäre, ihn genauso zu erhalten, ein modernes Memento mori der Streitkultur. Davor meinetwegen eine Jurte als Versöhnungszentrum.

Vor dem Rechenzentrum standen zwei Männer zwischen einem Polizei- und einem Zivilfahrzeug und rauchten. Vielleicht war einer davon der heilige Dietmar.

Als ich an ihnen vorbeifuhr, hörte ich den Größeren sagen: »Ach, die können von überall gezündet haben.«

11

Magda hockte auf meinem Fußabtreter und lächelte mir entgegen.

Vorsichtshalber zwinkerte ich ein paar Mal, um sicherzugehen, dass sie sich nicht in eine Katze verwandelte.

»Hi«, sagte ich schließlich. »Wie bist du ins Haus gekommen?«

Noch während ich sprach, bekam ich Lust, mich zu ohrfeigen.

»Dein Nachbar hat mich reingelassen. Ich soll dir ausrichten, dass die Mülltonnen nicht für Altglas da sind, dafür gibt es Flaschencontainer.«

»Danke. Von heute an wird er sein Leben hinter dem Türspion verbringen.«

Warum traute ich mich nicht, sie in die Arme zu nehmen? Alles in mir schrie danach.

»Komm rein.«

Ich ging ihr voran in die Küche.

Von meiner gestrigen Putzaktion war kaum noch etwas zu erkennen. Eilig zog ich ein Duschhandtuch von einer Stuhllehne, setzte Wasser auf und begann, Tassen abzuwaschen. Neben der Spüle stand die leere Weinflasche vom Vorabend, auf dem Herd eine Pfanne mit vertrockneten Nudeln. Um sie davon abzulenken, redete ich drauflos, was mir gerade in den Sinn kam. Die Garnisonkirche und wie ich es erfahren hatte. Der See. Der Freak mit den erinnerungsbegabten Füßen.

»Apropos Füße«, sagte Magda hinter mir und etwas Warmes legte sich auf meine Hüften. »Sind sie noch so wie letztens?«

»Das hoffe ich doch«, wollte ich antworten. Aber ich schnappte nur nach Luft und schaltete den Herd aus.

Es dämmerte schon, als wir endlich voneinander abließen. Ich fühlte mich wie nach einem Marathon, genauso fertig, genauso berauscht. Jede Zelle mit Magda gefüllt, was mich dieses Mal immerhin am Auseinanderfallen hinderte. Sie lag auf meinem Bauch und zwirbelte schläfrig mein Brusthaar.

»Wenn ich mich bewege, schmatzt es bestimmt«, murmelte sie.

»Beweg dich nicht!«

»Wenn ich mich nicht bewege, schlafe ich ein.«

Ich strich ihr durch das Haar.

»Es wäre mir eine Ehre, dir als Kissen zu dienen.«

»Das klingt verlockend. Leider hab ich noch eine Verabredung.«

»Ach so.«

Wir hatten nicht über die Dauer ihres Besuchs gesprochen, dennoch fühlte ich mich irgendwie betrogen.

»Und wann?«

Eine ihrer Fingerspitzen kreiste um mein Schlüsselbein.

»Für einen Kaffee reicht es noch. Oder hast du zufällig Tomatensaft?«

Magda zog sich an, während ich in der Küche hantierte. Als ich die Tassen auf den Tisch stellte, kam sie herein.

»Uh, eine nackte Service-Kraft. Wie nennt sich denn dieses formidable Hotel?«

»Adam und Eva. Nur hat Eva schon von der verbotenen Frucht gekostet und Adam nicht. Tomatensaft ist aus, nächste Lieferung in ungefähr einer Stunde.«

»Schade, zu spät.«

Sie betrachtete mich eine Weile, dann schweifte ihr Blick weiter.

»Da ist es ja!«

Mit einem Satz war sie am Fensterbrett und griff nach Fausts Manuskript, das ich zusammen mit dem Laptop dort abgelegt hatte.

»Wie es aussieht, hast du schon drin gelesen!« Sie deutete auf eine Anzahl unterschiedlich großer Eselsohren. »Und, wie findest du es?«

Ich hätte lieber über etwas anderes mit ihr geredet, zum Beispiel über uns, warum nicht über uns?

»Es hat was.«

»Hat *was* was?«

»Etwas Authentisches.«

Ich setzte mich ihr gegenüber. Die Schöne und der Nackte, dachte ich, als ich die Tasse zum Munde führte.

»Weil er in Potsdam spielt?«, fragte Magda.

»Na ja, vor allem dessentwegen, *womit* er spielt. Wie weit bist du vorgestern gekommen?«

Sie hob die Braue.

»Ich glaube, als ich aufgehört habe, soff dieser Veit schon am Nachmittag Schnaps, weil sein Opa im Sterben lag.«

Das erklärte ihre Ruhe. Ein paar Seiten weiter, und sie wäre in dieselbe Verwirrung gestürzt wie ich nach Berts Anruf.

»Und was hat dich an diesem ersten Kapitel so gefesselt, dass du weiterlesen willst?«

Sie stützte das Kinn auf die Hand.

»Hm. Das Geheimnis. Was ist mit diesem Opa los? Vielleicht stirbt er ja gar nicht an einer Lungenentzündung, sondern an etwas, das sich als Mord herausstellt. Vielleicht ist es auch die Sprache, sag du's mir, du bist der Kritiker von uns beiden.«

Ich betrachtete ihre Locken und blieb an ihrem schiefen Lächeln hängen. *Ich hab dir einen Spielball zugeworfen, wirf ihn zurück!*

Eine Zehntelsekunde rang ich mit mir, dann tat ich es.

Schließlich hatte sie mich dazu gebracht, Fausts Roman zu lesen, was nebenbei das Einzige war, das ich ihr nicht beichtete. Sonst alles, und während Magda erst belustigt, dann interessiert lauschte, wurde mir klar, dass ich schon tiefer in der Geschichte steckte, als mir lieb war. Magda bestätigte es mit einer Bemerkung, die mich mitten ins Mark traf.

»Dieser Faust hat seinem Protagonisten deine Initialen verpasst, lustig, nicht? Nur in umgekehrter Reihenfolge.«

Mir gerann der Kaffee im Mund. Veit Jaron. Justus Verloren.

Dazu die Übereinstimmung der Studienfächer, die Vorliebe für Sibona, ein alkoholkranker Großvater, der Blog und selbst gedrehte Zigaretten. Ich sprang auf, holte die Kippe aus dem Buchenquartier und legte sie auf den Tisch. Magda beäugte sie neugierig.

»Die hat ihre besten Zeiten definitiv hinter sich. Was willst du damit?«

»Sie lag an der Stelle, an der Veit Jaron im Buch den Fernzünder betätigt. Slimfilter, thin paper. Und wenn ich den Tabak untersuchen ließe, wette ich eins zu hundert, dass das Ergebnis Pepe lauten würde.«

»Na, na«, meinte sie, nahm die Kippe aber und drehte sie zwischen den Fingern. »Man könnte sich natürlich schon fragen, was es mit diesen Übereinstimmungen auf sich hat. Ob Faust ein heimlicher Fan von dir ist und dir damit schmeicheln will, oder dich ärgern, oder ob es purer Zufall ist.«

»Vergiss die Kirche nicht. Sie ist gesprengt worden, und zwar genauso wie im Manuskript. Und noch etwas, das noch nicht publik ist. Nur das LKA, ein Kollege und ich wissen davon, behalte es also lieber erst einmal für dich.«

»Betrachte mich als versiegelt.« Magdas Augen glänzten auf.

»Unter den Trümmern des Kirchturms lag eine Leiche.«

Der Glanz erlosch.

»Was?«

»Ja. Und das bereitet mir Kopfzerbrechen. Denn nach meiner Theorie müsste es dann auch in Fausts Buch eine Leiche geben. Es gibt aber keine, zumindest nach erstem Querlesen.«

Einige Sekunden verstrichen. Magda betrachtete konzentriert die Maserung der Tischplatte.

»Wenn wir trotzdem dabei bleiben«, fing ich wieder an, »dass Faust mir seinen Roman aus einem bestimmten Grund zugespielt hat, dann vielleicht deshalb, weil er von der Leiche beim Schreiben schon genauso wusste wie vom Fall der Kirche, und mich dazu bestimmt hat, der Sache auf den Grund zu gehen. Die Kirche und die Ähnlichkeiten zwischen Veit und mir waren der Köder, aber im Grunde geht es ihm um die Leiche, die er nicht erwähnt.«

Magda wandte mir langsam ihr Gesicht zu.

»Das ist absurd. Überleg mal, das würde bedeuten, dass Faust selbst der Mörder ist. Und zeig mir mal einen Mörder, der sich seinen eigenen Henker nach Hause bestellt.«

»Es gibt noch eine andere Möglichkeit. Er ist nicht der Mörder, aber er kennt ihn. Kann oder will es ihm jedoch nicht beweisen. Ergo sucht er sich einen, der es an seiner statt tut.«

»Unsinn. Dann hätte er der Polizei doch nur einen anonymen Tipp zu geben brauchen.«

Da war etwas dran. Aber noch wollte ich meine Theorie nicht aufgeben.

»Vielleicht traut er sich nicht zu, seinen Hinweis sinnvoll zu verwerten, ist sich nicht hundertprozentig sicher, oder er scheut sich vor der Polizei, weil er, möglicherweise unabsichtlich, in die Sache involviert ist. Wäre ich an seiner Stelle, würde ich mir in dem Fall auch lieber einen Adepten suchen, der die Angelegenheit für mich regelt, während ich sicher im Hintergrund bleibe.«

Magda schüttelte den Kopf.

»Absurd«, wiederholte sie, stellte ihre Tasse ab und stand auf.

»Vorhin fandest du es noch nicht absurd«, sagte ich vorwurfsvoll.

Sie zuckte die Achseln.

»Vorhin gab es noch keinen Toten. Vorhin fand ich es spaßig, mit dir zusammen eine kleine Verschwörungstheorie zu stricken. Woher sollte ich denn wissen, dass du sie gleich so ernst nimmst. Komm auf den Boden zurück, Just, dann siehst du, dass das, worin du dich da gerade versteigst, eine Vorlage für einen Thriller von Ken Follett oder Stephen King wäre. Wir leben aber nicht in einem amerikanischen Thriller. Du und ich sind Gott sei Dank zwei stinknormale Leute in einer stinknormalen Stadt.«

Sie kam zu mir herum und streifte mit den Lippen meine Nasenspitze.

»Ich mag stinknormale Männer. Bei denen brauche ich nicht um mein Leben zu fürchten.«

»Und was ist mit den Parallelen zwischen der echten und der Romankirche?«, beharrte ich. »Mit den vertauschten Initialen von Veit und mir? Mit der Zigarette, die ich im Lustgarten gefunden habe?«

Die Antwort war ein beunruhigend mütterlicher Blick.

»Wer finden will, findet auch. Das bedeutet möglicherweise nur, dass zu viel herumliegt. Brauchst du das Manuskript noch, oder darf ich es mitnehmen?«

»Wozu?«

»Um es zu lesen. Wie gesagt, es gefällt mir, auch ohne dass ich alles, was drinsteht, für bare Münze nehme.«

Ihre Bitte brachte mich in mittelschwere Bedrängnis. Einerseits wollte ich Magda glücklich machen. Andererseits das Manuskript behalten. Egal, wie sie dazu stand, in meinen Augen waren Faust und ich noch nicht fertig miteinander.

Also nahm ich sie in die Arme, atmete den allmählich verwehenden Duft unserer Vereinigung, küsste sie, und als ich merkte, wie sie weich wurde, flüsterte ich ihr ins Ohr: »Du kannst es lesen, so oft du willst. Es wartet hier auf dich.«

Sie brauchte einen Moment, dann stieß sie mich vor die Brust.

»Das ist Erpressung.«

»Ich nenne es Hoffnung.«

Gemessen an den Stunden davor, fielen die letzten Minuten mit Magda ein wenig kühl aus. Sie ging ins Bad, um sich herzurichten, kam aber gleich wieder heraus, weil sie einen ihrer Ohrstecker vermisste. Sie vermutete ihn im Bett.

Ich durchforstete es, schüttelte sogar die Kissen aus und fand nach akribischem Suchen eine Erdnuss, aber keinen Ohrschmuck. Als ich es Magda beichtete, zog sie sich gerade die Jacke an.

»Macht nichts, falls du ihn später findest, heb ihn einfach auf.« Sie fummelte sich den anderen Stecker aus den Ohren und steckte ihn ein.

Vom Balkon aus sah ich ihr grünes Rad um die Ecke verschwinden. Frauen. Ich holte mein Handy und versuchte es zur Abwechslung mit einem Mann.

»Langsam entwickelst du dich zur Plage«, sagte Bert.

»Die Geister, die ich rief. Gibt's was Neues?«

»Die Leiche darf in die Nachrichten. Man hat sie ihrer Exklusivität beraubt. Morgen ist die Obduktion, aber vermutlich bleibt es bei Steinschlag.«

»Nein, ich meine was Neues.«

»Plastiksprengstoff, wie es aussieht, ferngezündet. Aber alles unter Vorbehalt.«

Letzteres war für mich auch nicht direkt neu, es bestätigte nur meine These und die Wortfetzen, die ich vorhin aus dem Mund eines der beiden Männer neben der Unglücksstelle aufgeschnappt hatte.

»Sag mal, strebst du Boulevard-Popularität für deinen Blog an, oder warum geiferst du so nach neuen Ergebnissen?«

»Wäre das ein Problem für dich?«

Bert schwieg eine Sekunde.

»Nein, ich würde nur nichts mehr sagen.«

»Okay, ich verspreche dir, meinen Blog ausschließlich mit Nachrichten zu füttern, die man auch der Presse entnehmen kann. Wenn ich was für mich behalten soll, tu ich's auch, so weit solltest du mich inzwischen kennen.«

Sprach's und kreuzte hinter dem Rücken zwei Finger, heilfroh, dass die Kirchenleiche fünf Minuten nach dem Verrat an Magda für medientauglich erklärt worden war.

»Na schön, was ist es dann?«, bohrte Bert.

Ich wiederholte in groben Zügen den Vortrag, den ich Magda gehalten hatte und wartete bang auf sein Urteil.

Eine Weile blieb es still in der Leitung.

»Hast du den Autor schon mal recherchiert?«, fragte Bert dann. »Vergiss es«, fügte er hinzu. »Natürlich hast du, du bist Profi. Entweder ist das Manuskript also sein Erstling, oder er hat es unter Pseudonym geschrieben. Wahrscheinlich letzteres.«

»So sieht's aus.«

»Tja … Zugegeben, das ist schon eine krude zeitliche Überschneidung. Andererseits … hab ich dir mal erzählt, dass meine Frau mich an dem Tag verlassen hat, an dem ich zum ersten Mal zufällig mein Horoskop gelesen habe, in dem stand, dass mir eine böse Überraschung bevorsteht?«

»Mehrfach. Allerdings warst du jedes Mal betrunken.«

»Ich will nur sagen, dass es so was gibt. Ich glaube nicht an Horoskope, aber lese ich mal eins, trifft es prompt zu. Ich glaube deshalb immer noch nicht an Horoskope, aber ich respektiere den Zufall. Ein unbekannter Autor schickt einem Literaturrezensenten einen Regionalkrimi, in dem eines der sogenannten Wahrzeichen von Potsdam gesprengt wird, und kurz darauf wird es gesprengt. Verrückt, nicht? Aber genau genommen ist nach dem jahrelangen Gehacke um die Kirche naheliegend, dass irgendwann einem Künstler die Phantasie durchgeht. Bizarr ist nur die zeitliche Nähe zwischen Lesen und Ereignis. Aber die beweist letztlich wieder nur den Zufall. Du hättest das Manuskript auch morgen, nächsten Monat oder nie lesen können, was am ehesten zu erwarten gewesen wäre. Warum liest du es überhaupt?«

»Der Titel hat mich angefixt«, log ich.

»Ein Grund mehr, es in die Papiertonne zu werfen.«

»Ich hab's nicht getan, ein weiterer Zufall.«

»Stattdessen identifizierst du dich mit dem Protagonisten. Daran kann ich dich nicht hindern. Als dein Freund warne ich dich aber davor. Das Ding ist nur die Kopfgeburt eines unbekannten Schreiberlings, in der, wenn ich es richtig verstehe, nicht einmal der Arzt auftaucht.«

»Welcher Arzt?«

»Dr. Hohmann, die Leiche.«

»Ach, sie hat einen Namen«, erwiderte ich gereizt. »Danke, *das* nenne ich eine Neuigkeit!«

»So, ja – hab ich ihn noch nicht erwähnt? Sie haben ihn mithilfe der Tankquittung und seiner Kontodaten identifiziert. Aber spiel damit nicht herum, Dietmar will ihn in den Nachrichten vorerst als Potsdamer Arzt laufen lassen.«

Ich war schon dabei, mir den Namen zu notieren.

»Also, solange in deinem obskuren Roman kein Hohmann auftaucht, leg ihn neben die anderen Krimis in dein Bücherregal, trink ein Glas auf den Zufall und widme dich deiner nächsten Rezension.«

»Aber was ist mit dem Fernzünder, der Kippe aus dem Lustgarten und den anderen Parallelen zu mir?«

Bert seufzte.

»Neuer Vorschlag«, sagte er. »Trink kein Glas auf den Zufall, sondern halte deinen Kopf eine Minute lang unter kaltes Wasser. Und wenn du wieder klar geworden bist, überleg dir, wie viele Kippen von Selbstgedrehten in deiner Stadt herumliegen und wie häufig bei Sprengungen heutzutage der Einsatz von Fernzündern ist. Was macht übrigens dein Zahn? Mit dem Sprechen klappt's ja schon wieder bestens. Oder …« Bert pfiff leise. »Jetzt wird mir einiges klar! Nimmst du Opiate gegen die Schmerzen?«

Jetzt wurde mir auch einiges klar.

»Nein. Falls nichts dagegen spricht, komme ich morgen zum Einsprechen der Rezension.«

»Was sollte dagegen sprechen? Aber lass die Kirche im Dorf«, fügte Bert kichernd hinzu.

Der Nächste, der mich für verrückt erklärte. Und doch wusste ich mit jeder Faser, dass ich recht hatte. Nur aus Freundschaft zu Bert, hielt ich meinen Kopf unter den Wasserhahn in der Küche. Danach herrschte darin einigermaßen Ordnung. Magda hielt eine Ecke besetzt, Bert und Faust jeweils andere.

Was ihn anging, blieb ich dabei: Er wollte, dass ich die Ermittlungen in Bezug auf einen Toten anstellte, der seit einigen Minuten den Namen Hohmann trug. Ich hasste ihn dafür.

Nach einem Kurzimbiss klappte ich den Laptop auf, gab *Dr. Hohmann, Potsdam* in die Suchmaschine ein, ging auf den ersten angezeigten Link und landete auf der Seite eines Ärztehauses im Potsdamer Norden.

Paul Hohmann war Psychotherapeut gewesen und hatte sich die Gemeinschaftspraxis mit einer Podologin, einem Internisten, einem Hals-Nasen-Ohren-Arzt und einer Kinderärztin namens Dr. Laetitia Hohmann geteilt. Interessant. Ich notierte den Namen auf dem unteren Rand meiner Liste und suchte nach Bildern.

Hier wurde es schon schwieriger. Ich fand einige Paul Hohmanns, jedoch nur einen Dr., und der war Verwaltungswissenschaftler. Als ich weiter scrollte traf ich in der vierten Bildreihe auf das Porträt einer attraktiven, dunkelhaarigen jungen Frau, die dem Betrachter lächelnd mit einem Weinglas zuprostete. Ein Klick und ich las: »Welch ein Jahrgang! Laetitia Hohmann auf dem Weingut ihrer Eltern Johannes und Elisabeth Laufenbach«.

Dazu gehörte ein Artikel aus der Rheinischen Post über den berühmten Riesling des Gutes Laufenbach, aus dem unter anderem hervorging, dass die hübsche Laetitia weit abseits der heimischen Reben in einer Potsdamer Kinderarztpraxis arbeitete und seit einem Jahr mit einem Arzt liiert war, was die Eltern mit Stolz und Trauer zugleich erfüllte. Sie hätten sie sich als aktive Erbin ihres Weinberges gewünscht. Der Artikel war vier Jahre alt. Ich speicherte ihn und ging eine rauchen.

Einem einzelnen Wölkchen bei seinem Spaziergang über die Dächer folgend dachte ich an Magda und ihre Augen, ihre Seufzer und ihre Launen.

Dann an den dahingeschiedenen Psychotherapeuten und die schöne Winzertochter Laetitia, die mit einiger Wahrscheinlichkeit seine Frau war. Ich fragte mich, ob die Bestätigung ihrer Ehe für meine Ermittlungen im Sinne Fausts von Belang war, wenn er nicht einmal den Doktor selbst erwähnte. Die Antwort lautete: weiterlesen.

Zuvor widmete ich mich jedoch meinem Blog. Dort hatte der Fall der Garnisonkirche inzwischen für einen Tornado von Begeisterung und Spekulationen gesorgt. Agro warf mit sämtlichen Parolen um sich, die ihm im Laufe seines Randgruppenlebens begegnet waren, einige stimmten ihm zu, andere drückten ihre Freude über das unverhoffte Ende ihres Hassobjekts verhaltener aus.

In einem der letzten Kommentare vermutete Monk einen

Zusammenhang mit einem Kirchenbrand vor etwa zwei Monaten in einem Berliner Plattenbaugebiet. Leviathan und ein paar andere bezweifelten dies. Der Presse zufolge ging jener auf eine feucht fröhliche Feier einer Jungen Gemeinde zurück, an deren Ende man sich im Feuerspucken mit Absinth versucht hatte. Da die Küsterin nebenan wohnte, war nicht viel passiert, nur der Jugendkeller mitsamt einer nagelneuen Tischtennisplatte war hinüber gewesen.

Ich suchte Mindbeard. Unvorstellbar, dass er *das* Ereignis des Jahres unkommentiert ließ. Als ich die Beiträge noch einmal herunterscrollte, fand ich ihn.

Was macht der Krimi?

Die Garnisonkirche ist gerade gesprengt worden, antwortete ich, holte das Manuskript auf den Balkon und begann zu lesen. Kurz darauf plingte Mindbeards Antwort herein.

Was du nicht sagst. Nein, ich meine dieses komische Manuskript, von dem du geschrieben hast.

Ich auch.

Fünf Minuten lang tat sich nichts. Dann meldete sich Monk.

Ich glaube, aktuell gibt es wichtigere Themen.

Das sah ich anders. Aber ich war unschlüssig, ob ich meine Entdeckungen mit der gesamten Mannschaft teilen sollte. Mindbeards Meinung dazu interessierte mich, vielleicht auch Leviathans, Monk kannte ich noch zu wenig, dafür aber Agro und Co. Und falls Faust mitlas, würde er erfahren, dass ich angebissen hatte, was mich schon im Voraus ärgerte. Andererseits lockte umgekehrt ich ihn auf diese Weise vielleicht auch aus der Reserve. Zum Beispiel, indem ich absichtlich eine in seinen

Augen falsche Schlussfolgerung zog. Wenn auch nur irgendetwas an meiner These dran war, würde er in diesem Fall gezwungen sein, sich zu melden. Bei dem Gedanken kribbelte es in meinen Fingern.

Ich schrieb Mindbeard also, was »Üb immer Reu nach Tätlichkeit« mir bisher beschert hatte. Dabei legte ich besonderes Gewicht auf Sprengzeit und Fernzünder, dem ich die Bemerkung hinzufügte, die ich heute Nachmittag vor dem Rechenzentrum aufgeschnappt hatte. Die Gemeinsamkeiten von Veit Jaron und mir ließ ich weg und erwähnte nur die Zigarettenkippe aus dem Buchenquartier, erklärte sie aber kurzerhand zu einer Marlboro-Kippe, meine erste Falle für Faust. Nichts deutete darauf hin, dass ich mich mit seinem Protagonisten identifizierte.

Ich endete am aktuellen Schlusspunkt meiner Lektüre: Veits Vorbereitungen auf ein Treffen mit dem AGV, einem realen Verein übrigens, der ungefähr so alt wie die Stiftung zum Wiederaufbau der Garnisonkirche war, aber das Gegenteil wollte. Eigentlich hieß er »Verein zum Erhalt der Potsdamer Mitte«, eine Verballhornung des Namens meines Lieblingsvereins. Seit der großen Unterschriftensammlung für das Bürgerbegehren 2014, an dem er maßgeblich mitgewirkt hatte, wurde er landläufig jedoch nur noch Anti-Garnisonkirchen-Verein genannt: AGV. Wie Veit erkundigte ich mich, ob jemand aus meiner Blog-Familie einen Kontakt zum AGV vermitteln könne und drehte mir eine Zigarette.

Ich hatte sie kaum angezündet, als es Kommentare hagelte. Genau genommen waren es vier, allen voran, wie immer, Agro. Er plädierte dafür, Faust ein Denkmal zu setzen und bot mir die Vermittlung zu einem befreundeten AGVler an.

Agro, mein Freund, dachte ich, möge dir ein langes, arbeitsarmes Leben beschieden sein. Aber ein anderer Vermittler wäre mir lieber. Mein Gebet wurde erhört.

Leviathan kannte nicht nur irgendjemanden, sondern outete sich selbst als Mitglied und wies auf eine Seite desselben in einem sozialen Netzwerk hin, dem ich aus persönlichen Gründen nie beigetreten war und auch nicht beitreten wollte.

Monks Reaktion wurde mir langsam vertraut. Im Unterschied zu Magda und Bert warf er aber wenigstens die Frage auf, ob Faust durch Flüsterbotschaften von der beabsichtigten Sprengung erfahren und sich davon zu seinem Krimi inspirieren lassen haben könne. Auch ein interessanter Gedanke. Für Flüsterbotschaften dieser Art fiel mir auf Anhieb nur ein bestimmtes Umfeld ein und in diesem Zusammenhang wieder der AGV.

Ich bedankte mich für die Anregung und scrollte zum vorläufig letzten Kommentar. Er stammte nicht, wie ich erwartet hatte, von Mindbeard, sondern von einem mir bislang unbekannten Absender namens Gisbert.

Wer zu weit vom Weg abgeht, den holt der Wolf.

Mir fuhr ein Ziehen in den Nacken, wie die Ankündigung einer Migräne.

Ich bewegte die Schultern und las den Satz mehrmals hintereinander. Währenddessen flatterte ein Kommentar von Mindbeard herein, der mich mit der Hauptfigur in irgendeinem Thriller verglich und seine Hilfe anbot, falls ich dem Geheimnis des Manuskripts auf den Grund zu gehen gedachte. Noch vor einer Minute hätte er mich damit gerührt und gleichzeitig meinen Argwohn geweckt.

»Wer zu weit vom Weg abgeht.«

Das Leben um mich herum ging auf Standby. Selbst die Elster unterbrach ihren Subotnik in der Regenrinne.

Willkommen Gisbert, dachte ich.

Und Monk ergänzte:

Hallo Neuer, wer bist du?

Die Mutter von Rotkäppchen, antwortete Gisbert.

12

Ich war wie in einem Koffeinrausch. In einer Geschwindigkeit, die mich selbst beeindruckte, entwarf ich einen Plan und ging sofort daran, ihn umzusetzen. Er bestand aus drei Teilen, die ich, der Übersicht halber, auf drei Zeichenblättern und mit den entsprechenden Überschriften versehen, an die Wand über meinem Schreibtisch pinnte.

Das erste galt Faust und seiner Identität. Das zweite dem Fall selbst, auf der Basis von Fausts Roman. Dorthin übertrug ich den Fund der Zigarette, den Handy-Fernzünder und den AGV plus Leviathan als potentiellen Kontaktmann.

Das dritte Blatt galt den Ermittlungsergebnissen der Polizei, die ich aus den Medien und über Bert zu beziehen gedachte. Darauf notierte ich den toten Arzt und seine Frau, letztere mit Fragezeichen. Nach kurzer Überlegung fügte ich auch hier den Fernzünder hinzu.

Als alles so weit geregelt war, machte ich einen erneuten Abstecher in meinen Blog, überflog eine Handvoll frischer Kommentare und stellte dabei fest, dass der tote Doktor inzwischen »für die Medien freigegeben« worden war. Mindbeard wollte wissen, wie Faust es in seinem Manuskript mit Leichen hielt.

»Bisher hat er nur eine Oma per Herzinfarkt erledigt«, antwortete ich ihm.

Gisbert hatte sich nicht wieder gemeldet.

Über einem Teller eingelegter Artischockenherzen, hörte ich die Nachrichten, in denen »ein vierunddreißigjähriger Arzt aus Potsdam« als Opfer des Kirchenanschlags gemeldet wurde. Kein Name, vermutlich aus Rücksicht auf die Angehörigen.

Mit öligem Gaumen begab ich mich nach dem Essen wieder auf den Balkon und bat Leviathan um eine Adresse, unter der ich ihn persönlich erreichen konnte. Als Grund nannte ich Informationen über den AGV.

Prompt meldete sich Agro und wies darauf hin, dass er mindestens genauso viel über den AGV wisse wie Leviathan. Ich bat auch ihn um seine Adresse, damit er Ruhe gab und verabschiedete mich, um ein Kapitel »Üb immer Reu nach Tätlichkeit« zu lesen. Ich brauchte ein paar Minuten, ehe ich den Anschluss gefunden hatte.

Ach ja, die Verabredung von Veit mit seinem Blog-Kumpel und dessen Kontaktmann vom AGV im Olga.

Die drei trafen sich mitten im Hauptprogramm der Kneipe, was bedeutete, dass sie überfüllt war. Zwischen Rastazöpfen, Halbgeschorenen und Studenten fanden sie schließlich zwei Plätze an der Bar, doch Treiber, der sich auch im wirklichen Leben so nannte, waren sie zu hellhörig. Also zogen Veit und er, wie unlängst Magda und ich, nach draußen auf den Fenstersims. Der Kontaktmann folgte, nachdem er eine Vertretung für seinen Posten hinter der Bar gefunden hatte. Er stellte sich als Marcus vor und steckte sich ohne Umschweife einen Joint an. Einen halben, wie er Veit erklärte, als er ihn an ihn weiterreichte. Veit bewegte den Rauch fünf Sekunden lang in der Mundhöhle, ehe er ihn ausstieß und nach seinem eigenen Tabak griff. Die Friedenspfeife war geraucht, er kam zur Sache.

Marcus hörte seiner Geschichte mit entspannter Miene zu. Als sie zu Ende war, erkundigte er sich, was Veit vom AGV konkret erwarte.

Antwort: »Jemanden, der Sprengstoff besorgen kann.«

Ruhe. Dann Marcus: »Und das entsprechende Zubehör, nehme ich an?«

Veit: Natürlich.

Marcus: »Wie kommst du ausgerechnet auf unseren Verein?«

Veit: »Ihr seid gegen den Wiederaufbau der Garnisonkirche, oder nicht?«

Marcus (nach Blickwechsel mit Treiber): »Deshalb sind wir noch lange keine Terrorzelle.«

Veit: »Das behauptet auch niemand. Aber angenommen, das, was ich vorhabe, wäre zu hundert Prozent im Sinne des Vereins?«

Undeutbare Miene bei Marcus.

Veit: »Und der AGV muss sich nicht einmal die Finger dabei schmutzig machen. Ich erledige alles selbst. Ich brauche nur das Material.«

Marcus (nach einer Pause): »Könnte teuer werden.«

Veit: »Ich habe geerbt. Und ich bin sicher, dass mein Projekt im Sinne des Erblassers ist. Egal, ich kann das Zeug bezahlen. Ich weiß nur nicht, wie man dran kommt. Ihr seid, nach allem, was ich gehört habe, eine ziemlich heterogene Truppe, also ist vielleicht einer unter euch, der jemanden kennt, der jemanden kennt ...«

Wieder stummes Zwiegespräch zwischen Treiber und Marcus.

Marcus: »Steckt hinter deinem Projekt das, was ich vermute?«

Veit beginnt »Üb immer Treu und Redlichkeit« zu summen, steckt dann einen Finger in den Mund und lässt ihn ploppen.

Nicken auf Seiten der beiden anderen. Marcus nimmt einen letzten Zug von seiner Halben, drückt sie aus und gibt Treiber einen Wink.

»Wir sind gleich wieder da.«

Fünf Minuten später.

Treiber: »Mein Kumpel hat noch ein paar Fragen.«

Marcus: »Diese Sache ist ein ziemlich großes Ding. Du wirst Bohrlöcher anbringen müssen. Sie füllen und die Sprengsätze mit dem Zünder verkabeln.«

Veit (unsicher): »Ich hab das Geld.«

Marcus: »Es geht nicht ums Geld. Es geht um die Arbeit. Eine dazu, die unauffällig verrichtet werden muss. Und zwar mitten in der Stadt. Neben der Baustelle steht ein Studentenwohnheim.«

Veit: »Das heißt, ich muss ein Wochenende in den Semesterferien wählen.«

Marcus: »Hast du Erfahrung mit Sprengungen?«

Veit: »Noch nicht, aber ich werde mich schlau machen.«

Marcus (seufzt): »Pass auf. Ich unterstütze dein Projekt, weil es, wie du sagst, unserem Anliegen entgegenkommt, auf eine radikale Weise, die mich reizt, weil es die einzige ist, die Erfolg verspricht. Bedingung: Der Verein wird nicht in die Sache hineingezogen, denn er hat damit nichts zu tun. Klappt es, werden wir ein hübsches Nachwort auf die pseudobarocken Trümmer bringen. Wenn nicht, dann ist es allein deine Sache. Verstanden so weit?«

Veit: »Vollkommen.«

Marcus: »Gut. Ich persönlich möchte, dass es klappt. Deine Motive dabei sind mir wurscht. Aber so wird das nichts. Du bist vielleicht in der Lage, das Projekt zu finanzieren, obwohl sich das erst noch zeigen wird, und du hast den unbedingten Willen, es durchzuziehen. Das ist viel, aber zu wenig. Mit anderen Worten: Du brauchst außer dem Material einen erfahrenen Mann an deiner Seite und vielleicht noch ein, zwei Helfer. Gib mir deine Nummer, ich rufe dich an, sobald ich den Klavierstimmer erreicht habe.«

Veit: »Den ... Okay.«

Gelassen, als hätte ihr Gespräch sich tatsächlich nur um ein verstimmtes Instrument gedreht, tippte Marcus Veits Nummer in sein Handy und deutete zum Abschied auf dessen Hals.

»Du hast da übrigens einen Leberfleck, der ein bisschen aus der Form läuft.«

Erblassend fuhr Veit mit der Hand an die bezeichnete Stelle.

»Aus der Form? Wie meinst du das?«

»Ich meine, dass er etwas ausgefranst aussieht. Mein Vater hatte auch so einen. Ich würde mal einen Arzt draufgucken lassen.«

Unwillkürlich hob ich den Saum meines T-Shirts. Unterhalb meines Bauchnabels hatte ich unlängst zwei Leberflecke entdeckt. Klein, glatt und hellbraun, aber neu, was mich beunruhigte. Woher kamen sie und warum? Und wer sagte mir, dass sie ihre kreisrunde Form behalten würden und nicht, wie der an Veits Hals, irgendwann ausfransten? Es wäre nicht das erste Mal. Vielleicht sollte ich auch mal wieder zum Arzt gehen.

Was Faust betraf, beglückwünschte ich mich, den Kontaktaufbau zum AGV so rasch vorangetrieben zu haben. Zum letzten Mal an diesem Abend ging ich an den Laptop. Noch immer kein Lebenszeichen von Gisbert. Dafür hatte Agro seine Mailadresse hinterlassen. Leviathan war der Blog dafür zu öffentlich, er schlug mir ein Treffen an derselben Stelle vor, an der wir uns das letzte Mal begegnet waren. Tag und Zeit überließ er mir.

Ich: Morgen 16.00 Uhr.

Um diese Zeit würde ich mit dem Einsprechen meiner Rezension durch sein, und es blieb noch genug für Magda, falls sie mich sehen wollte. Sobald ich an sie dachte, begann es in meinem Magen zu ziepen. Nur die Erinnerung an unseren unterkühlten Abschied hielt mich davon ab, sie sofort anzurufen.

13

Das Erste, was ich am nächsten Morgen nach der üblichen Transformation von einem verquollenen Schläfer in einen halbwegs ansehnlichen Mittdreißiger tat, war, mich in der Presseabteilung des Kaufhauses mit Tageszeitungen einzudecken.

Neben den beiden ansässigen brüllte auch von den Covern einer Berliner und zweier überregionaler Zeitungen die Garnisonkirche, mal barock, mal als Trümmerhaufen. Ich warf sie auf den Küchentisch, schaltete das Radio ein und setzte Kaffeewasser auf. Eigentlich erwartete ich nichts Neues, laut Bert fand die Obduktion des toten Arztes erst heute statt, aber ich hatte beschlossen, mich auch über die unbedeutendste Kleinigkeit auf dem Laufenden zu halten, selbst wenn ich dafür synthetische Popmusik ertragen musste. Warum brachten Bert und seine Leute so etwas? Bert vergötterte David Bowie, aber sein – unser – Sender spielte ihn so gut wie nie, stattdessen diesen Guetta-Schrott.

Die Stimmen zweier Moderatoren rissen mich aus meinem Ärger, nur um mich in den nächsten zu stürzen. Ich kannte die beiden vom Sehen und wusste, dass es intelligente Leute waren, was man angesichts ihres chronischen Morgenshow-Gekichers kaum glauben mochte.

Aus ihren Gurrlauten hörte ich immerhin Worte wie »unbegreifliche Katastrophe«, »Garnisonkirche« und »Polizeisprecher« heraus, ehe auch sie abgelöst wurden, diesmal von der angenehm emotionslosen Stimme des Polizeisprechers. Wie erwartet, phrasierte er die bekannten Fakten, zählte auf, wer alles an der Klärung des Falles arbeitete – mich ausgenommen –, spekulierte über einen terroristischen Anschlag. Aber dann: Die mir bekannte Moderatorin wollte, ohne zu kichern, das Naheliegende wissen: Worauf die Annahme eines terroristischen Anschlags basiere.

Abgesehen vom Ausmaß desselben, sagte der Polizeisprecher, wisse man inzwischen um eine Mitgliedschaft des Opfers im Förderkreis zum Wiederaufbau der Garnisonkirche, die das Großprojekt zum Teil durch eigene und akquirierte Spenden finanziert habe und in engem Kontakt zur Stiftung für den Wiederaufbau der Garnisonkirche stehe. Wie ebenfalls bekannt, wären Stiftung und Förderkreis quasi vom Tag ihrer Gründung an von fanatischen Garnisonkirchen-Gegnern angegriffen worden. Er erinnerte an die Beschädigung der Großleinwand an einem Informationspavillon über die Geschichte der Kirche, der vormals dort gestanden hatte, wo sich jetzt der Trümmerhaufen erhob. Die Leinwand hatte das Portal der Kirche gezeigt und war eines Nachts zerschnitten worden. Auch hätten Mitglieder des Förderkreises Anrufe und Mails erhalten, in denen sie als Nazis beschimpft worden wären. Es sei denkbar, dass der militante Teil der Kirchengegner nach ihrer Niederlage und dem Baubeginn nun zu härteren Mitteln gegriffen habe.

»Verstehe ich Sie richtig«, fragte die Moderatorin, »dass Sie den Tod des Mannes unter den Trümmern nicht für einen Unfall halten?«

»Was den Toten betrifft, folgen wir mehreren Ansätzen, von denen einer natürlich auch einen Unfall berücksichtigt«, sagte der Polizeisprecher, nun ebenso emotions- wie lustlos.

Chapeau, dachte ich und nahm mir vor, die Moderatorin bei unserer nächsten Begegnung besonders freundlich zu begrüßen. Ich notierte Paul Hohmanns Mitgliedschaft im Förderkreis auf dem Blatt mit den Ermittlungsergebnissen der Polizei. Dann zerrieb ich einige Kardamom-Kapseln und brühte den Kaffee auf.

Beim Frühstück überflog ich die Zeitungen. Dort war man bereits einen Schritt weiter als die Polizei, die einen ultralinken Anschlag auf den Kirchturm nur als eine mögliche Alternative handelte.

»Terroranschlag auf Militärkirche«, blockte ein überregionales Blatt mit halbseitengroßen Lettern. Etwas anspruchsvoller, jedoch kaum weniger polemisch mit »Djerba in Potsdam« ein lokales. Andere kleideten ihre Headlines in Fragen, was aber nichts daran änderte, dass der Leser sich von Mördereinheiten umzingelt wähnte. Noch ein paar Tage, schätzte ich, bis zu ersten Querverbindungen in Richtung Al Quaida, und schon jetzt stürzte sich die Journaille auf den Toten wie auf einen Märtyrer, der in Ausübung einer Ehrenpflicht gefallen war.

Allmählich verstand ich, warum das LKA mit seinem Namen hinter dem Berg hielt. Sobald er herauskam, konnte Hohmanns Witwe sich nur noch in die Wüste flüchten, wenn sie vermeiden wollte, nachts vom Blitz einer Kamera geweckt zu werden, die »den unruhigen Schlaf der Trauernden« einfing.

Ich träumte mich in das tragische Schicksal der unglücklichen Ärztin hinein, die von Sequenz zu Sequenz weniger anhatte, sah mich ihr als Ritter entgegeneilen und Asyl in meiner bescheidenen Hütte anbieten und wachte abrupt auf, als sie mit frechem Grinsen einen Tomatensaft verlangte.

Ich fegte die Zeitungen zusammen und stopfte sie in die Papierkiste. Mit schlechtem Gewissen schrieb ich eine SMS an Magda: *»Vermiss dich. Hast du heute Abend Dienst?«*

Nach kurzer Überlegung löschte ich den Teil mit dem Vermissen wieder.

Mir blieb noch eine Stunde bis zu meinem Termin im Sender. Nicht gerade viel für jemanden, der den Ehrgeiz besaß, seine Rezensionen frei zu sprechen.

Ich verbannte die Garnisonkirche und alles, was damit zu tun hatte – also auch Magda –, in eine meiner geistigen Abstellkammern und lernte, den Text abwechselnd vor dem Gesicht und auf dem Rücken, während ich Schleifen durch meine Wohnung zog. Nach einer halben Stunde legte ich den Zettel auf den Schreibtisch und sah nur noch drauf, wenn ich hängen blieb. Fünf Minuten vor dem Aufbruch konnte ich die Rezension vorwärts und rückwärts herunterspulen. Ich nahm sie trotzdem mit. Das Kurzzeitgedächtnis ist tückisch wie die Zwischenablage im Computer. Irgendein unvorhergesehenes Ereignis, und es verliert Daten oder ersetzt sie durch neue, so dass einem, wenn's drauf ankommt, plötzlich statt eines Handlungsortes der Name eines Pudels einfällt, der einem auf dem Weg zum Sender in letzter Sekunde von den Radspeichen weggeschnippt worden ist.

An diesem Tag verlief die Fahrt in das Babelsberger Studio jedoch unspektakulär, abgesehen von einem Summen in meiner Hosentasche kurz hinter der Humboldtbrücke, das den Eingang einer SMS verkündete. Zu meiner Enttäuschung war sie nicht von Magda, sondern von Anja. Sie fragte, ob sie abends vorbeikommen könne, um mich wegen eines gemeinsamen Freundes zu sprechen. Ich ignorierte die Nachricht. Welcher gemeinsame Freund? Wir hatten schon lange keine gemeinsamen Freunde mehr.

Ich traf Bert im Pausenraum, wo er sich einen Kaffee aus dem Automaten zog.

»Ah, Sherlock! Fortschritte im Skandal von Potsdam?« Er deutete auf den Automaten. »Auch einen?«

»Ja und ja«, antwortete ich. »Ich habe Faust gefunden.«

»Ist nicht wahr. Wo hielt er sich versteckt – unter dem Sofa?«

»In meinem Blog.«

Aus einem Kühlschrank neben dem Automaten nahm Bert ein Kännchen Milch.

»Oha. Und was sagt er zu seiner Entdeckung?«

Er kräuselte die Mundwinkel, ganz leicht nur, aber ich hatte es gesehen.

»Das erzähle ich dir, wenn du aufhörst, mich wie einen Idioten zu behandeln.«

Dafür, dass ich stocksauer war, klappte das Einsprechen der Rezension überraschend gut. Meine Stimme war fest und tief, mein Ton schneidend, was, wie ich fand, auf reizvolle Weise mit der wohlwollenden Kritik kontrastierte.

»Du solltest dir öfter die Zähne machen lassen«, wiederholte Bert, nachdem er sie gehört hatte.

Ich warf ihm einen eisigen Blick zu und verließ das Studio.

Im Flur holte er mich ein.

»Hast du schon von der Beziehung unseres toten Doktors zum Förderkreis für den Wiederauf…«

»Es kam in den Nachrichten.«

»Ach ja. Aber wusstest du auch, dass sein Vater dessen stellvertretender Vorsitzender ist?«

»Nein, sollte mich das interessieren? Ein Förderkreis für den Aufbau einer Kirche wird ja wohl kaum sein eigenes Projekt sprengen und eines ihrer Mitglieder umbringen.« Ich erreichte die Treppe.

»Stimmt. Außer wenn in seiner Mitte ein schwarzes Schaf hockt, das seine detaillierten Kenntnisse über den Bau für dessen Zerstörung weitergegeben hat. Ein gut getarnter Maulwurf der Gegenseite zum Beispiel.«

Bedächtig stieg ich drei Stufen hinunter und blieb stehen. Drehte mich um. Bert knüllte gerade seinen Kaffeebecher zusammen.

»Warst wirklich du es, der mich gestern beschworen hat, die Füße auf dem Teppich zu behalten?«

»Ist ja nur eine verspielte Theorie. Aber du musst zugeben, dass es möglich wäre.«

»Genauso wie, dass einer aus dem Umfeld der Täter mich mit Hilfe eines Romans auf seine Leute ansetzt.«

Bert grinste.

»Du glaubst keine Sekunde an deinen Maulwurf«, sagte ich. »Was willst du?«

»Dass wir nicht bellend auseinander gehen. Komm schon, trink einen Versöhnungskaffee mit mir.«

»Ich hatte genug Kaffee für heute«, brummte ich.

»Und wenn ich dir noch etwas Exklusives über den verblichenen Doktor erzähle?«

»Was denn? War er Tierhaarallergiker?«

In meiner Hosentasche summte es wieder. Magda schrieb, sie habe Migräne, melde sich aber, sobald sie damit durch sei. Sie hätte genauso gut schreiben können, sie melde sich gegen Ende des Klimawandels.

»Du siehst aus, als hätte sich eine Busladung Verwandter zu dir nach Hause eingeladen«, meinte Bert.

»Fast.«

Ich tippte eine kurze Nachricht an Anja, während er zu mir herunterkam.

»Hat Dietmar oder einer seiner Leute sich schon bei dir gemeldet?«

»Warum sollten sie?«, fragte ich, konnte aber nicht verhindern, dass mir unwohl wurde. Es lag etwas in Berts Blick, das mir nicht behagte. Ich steckte das Telefon ein.

»Na schön«, sagte ich. »Ein Kaffee.«

Zwei Automatenkaffees hintereinander waren einer zu viel, fanden meine Geschmacksknospen. Ich betäubte sie mit einem Löffel Zucker. Bert pustete in seinen Becher und trank ohne Anzeichen von Ekel einen großen Schluck. Offenbar waren seine Geschmacksknospen schon hinüber.

»Wieso sollte das LKA sich bei mir melden?«, fragte ich, um mir die Antwort gleich darauf selbst zu geben.

»Du hast deinem Dietmar von meinem Blog erzählt. Ist es so?«

Bert schob sich umständlich auf seinem Drehstuhl zurecht. Wir saßen in seinem Büro, ich auf dem Gästeschemel.

»Na ja, aber erst danach.«

»Wonach? Der Kirchensprengung? Einem intimen Schäferstündchen? Dietmar krault dich am Kinn, und umgekehrt verwöhnst du ihn mit kleinen Leckereien aus dem Leben deiner besten Freunde?«

Ich fasste es nicht!

Bert, mein Kollege, mein Blutsbruder, mein einziger Vertrauter!

»Nachdem sie es schon raus hatten«, sagte er trocken. »Die haben da auch einen Computer beim LKA, stell dir vor. Und da sie kein Friseursalon, sondern eine Ermittlungsbehörde sind, haben sie auch Leute, die damit umgehen können. Was meinst du wohl, wie lange es dauert, bis man auf deinen Blog stößt, wenn man »Garnisonkirche« ins Suchfenster eingibt? Als Dietmar erwähnt hat, dass sie einigen Internetbefunden nachgehen, schrillte bei mir eine Glocke, und ich hab mal vorsichtig nachgefasst. Du stehst auch auf ihrer Liste. Ich sag dir das, damit du dich drauf vorbereiten kannst, und zum Dank stempelst du mich als Verräter ab.«

Ich schluckte und murmelte eine Entschuldigung.

»Überhaupt bist du heute ziemlich auf Krawall gebürstet. Was ist los?«

»Die Sache mit der Kirche nimmt mich mehr mit, als ich dachte. Dazu meine Zähne und … eine Frau. Alles etwas viel gerade.«

Mit hätte klar sein sollen, was jetzt kam.

»Nein!« Bert beugte sich vor. »Eine Femme fatale?!«

»Femme reicht«, sagte ich. »Außerdem ist es noch nicht spruchreif.«

»Etwa die, die hier anrufen sollte?«

»Es ist noch nicht spruchreif«, wiederholte ich. »Wenn es so weit ist, bist du der Erste, der es erfährt. Du wolltest mir noch etwas Spektakuläres über den toten Doktor erzählen.«

Mit enttäuschter Miene lehnte Bert sich wieder zurück.

»Hohmann senior ist wie gesagt ein hohes Tier im Förderkreis. Der tote Junior gehörte dieser elitären Spitze nicht an. Trotzdem war er in diesem Kreis ein wohlgelittenes Mitglied.«

Bert brach ab und hob erwartungsvoll die Brauen.

Ich starrte erwartungsvoll zurück. Nach einer Weile beidseitiger Erwartung seufzte er.

»Verdammt: Wodurch wird man Mitglied eines Förderkreises?«

Ich zuckte die Schultern. »Indem man laut sagt: ›Ich bin ab jetzt dabei‹ und eine Mitgliedsurkunde beantragt?«

»So was haben die nicht. Es ist viel einfacher, es liegt sozusagen im Wort selbst.«

»Er hat … gefördert?«

Bert schnippte mit den Fingern. »Willst du die Summe wissen?«

»Wie hoch war die Summe?«, fragte ich brav.

»Fünftausend.«

»Hast du das auch von deinem Dietmar?«

»Ja. Er ist beim LKA.«

Na schön. Dr. Paul Hohmann, ansässiger, inzwischen toter Psychotherapeut, hatte ziemlich viel Geld für den Aufbau der Kirche gespendet.

»Und weiter?«

»Nichts weiter. Ich wollte nur, dass du es weißt, damit du es in deine Roman-Ermittlungen einspeisen kannst.«

»In meinem Roman gibt es nach wie vor keinen Paul Hohmann.«

Bert räusperte sich vielsagend, mit dem Ergebnis, dass meine Galle wieder zu köcheln begann.

»Was denkt dein Dietmar eigentlich so über den Fall?«, stichelte ich. »Sitzt er auch dem Märchen von den bösen Terroristen aus dem Fanatikerland auf?«

»Er folgt verschiedenen Ansätzen.«

»Schau an! Der heilige Dietmar bedient sich aus demselben Phrasenhandbuch wie sein Pressesprecher. Und sein Brettspielfreund plappert ihn treu nach.«

Bert sah mich trübe an und trank seinen Becher aus.

»Tja. Leider hat er keinen Krimi, der ihm vorgibt, wo er ermitteln soll, er und seine Leute müssen selbst denken. Entschuldige, in zehn Minuten ist Redaktionssitzung. Ich hab vorher noch einen Interviewtermin abzuklären.«

Er drehte seinen Stuhl zum Tisch und griff nach dem Telefon. Ach, plötzlich hatte er einen Termin.

Bevor ich ging, beugte ich mich über seine Schulter.

»Wuff!«

Der Anruf kam wenige Minuten nach meiner Rückkehr, als ich mich gerade von dem Schrecken erholte, den alten Pachulke in meinem Korridor vorgefunden zu haben. Aber dazu später.

»Guten Tag, Kommissarin Schneider, LKA Brandenburg. Herr Verloren?« Eine korrekte Frauenstimme mit dem Charme eines Leierkastens.

»Der nämliche.«

»Gut. Es tut mir leid, Sie belästigen zu müssen, Herr Verloren, aber im Zuge unserer Ermittlungen zum Attentat auf die Garnisonkirche, von dem sie sicher gehört haben, sind wir im Internet auf Ihren Blog gestoßen …«

»Ich hab die Kirche nicht gesprengt«, unterbrach ich sie und dankte Bert im Stillen.

Sie schwieg eine Sekunde.

»Trotzdem müssen wir sie zum Zwecke einer Aussage zu uns bitten.«

»Wozu, ich kann Ihnen auch am Telefon alles sagen, was Sie wissen wollen.«

»Es geht nicht darum, was ich wissen will«, erwiderte sie, nun mit einem zickigen Unterton. »Außerdem wird ihre Aussage protokolliert, das muss schon alles den vorgeschrieben Dienstweg gehen. Wie sähe es bei Ihnen heute um 17.00 Uhr aus?«

»Schlecht.«

»Morgen früh um neun?«

»Morgen ist Sonnabend!«

»Das tut mir leid, aber Sie verstehen sicher, dass uns unter den gegebenen Umständen an zeitnahen Aussagen liegt. Ich werde mich bemühen, die Sache kurz zu halten.«

»Klingt nach kurzer Folter mit schnellem Geständnis. Na schön. Morgen um neun.«

»Danke.« Die Stimme fand zu ihrem offiziellen Ton zurück, ohne meinen Sarkasmus auch nur zu streifen.

»Einer unserer Mitarbeiter wird Sie beim Pförtner an der Schranke abholen. Die Adresse …«

»… finde ich im Netz. Vermutlich steht sie direkt neben meiner Telefonnummer«, sagte ich, legte auf und ging duschen.

Unter der heißen Brause weichte mein Ärger allmählich auf. Ein Ermittler im Fadenkreuz, warum eigentlich nicht? Das hatte etwas von Agententhrillern der Fünfziger. Ich sah mich in Schwarz-Weiß dem heiligen Dietmar in einem spartanisch eingerichteten Raum gegenüber sitzen und lässig Zigarettenasche auf den Boden stippen. Über uns rotierte ein altersschwacher Ventilator.

»Tja, Kommissar, da ist Ihnen wohl ein Patzer unterlaufen. Ich bin der falsche Mann. Genau genommen sind wir Kollegen, Sie und ich. Just Verloren, Privatdetektiv. Hier, meine Karte.«

Für ein paar Minuten schwelgte ich in meinem Film, dann wurde mir bewusst, dass ich nackt war und das Phantomgesicht des heiligen Dietmar verwandelte sich schlagartig in das von Pachulke.

Es grinste genauso wie vorhin, als er mir die Tür geöffnet hatte, als wäre ich seine Zugehfrau und nicht der Mieter der Wohnung. Ich war so fassungslos gewesen, dass ich gegen meine Natur kein Wort herausgebracht hatte. Und erst recht, als Pachulke statt irgendeiner Erklärung für seinen Hausfriedensbruch oder einer Entschuldigung gefragt hatte, wie ich ins Haus gekommen war.

»Durch Frau Friese. Sie kam gerade raus.«

»Das nenne ich Glück. Und wenn sie nicht gerade herausgekommen wäre?«, hatte Pachulke weitergebohrt.

Ich fasste in die Tasche, um mein Schlüsselbund herauszuziehen, unterließ es jedoch. Erstens, weil in der Tasche kein Schlüssel war. Und zweitens, weil mir in diesem Moment auffiel, dass mit den Positionen dieses Verhörs etwas entschieden im Argen lag.

»Was machen Sie in meiner Wohnung?«

»Nichts. Ich wollte nur sehen, ob es die richtige ist. Sie könnten mal wieder Staub saugen, wenn ich mir die Bemerkung erlauben darf.«

»Dürfen Sie nicht. Hören Sie, Herr Pachulke. Ich weiß, wie schwer es ist, Gewohnheiten abzulegen. Aber ein Vierteljahrhundert nach der Wende sollte selbst Ihnen aufgefallen sein, dass es niemanden mehr gibt, der Ihre IM-Berichte unterzeichnet. Und jetzt raus hier.«

Immer noch verwirrt, aber doch mit einer gewissen Befriedigung hatte ich registriert, wie sich Pachulkes Gesicht violett gefärbt hatte. Gleichzeitig sah ich das Schlüsselbund in seiner Hand. Ich erkannte es sofort an dem orangefarbenen Karabinerhaken, den mir Bert mal geschenkt hatte. Pachulke warf es mir vor die Füße und zischte: »Über jemandes Wohnung zu berichten, der seinen Schlüssel im Hauseingang herumliegen lässt, wäre auch vor einem Vierteljahrhundert kein Kunststück gewesen.«

Dann hatte er den Kragen eines imaginären Trenchcoats hochgeschlagen und mich ratlos zurückgelassen. Ratlos, weil ich zwar um das Löchlein in meiner Jackentasche wusste. Aber wie gesagt, es war ein Löchlein. Ein Schlüssel hätte vielleicht hindurch gepasst. Schwerlich jedoch ein ganzer Schlüsselbund.

Trotzdem konnte es nicht schaden, es zuzunähen. Während ich das Bund vom Boden aufhob und überlegte, wo Anja früher das Nähzeug aufbewahrt hatte, klingelte das Festnetztelefon, als hätte das LKA nur auf eine mentale Schlagseite meinerseits gewartet.

Und als ich die Dusche verließ und mich langsam anzog, fragte ich mich, ob es möglich war, dass Pachulke nach der Wende einfach die Seiten gewechselt hatte. Einem, der einmal darauf abgerichtet war, Leuten nachzuspionieren, konnte es letztlich schließlich egal sein, wer seine Berichte unterzeichnete.

Ursprünglich hatte ich vorgehabt, die Zeit bis zum Treffen mit Leviathan mit zwei, drei Kapiteln Faust zu vertrödeln und das Rezensionsexemplar für die nächste Woche anzufangen. Ich war in Verzug, normalerweise hatte ich, wenn ich ein Buch einsprach, schon über die Hälfte des nächsten gelesen. Um den Druck abzumildern, hatte ich deshalb ein schmales Bändchen von meinem Stapel gezogen, eine Anthologie von Erzählungen, deren Besonderheit darin bestand, dass ihre Autoren allesamt

Häftlinge waren. Vielleicht hatte von denen auch einer eine Kirche gesprengt.

Dank der Diskussion mit Bert, Pachulke, dem Telefonat und der heilsamen Dusche danach blieb mir jetzt nur noch eine halbe Stunde. Fausts Manuskript lag nicht mehr auf dem Fensterbrett in der Küche. Für Überlegungen, wohin ich es verlegt haben könnte, fehlte mir die Zeit, also änderte ich meinen Plan, holte mir ein Stück Käse aus dem Kühlschrank und nahm es zusammen mit dem Knastbuch mit auf den Balkon.

Als ich den Käse aufgegessen hatte, war ich immer noch auf der ersten Seite der ersten Geschichte. Vermutlich sollte sie erotisch sein, sie erinnerte mich jedoch eher an die Kröten-Sektionen früher im Biologieunterricht. Alle paar Zeilen musste ich wieder zurückblättern, weil ich vergessen hatte, welche Gliedmaßen zu welcher Figur gehörten und warum sie überhaupt in dem Text herumlagen, oder weil unvermittelt der tote Dr. Hohmann zwischen ihnen auftauchte und geisterhaft grinsend mit einer Tankquittung wedelte.

Schließlich warf ich das Buch weg. Na schön, wenn Hohmann derart aufdringlich darauf bestand, arbeitete ich eben erst ihn ab.

Vierunddreißig, noch recht jung für einen Psychotherapeuten mit eigener Praxis. Mit einer hübschen Frau verheiratet, die ebenfalls Ärztin war. Ich hielt inne, um in mich hineinzulauschen. Nichts regte sich. Also weiter.

Aus irgendeinem Grund war Hohmann in der Nacht der Sprengung auf die Baustelle gegangen. Da: ein leises Pochen. Offenbar hatte ich den richtigen Pfad eingeschlagen.

Warum hing jemand nachts um halb drei auf einer Baustelle herum? Entweder, weil er auf dem Rückweg von irgendwoher dort einen Zwischenstopp gemacht hatte. Vielleicht waren dem Förderkreis Probleme im Zusammenhang mit dem Bau zu Ohren gekommen und Hohmann hatte sich selbst ein Bild machen wollen. Allerdings wäre das tagsüber wohl sinnvoller gewesen.

Oder: Jemand hatte ihn dorthin beordert. Wenn ja, wer und warum?

Ich sprang vom Sofa und eilte zu meinen Ermittlungsbögen. Während ich schrieb, überlegte ich, ob das LKA sich diese Fragen auch stellte. Anzunehmen. Bert hatte darüber nichts gesagt.

Den Stift in der Hand, grübelte ich weiter.

Hohmann hatte dem Förderkreis eine großzügige Spende vermacht. Sein Vater hockte an der Spitze jenes Förderkreises. Ableitung: Wer sich mit dem Förderkreis für den Wiederaufbau der Garnisonkirche beschäftigte, stieß an mehreren Ecken zwangsläufig auf den Namen Hohmann. Angenommen, dieser Interessent war ein Feind der Kirche und damit des Förderkreises und hatte beschlossen, an einem ihrer Mitglieder ein öffentlichkeitswirksames Exempel zu statuieren, wen würde er sich demnach dafür aussuchen?

Ich merkte, wie ich mich spannte.

Und wo saßen bekanntermaßen die meisten Feinde der Kirche versammelt?

Tja. Auch Veit war schließlich beim AGV gelandet.

Und das LKA würde ihm folgen. Manuskript hin oder her – wenn ich die Nase vorn behalten wollte, musste ich mich beeilen.

14

Leviathan stand an einer Plastikbarriere, die den zerstörten Lattenzaun notdürftig ersetzte. Der Aufräumtrupp hatte die Fahrbahn inzwischen von den meisten Trümmern beräumt, nur ein verklumpter rotbrauner Brocken lag noch an der Bordsteinkante.

»Die können sie auch gleich wieder erneuern«, sagte Leviathan und zeigte auf eine Delle im Straßenasphalt, die wie eine Aknenarbe aussah.

»Die leidigen Folgekosten«, erwiderte ich. »Danke, dass du dir Zeit genommen hast.«

»Kein Problem, ich hab heute meinen freien Nachmittag. Irgendjemand hat dir also tatsächlich ein Buch geschickt, in dem er das hier«, er machte eine Bewegung zur einer Handvoll Männer, die zwischen Sockelrest und Trümmern herumkrochen, als suchten sie Ostereier, »prophezeit hat? Mit Uhrzeit und allem?«

Die beiden Autos von gestern standen auch wieder da. Vielleicht waren es andere, aber jedenfalls zwei.

»Ja.«

»Verrückt. Und du hast keine Ahnung, wer das ist?«

»Wer?«

»Na der Autor, oder der, der dir das Manuskript zugesteckt hat, oder beides.«

Ich zuckte zusammen. Die Idee, dass Autor und Absender des Manuskripts verschiedene Personen sein könnten, war mir noch nicht gekommen. Sie eröffnete völlig neue Perspektiven. Zum Beispiel die, dass Faust den Anschlag doch selbst geplant und befehligt hatte, während er seine Erlebnisse in Romanform niederschrieb. Dazu musste er das letzte Kapitel noch nicht mal umgesetzt haben, er wusste ja, wie es ausging. Ein Roman mit der Funktion eines Tagebuches, ganz ähnlich dem seines Protagonisten. Ein Protagonist, der mir zufällig glich? Ich verwarf die Idee wieder. Nein, das Manuskript war von Anfang an für die Öffentlichkeit bestimmt gewesen. Nur vielleicht noch nicht jetzt, sondern später, wenn Gras über die Sache gewachsen war und es aussah, als hätte Faust sich einfach von einem Medien-Ereignis zu seinem Roman inspirieren lassen, wie viele Autoren. Doch dann hatte ihm jemand einen Strich durch die Rechnung gemacht und das Manuskript noch vor der Sprengung an mich geschickt. Ein Judas, ein ehemaliger Freund, dem Faust die Frau ausgespannt hatte, oder der die Sprengung zwar billigte, nicht aber den Mord an Hohmann, oder was weiß ich, jedenfalls einer, der Zugang zu seinen Sachen hatte.

Vor diesem Hintergrund bedeutete Gisberts Rotkäppchen-Zitat vielleicht das genaue Gegenteil meiner Auslegung. Nicht: Der Ansatz ist richtig, aber du verzettelst dich, sondern: Bespaße deinen Blog oder schreib Rezensionen, Junge, aber halte dich gefälligst aus meinen Angelegenheiten raus, sonst mache ich dich fertig.

»Ich hätte nie gedacht«, meinte Leviathan, »dass mich die Garnisonkirche einmal rühren würde. Der einsame Zacken da hat es in sich.«

»Wie?« Offenbar hatte ich den Anschluss verpasst. Anja hatte ich damit manchmal an den Rand der Verzweiflung getrieben.

»Sag mir, wenn ich dich langweile. Aber schalte nicht einfach ab, das ist demütigend.«

Dabei schaltete ich gar nicht ab, ich dachte nur gern gründlich über Dinge nach, die mir jemand erzählte, und das ging nicht, wenn ich ihm gleichzeitig weiter zuhörte.

»Der Turmrest dort«, wiederholte Leviathan.

»Ja. Und nein, ich habe keine Ahnung, wer dieser Faust oder sein Bote oder beides ist.«

Jetzt war es an ihm, befremdet zu gucken. »Ich hab dein Kopfschütteln schon verstanden.«

Ich hatte den Kopf geschüttelt? Oh Mann.

»Glaubst du auch, dass es Terroristen waren?«, fragte er.

Zum ersten Mal fasste ich ihn genauer ins Auge. Blonde, am Ansatz schüttere Haare. Das lief auf eine frühe Glatze hinaus. Helle, etwas unreine Haut. Blassblaue Augen hinter wulstigen Lidern, die Assoziationen mit einer Schildkröte hervorriefen. Aber nicht dumm. Nicht dumm. Es war unverkennbar, dass es hinter seiner hohen Stirn arbeitete.

»Warum nicht?«, sagte ich bedächtig. »Ein Terrorist ist einer, der seine Umgebung in Angst und Schrecken versetzen will. Wenn ich brüllend und ein Beil schwingend durch eine Grundschule renne, bin ich per definitionem Terrorist. Jeder kann Terrorist werden, auch dein zahnloser alter Nachbar. Das ist kein geschützter Beruf.«

»Du meinst also, es war ein zahnloser Alter?«

»Ich weiß nicht, wer es war. Das Manuskript schickt mich zum AGV.«

Leviathan zog an einem seiner Ohrläppchen, straffte sich und ließ sich wieder zusammenfallen.

»Ich würde gern irgendwo hingehen, wo es gemütlicher ist. Wie wär's mit dem Olga, das liegt am nächsten.«

»Von mir aus.«

Das Olga. Alle Welt geht ins Olga, dachte ich und dankte Magda, dass sie mich aus meiner Rückständigkeit befreit hatte.

Die frühe Stunde war unser Freund. Bis auf den Barmann war die Kneipe noch leer. Unter der nasalen Stimme von Elvis Costello hob er ein paar Stühle von einem Tisch und fragte, was wir haben wollten. *All grown up*, das Lied hatte ich seit der Aussegnung meines letzten Pubertätspickels nicht mehr gehört, dabei war Costello der Gott meiner Jugend gewesen.

»Du auch?«

»Was?«

»Club Mate.«

»Lieber Bier.«

»Ein Sterni«, sagte Leviathan zum Barmann, der die Bestellung mit einem Nicken quittierte und zur Bar tigerte.

Ich sah zu, wie er routiniert Flaschen köpfte und bedauerte, dass Faust seinen Roman-Barmann nicht näher beschrieben hatte. Unserer war ein stabiler Kerl Mitte, Ende zwanzig, mit südlichem Teint, Ansätzen von Tränensäcken, behaarten Pranken und Koteletten, die bis zu den Mundwinkeln reichten. Die Haare trug er kurz geschoren, wahrscheinlich um sich vor einem Hitzschlag zu schützen. Sie sahen auch als Schatten noch beneidenswert dicht aus. Auf seinem T-Shirt stand »Babelsberg«. Ausgerechnet. Ich versuchte ihn mir mit einer Tüte im Mund vorzustellen, was mir mühelos gelang.

»Weißt du zufällig, wie der Typ an der Bar heißt?«, fragte ich.

Leviathan überlegte. »Sören? Aber das könnte auch der andere sein, der manchmal da ist, der hat auch Koteletten.«

»Wie wär's mit Marcus?«

Leviathan kniff die Augen zusammen. Sein Gesicht nahm einen Marlowe-Ausdruck an.

»Fragen wir ihn doch.«

Ich wollte beschämt ablehnen, da stand der Gegenstand unseres Gesprächs schon an unserem Tisch.

»Mein Freund möchte wissen, ob du Marcus heißt«, sagte Leviathan, als bestelle er eine Schale Erdnüsse.

Der Barmann bettete zwei Flaschen auf Bierfilze mit dem blauen Logo von Babelsberg 03.

»Warum?«

»Er behauptet, neun von zehn Leuten ihren Namen vom Gesicht ablesen zu können. Und bei dir ist er auf Marcus gekommen. Wir haben gewettet.« Leviathan grinste. »Ich habe auf Sören gesetzt.«

»Und worum habt ihr gewettet?«

»Um die Zeche.«

»Tja«, sagte der Barmann zu mir. »Dann sieh zu, dass dein Kumpel nicht zu viel bestellt.«

Er stapfte wieder zum Tresen.

»Schnorrst du dir deine Getränke immer auf die Weise zusammen?«, knurrte ich.

»Nur wenn es sich ergibt«, sagte Leviathan und prostete mir zu. »Also, was willst du über den AGV wissen?«

»Alles, was nicht im Netz steht. Dort ist er nur im Zusammenhang mit der berühmten Unterschriftensammlung erwähnt. Und soziale Medien sind nicht mein Ding.«

»Hättest du noch zwei Wochen gewartet. Ich arbeite gerade an einer Homepage, so etwas hätten wir längst haben sollen.«

»Bist du Webdesigner oder Softwarespezialist oder so?«

»Nee, eher Spezialist für die defekte Software von Menschen. Die Homepage bastle ich nach Feierabend. Ab und zu entwerfe ich auch Flyer oder Pressetexte für den Verein, das macht mir Spaß.«

Ich fragte, ob es dafür nicht ein bisschen spät sei.

Das fand Leviathan nicht. Bis zum letzten Jahr habe der AGB alles dran gesetzt, den Bau zu verhindern, nun komme es darauf an, ihn für die Stadt so ungenießbar wie möglich zu machen.

»Er *ist* ungenießbar, denn er steht nicht mehr«, warf ich behutsam ein.

»Aber er könnte wieder aufgebaut werden. Und ansonsten gibt es noch das Mercure. Die beiden Projekte liefen schon immer in einem Gespann.«

Das stimmte. In den Kindertagen meines Blogs war ich selbst über den geplanten Schildbürgerstreich der Stadtspitze hergezogen, als sie und mein Lieblingsverein beabsichtigt hatten, das Mercure, ein schlichtes, siebzehnstöckiges Hotel, das in meiner Kindheit Interhotel geheißen hatte, für einige Millionen abzureißen und dafür ein paar Meter weiter für einige weitere Millionen die Garnisonkirche wiederaufzubauen. Ein funktionierendes Hotel gegen eine funktionslose Kirche, hatte ich geschrieben, das müsse man mal einem Griechen erklären.

»Okay, um die To-do-Liste des AGV mache ich mir also keine Sorgen. Mich interessiert eigentlich auch etwas anderes.« Ich gab Leviathan eine Zusammenfassung des Kapitels wieder, das ich am Vormittag gelesen hatte.

Er drehte seine Flasche zwischen den Fingern. Bleiche, schlanke Finger, die direkt aus seinen zugeknöpften Hemdärmeln herauswuchsen.

»Nur um es mal festzuklopfen: Du gehst davon aus, dass der Roman komplett auf Tatsachen beruht?«

»Mehr oder weniger.«

»Und indem du sie eine nach der anderen prüfst, glaubst du den Attentätern auf die Spur zu kommen?«

»Und den Mördern dieses Arztes«, stimmte ich zu. »Niemand quetscht sich nachts um halb drei grundlos durch einen Baustellenzaun.«

Leviathan trank sein Mate aus und erhob sich.

»Das muss ich erst mal verdauen. Soll ich dir noch was mitbringen? Vergiss die Wette«, meinte er, als ich zögerte. »Die Rechnung geht auf mich. Als Revanche für die Gelegenheit, einmal Watson zu spielen.«

Jetzt fing er auch noch damit an!

»Danke, aber ich hab noch einen Termin.«

»Du bist der Boss.«

Er verschwand im Hinterland der Bar. Sören blickte zu mir herüber und hob fragend eine Bierflasche. Ich schüttelte den Kopf.

Zwei junge Frauen betraten die Kneipe. Während Sören sie bediente, plauderten sie angeregt mit ihm. Offenbar kannte außer mir hier jeder jeden. Als Leviathan von der Toilette kam, grüßten ihn die Damen und verzogen sich an einen Ecktisch.

An ihrer Stelle beugte er sich über den Tresen.

Es folgte eine leise Diskussion zwischen ihm und dem Barmann, dann wandte Sören sich um und griff eine Flasche aus dem Regal hinter sich. Leviathan kramte in seiner Jeans und schob ihm etwas zu.

»Sturer Bock«, knurrte er, als er sich setzte. In seinem Glas schimmerte eine goldbraune Flüssigkeit auf Eis.

»Weigert sich, mehr als ein alkoholfreies Getränk auszuschenken, und das nachmittags um fünf.«

»Warum hast du kein Bier genommen?«

»Bier bekomme ich nur betrunken runter. Übrigens hab ich schon gezahlt. Ich hoffe, du nimmst es mir nicht übel.«

Er hob das Glas und schwenkte den Inhalt vorsichtig.

»Whisky?«, fragte ich.

»Grappa.«

Ich versenkte mich in die Farbe. Es gibt weißen, gelben und braunen Grappa. Dieser hatte die Farbe von Bernstein.

»Darf ich mal riechen?«

»Du darfst auch kosten.«

Ich nahm das Glas und hob es an meine Nase. Ließ zur Bestätigung einen Tropfen auf meine Zungenspitze rinnen.

»Sibona.«

»Kann sein. Sören schwört auf den. Bist du so etwas wie ein Grappa-Sommelier?«

»Nein, ich schwöre nur auch auf den«, sagte ich und schielte zur Bar, wo Sören mit dem Handy am Ohr vor dem Spirituosenregal stand und seinerseits zu uns schielte.

Sibona, in einer Kneipe wie dieser. Erstaunlich. Oder war der Grappa, ohne dass ich es bemerkt hatte, zum Geheimtipp unter gehobenen Alternativen avanciert? Die Zeiten der Asselpunks waren vorüber, es fehlte an baufälligen Häusern, die sich besetzen ließen. Und ohnehin sah Sören eher wie …

»Also, ich hab's verdaut«, sagte Leviathan. »Dafür ist mir auf dem Klo eine Frage gekommen. Wenn dieser Faust dich wirklich anhand seines Krimis durch den Fall Garnisonkirche leitet, müsste dann nicht am Ende auch der Täter stehen? In jedem Krimi wird am Ende ein Täter entlarvt.«

»Es ist kein herkömmlicher Krimi. Der Täter steht von Anfang an fest. Es ist der Erzähler, Veit Jaron.«

»Wo ist dann das Problem? Wir brauchen also nur diesen Veit Jaron zu finden.«

»Habe ich schon. Er sitzt vor dir.«

Leviathan verschluckte sich und bekam einen Hustenanfall. Vorn an der Bar legte Sören das Telefon beiseite und machte Anstalten, zu uns zu kommen. Keuchend bedeutete ihm Leviathan, dass nichts sei.

»Tut mir leid«, sagte ich. »Ich hätte es mir auch nicht träumen lassen. Aber der Ähnlichkeiten zwischen ihm und mir sind zu viele, um sie zu ignorieren.«

Im letzten Kapitel war sogar noch eine hinzugekommen. Vor ungefähr zehn Jahren hatte ich mir einen wuchernden Leberfleck wegschneiden lassen, der drauf und dran gewesen war, sich zu einem Melanom auszuwachsen. Seitdem ging ich jährlich zur Kontrolle und überwachte ängstlich jede Pigmentsammlung meines Körpers. Irgendwann war ich sogar dazu übergegangen, sie regelmäßig zu fotografieren oder von Anja fotografieren zu lassen, bis es ihr gereicht hatte.

»Und dann nimm den Fakt dazu, dass dieses unveröffentlichte Manuskript nur mir allein zugestellt worden ist. Ich soll mich im Täter wiedererkennen, obwohl ich weiß, dass ich es nicht bin. Diese Divergenz soll mich vermutlich anspornen, anhand der im Manuskript versteckten Hinweise nach dem eigentlichen Täter zu suchen.«

»Woher bist du dir so sicher, dass du der einzige Adressat des Manuskripts bist?«

»Hab ich doch gerade gesagt: Weil ich die Hauptfigur darin bin. Und außerdem Rezensent. Weil ich diesen Potsdam-Blog habe. Außerdem druckt niemand dutzendweise dreihundertseitenstarke Manuskripte, um sie in alle Welt zu …«

»War nur eine rhetorische Frage«, unterbrach mich Leviathan. »In der Summe sieht es wirklich so aus, als hätte dieser Faust es auf dich abgesehen. Und gerade eben kam mir sogar eine Idee, wer er sein könnte. Dieser Typ, der sich gestern zum ersten Mal in deinem Blog gemeldet hat. Gisbert hieß er, glaube ich.«

Ich hätte ihn küssen mögen – wäre er eine Frau und etwas attraktiver gewesen. So reckte ich nur einen Daumen in die Höhe.

»Was für ein Kommentar: Geh nicht vom Weg ab, sonst holt dich der Wolf!«, redete Leviathan mit zunehmender Begeisterung weiter. »Man könnte fast glauben, dass er es darauf anlegt, entlarvt zu werden.«

»Was denkst du, was er damit meinte?«

»Tja. Dass du irgendwas von seinen Hinweisen überinterpretiert oder in den falschen Hals gekriegt hast.«

Gott, tat es gut, das zu hören.

»Stimmst du mir zu, dass er den Blog schon über geraume Zeit verfolgt?«

»Anzunehmen. Wahrscheinlich ist er deshalb überhaupt erst auf dich gekommen.«

»D'accord. So weit, so einfach. Jetzt zum schwierigeren Teil, Watson. Woher hat Gisbert sein detailliertes Wissen über mich? Meine Angst vor Hautkrebs zum Beispiel, meine Rauchgewohnheiten, Auszüge aus meiner Vita?«

Leviathan schwieg. Ich konnte es ihm nicht verdenken, an der Stelle blieb ich auch jedes Mal hängen. Er leckte sich über die Lippen, runzelte die Brauen, zupfte sich am Ohrläppchen.

»Hast du diese Sachen irgendwann mal im Blog erwähnt?«

»Mein Studium vielleicht, das andere kaum. Auf keinen Fall das mit den Leberflecken.«

»Wer weiß sonst davon?«

»Meine Eltern. Mein Arzt natürlich. Meine Ex-Freundin und ein früherer Kumpel ... ein befreundeter Kollege.« Ich erinnerte mich an eine Kneipentour zum Herrentag, an deren Ende Bert und ich uns in intime Geheimnisse eingeweiht hatten.

»Die beiden Mädchen vor meiner Ex-Freundin«, fügte ich hinzu. »Damals war es gerade akut.«

»Das sind acht. Vertraust du ihnen?«

»Allein der Gedanke, dass einer von ihnen Faust sein könnte, ist absurd.«

»Auch bei den beiden Mädchen?«

»Das waren reine Bettgeschichten, keine länger als zwei Monate.«

»Und beide sauber beendet?«

»Ja, sicher.«

So sauber man solche Sachen eben beendete. Bei der ersten hatte ich mich nach einer vorsichtigen Andeutung von Kinderwunsch nicht mehr gemeldet, die zweite war nahtlos von Anja abgelöst worden.

»Außerdem wäre keine von beiden, keiner von allen acht in der Lage, ein solches Buch zu schreiben.«

Widerstrebend ließ Leviathan dieses Argument sickern. Dann leuchteten seine Augen wieder auf.

»Es wäre aber möglich, dass sie als Multiplikatoren fungiert haben! Du weißt doch, wie das läuft: Man plaudert und plötzlich kommt ein Thema auf, sagen wir, Hautkrebs. Und bei der Gelegenheit sagt A zu B: Mein Ex-Freund oder Sohn oder Kollege musste sich mal einen Leberfleck wegschneiden lassen, und seitdem leidet er unter einer regelrechten Pigmentneurose.«

»Okay«, sagte ich unangenehm berührt. »In dem Fall hätte der- oder diejenige allerdings gleich eine geballte Ladung an Informationen über mich weitergegeben.«

Leviathan hob die Schultern. »Ich tippe auf eine deiner Bettbekanntschaften.«

Danach herrschte eine Weile Schweigen.

»Lassen wir es vorerst dabei«, schlug ich vor. »Und kommen wieder auf den Fall und damit auf deinen Verein, zu dem mich Faust über Veit gerade schickt.«

»Ich frage mich, warum«, entgegnete Leviathan. »Es ist ein Verein wie andere auch, mit einem Vorsitzenden, Versammlungen und einem Anliegen: den Wiederaufbau der Garnisonkirche zu verhindern, was uns nicht gelungen ist. Jetzt widmet er sich eben dem Erhalt des Mercure. Das war's.«

»Die Polizei sieht das vermutlich anders.«

»Bloß weil ein paar von uns früher Häuser besetzt haben oder auf Demos bissige Transparente hochhalten und sich nur unregelmäßig die Fingernägel schneiden. Die Bullen denken in Schubladen, das ist ihr Problem.«

»Die denken, dass so ein Anschlag in der Regel von irgendwem beschlossen, geplant und vorbereitet wird, und zwar kaum vom gehobenen Mittelstand oder von Sympathisanten des Vereins zur Wiedergewinnung der Potsdamer Mitte.«

Leviathan warf mir einen finsteren Blick zu.

»Am Tag des Spatenstichs standen wir zufällig nebeneinander«, sagte ich. »Wusstest du von diesem Nazi-Aufmarsch?«

Als nichts kam, wiederholte ich die Frage.

»Ich hab ein paar halbe Andeutungen gehört, dass da was laufen soll«, murrte er. »Aber nicht, was. Wie gesagt kümmere ich mich hauptsächlich um die Website des Vereins und schreib ab und zu was für ihn.«

»Wie kannst du dann hundertprozentig sicher sein, dass von euch bei dem Anschlag keiner die Finger im Spiel hatte?«

Es war mit leichten Abweichungen dieselbe Frage, die er mir bezüglich meiner Bettgespielinnen gestellt hatte. Leviathan war nicht blöd. Sein Gesicht hellte sich etwas auf.

»Sagen wir, ich bin mir zu fünfundneunzig Prozent sicher.«

»Gut, damit zu Faust. Er lässt Veit auf einen Marcus vom AGV treffen, der sich bereit erklärt, für ihn einen Kontakt zu einem Spezialisten in Sachen Sprengungen herzustellen. Fällt dir dazu was ein?«

Leviathan stellte sein erhobenes Glas wieder ab.

»Wenn, würde ich ja wohl nicht so darauf beharren, dass der AGV mit dem Anschlag nichts zu tun hat.«

Ich lächelte. »Patt.«

»Nein, zwei zu eins. Was willst du jetzt tun?«

»Zum AGV gehen und mich nach den wackligen fünf Prozent umsehen. Faust erwähnt deinen Verein nicht grundlos.«

»Aber er hat dich auch davor gewarnt, vom Weg abzugehen.«

»Ich behalte die Warnung im Kopf. Erst einmal muss ich den Weg jedoch betreten.«

Leviathan blickte zu Sören. »Du bist dickköpfig, Sherlock.«

»Das teilen wir uns. Also, wie komme ich an die fünf Prozent?«

Seufzend griff Leviathan in eine Tasche seiner Jacke und förderte ein geknicktes Faltblatt zutage. Aus der anderen einen Stift. Er faltete den Flyer auseinander, schrieb etwas auf den unteren Rand und schob ihn mir zu.

»Die Mailadresse auf der Rückseite stimmt nicht mehr. Ich hab dir die neue notiert. Und auch die Telefonnummer vom Büro. Es ist dreimal die Woche nachmittags besetzt, montags, dienstags und freitags. Wenn du am Montag anrufst, hast du mich in der Leitung.«

»Und wen träfe ich heute?«

»Juri, aber der ist noch ziemlich neu.«

»Bleibt also der Dienstag.«

Leviathan dachte kurz nach.

»Zoran. Alter Hase, Mitgründer des Vereins. Ja, wenn einer was weiß, dann der. Das heißt aber nicht unbedingt, dass er es einem Fremden am Telefon erzählt.«

»Ich würde ihn ohnehin lieber besuchen«, sagte ich und suchte den Flyer nach einer Adresse ab.

Als ich sie fand, war ich gelinde überrascht. Sie befand sich in der Berliner Vorstadt, einem Nobelviertel südlich des Heiligen Sees, in dem sich seit einiger Zeit mit Vorliebe prominente Mediengrößen niederließen.

»Tja, am sichersten lebt es sich im Auge des Orkans«, meinte Leviathan grinsend.

Sören, der während der letzten Minuten immer mal wieder herübergeschielt hatte, kam an unseren Tisch.

Einige Sekunden lang sah er uns abwechselnd an. Schließlich entschied er sich für mich. »Ich soll dir was ausrichten.«

Er räusperte sich und hob eine seiner Pranken, in der ich einen Zettel entdeckte. »Der Wolf leckt sich die Lefzen.«

Leviathan und ich starrten uns an.

»Kann ich mal sehen?«, fragte ich.

Es waren eilig mit einem schwarzen Stift hingekritzelte Buchstaben, aber die Botschaft war klar. In all ihrer Unklarheit.

»Von wem sollst du mir das ausrichten?«

Sören deutete zum Tresen. Neben der Kasse lag das Handy, mit dem er eben telefoniert hatte.

»Anonymer Anruf auf dem Haustelefon. Er meinte, du wüsstest Bescheid.«

»Er?«

»So klang's. Wollt ihr noch was?«

»Wie kommt er darauf, dass ich hier bin?«

»Bin ich Jesus? Er hat gefragt, ob ein dunkelhaariger Typ Mitte dreißig in einem schmuddeligen grauen T-Shirt bei uns herumsitzt und Bier trinkt. Wollt ihr nun noch was oder nicht?«

Ich sah beschämt auf mein Shirt. Es war halt grau.

»Nein.«

Sören tippte sich gegen die Schläfe und tigerte weiter zu den Frauen.

Auf Leviathans Wangen hatten sich rote Inseln gebildet. Er riss den Zettel vom Tisch und hielt ihn sich so nahe vor das Gesicht, als wolle er ihn inhalieren. Nach ungefähr einer halben Minute ließ er ihn fallen.

»Sollte das wirklich Gisbert …«

»So viele Wolfsfreunde gibt's wohl nicht«, sagte ich.

»Aber wie kommt er darauf, hier anzurufen?«

Leviathan sprang auf und rannte zum Fenster.

»Verdammt«, murmelte er, als er zurückkam. »Er muss hier irgendwo sein.«

In meinem Kopf kreiste ein Mühlstein. »Weshalb?«

»Weil«, sagte er und beugte sich zu mir herunter, so dass sein Atem mein Ohr streifte, »es für ihn nur eine Möglichkeit gibt, zu wissen, wo du in diesem Moment bist. Er sieht dich.« Er brach ab und fügte flüsternd hinzu: »Und das vielleicht nicht erst seit heute.«

»Wozu?«, raunte ich.

»Keine Ahnung. Vielleicht kostet er den Erfolg seines Krimis aus. Vielleicht wacht er darüber, dass du dich nicht verläufst. Wenn er in der Hinsicht Gefahr wittert, warnt er dich, wie durch den Anruf eben oder gestern die Blogbotschaft. Er weiß, dass du ihn als Gisbert entlarvt hast, deshalb nutzt er seine Rotkäppchen-Zitate weiterhin, als Erkennungszeichen.«

»›Der Wolf leckt sich die Lefzen‹ ist kein Rotkäppchen-Zitat.«

»Das ist Krümelkackerei«, sagte Leviathan gekränkt und richtete sich auf.

»Entschuldige, ich will mich nur davon ablenken, dass ich verfolgt werde. Das macht mir Angst. Im Übrigen stört es mich, wenn du die ganze Zeit neben meinem Stuhl stehst.«

»Ich bin zu aufgeregt zum Sitzen.« Leviathan trat einen halben Schritt vor. Jetzt stand er schräg vor meinem Stuhl.

»Du hast recht. Durch Biertrinken löst man keinen Fall«, seufzte ich und erhob mich ebenfalls.

»Nein, es ist sinnvoller, wenn du dich bewegst und dabei immer mal umschaust.«

Leviathan winkte Sören und den Frauen zum Abschied.

»Oder du steigst aus der Sache aus. Das scheint mir überhaupt die gesündeste Lösung. Wenn du Faust vom Brett springst, wenn du einfach nicht mehr mitspielst, wozu sollte er dich dann noch verfolgen? Er wird dir vielleicht noch ein paar Heuler zum Abschied schicken und dann aufgeben oder sich nach einem anderen Opfer umsehen.«

Das bezweifelte ich. Faust hatte Veit für mich erfunden, nicht für einen anderen. Leviathans Vorschlag brachte mich jedoch auf eine Idee.

Als wir das Olga verließen, strudelten ein paar welke Blätter an unseren Füßen vorbei.

»Wir bleiben in Kontakt«, sagte ich zu Leviathan.

Er scharrte mit dem Fuß Kippen zusammen.

»Ja.«

»Auch wegen des AGV. Darf ich dich, falls nötig, als Referenz benutzen?«

»Du machst also weiter?«

»Ich bin nicht gut im Aufgeben. Im Verfolgtwerden auch nicht, daher hab ich beschlossen, Faust abzuschütteln.«

»Wie?«

»Wirf heute Abend oder morgen einen Blick in den Blog.«

Ich schwang ein Bein über das Rad. Leviathan trat unschlüssig auf der Stelle.

»Ist noch was?«

Er kratzte sich unter dem Ohr. »Na ja. Bei unserer Unterhaltung ist mir was eingefallen.«

»Aha.«

In einer knappen Stunde kam Anja.

»Ich will dich nicht drängen, aber wär's nicht am einfachsten, wenn du mir sagst, was?«

»Es geht um den toten Winkel im AGV. Die fünf Prozent, du erinnerst dich?«

Ich stieg wieder ab.

»Ich arbeite in der psychiatrischen Tagesklinik vom Bergmann-Krankenhaus«, sagte er. »Befristet und weit unter dem Gehalt, das mir eine eigene Praxis einbringen würde, aber die Bewilligungen dafür werden ja in Potsdam wie Goldstaub gehandelt.«

Sein Beruf erstaunte mich. Ich hätte auf Angestellter getippt. Zweiter Fachbereichsleiter im Nahversorgungsinnendienst oder so etwas. Schon wegen seiner Blässe. Seinen an den Handgelenken zugeknöpften Hemden. Auch sonst sah er ordentlich bis akkurat aus, abgesehen von den Fusselhaaren ... Verdammt, wieder hängen geblieben. Leviathan war schon mitten im Satz.

»... hatte ich einen Journalisten in der Gruppe. Narzisst und manisch depressiv, üble Kombination. Allerdings war er ganz gut eingestellt und seit geraumer Zeit stabil.«

»Faust«, unterbrach ich freundlich.

»Ja. Also er wartete auf eine Umschulung und vertrieb sich die Zeit bis dahin damit, ab und zu an Gruppentherapien und Kursen teilzunehmen. Ich mochte ihn nicht sonderlich, weil er schnippisch und arrogant war und den anderen gegenüber keinen Hehl daraus machte, dass er sich ihnen überlegen fühlte. Er nannte sich Hamlet, das sagt alles, finde ich.«

»Und wie hieß er wirklich?«

Leviathan schaute betreten. »Selbst wenn ich es wüsste, dürfte ich es dir nicht sagen.«

»Also Hamlet. Weiter.«

»Irgendwann fing seine Umschulung an, und er blieb weg.

Ich hab ihn nicht mehr gesehen, bis zum letzten April. Da tauchte er plötzlich in einer Vollversammlung auf. Ich meine, vom AGV.«

Ah. Jetzt dämmerte mir langsam, wohin der Hase lief.

»Wie sieht er aus?«

»Mittelgroß, schlank, dunkelhaarig, ein bisschen wie du. Anfang bis Mitte dreißig. Seine Augenbrauen sind zusammengewachsen, und beim letzten Mal trug er einen kurzen Bart.«

Meine Verspannung angesichts seiner Beschreibung lockerte sich etwas. Meine Augenbrauen halten sich hübsch getrennt voneinander über ihrem jeweiligen Auge auf. Dennoch.

»Es ging um den städtischen Festakt zum Spatenstich. Ob und wie wir uns dort präsentieren. Nicht das Nazispektakel«, wehrte Leviathan ab, bevor ich unterbrechen konnte. »Das war eine separate Aktion. Sondern um Transparentaufschriften, Flyer im Vorfeld, Störgesänge, du hast es ja mitbekommen. Ich konnte mich nur schlecht konzentrieren, denn mir genau gegenüber saß Hamlet und grinste mich an, auf eine irgendwie – ich kann es nicht anders sagen – diabolische Art. Hinterher stand er mit Treber draußen rum und hat sich mit ihm eine Tüte geteilt. Wer Treber ist, weißt du.«

»Tut mir leid, ich hab's nicht so mit Leuten.«

»Du hast ihn bestimmt schon mal gesehen. Seine Markenzeichen sind ein geflochtener Bart und ein Wanderrucksack, den er überall mit sich herumträgt. Wenn er nicht gerade auswärts ist, wohnt er im Sommer in einem Gebüsch am Jungfernsee oder im Wildpark, im Winter im Atelier eines Kumpels.«

Aus meiner jüngeren Erinnerung stieg das Bild eines zopfbärtigen Menschen am Heiligen See, der mit seinen Füßen sprach.

»Ein Obdachloser?«

»Ja, aber aus Leidenschaft, nicht aus Armut. Er hatte noch nie viel für Putzen übrig und leidet unter einer Art von Klaustrophobie. Früher hatte Treber mal eine Wohnung, aber jedes Mal, wenn hinter ihm die Tür zugefallen ist, bekam er Atemnot, sagt er. Dieses Atelier im Winter bedeutet deshalb für ihn die Entscheidung zwischen Pest und Cholera, das kannst du dir vorstellen. Ansonsten ist er ein relativ normaler Typ mit einem normalen Beruf, Dachdecker. Wenn er Geld braucht, verdingt er sich auf Baustellen, hier oder woanders, manchmal auch im Ausland. Man munkelt, dass er überall eine kleine Freundin sitzen hat. Kann ich mir, ehrlich gesagt, nicht vorstellen. Aber wer weiß, vielleicht stehen sie in Kroatien auf geflochtene Bärte.« Leviathan grinste. »Jedenfalls gehört Treber zum Speckgürtel des AGV. Meint: Er kennt Hinz und Kunz, besonders aus der alternativen Szene, und von denen sind etliche bei uns im Verein. Wenn er in der Stadt ist und gerade nichts zu tun hat, übernimmt er ab und zu den Telefondienst oder mischt aus Spaß in Protestdemos mit, ansonsten ist er der Besorger.«

Vor mir tauchte plötzlich die Szene aus Fausts Manuskript auf, die ich zuletzt gelesen hatte. Drei Männer vor dem Olga: Veit, Marcus und Treiber.

»Was besorgt dieser Treber denn so?«

»Was du willst: Megaphone, Autos, Kostüme ... Er kennt irgendwen vom ehemaligen DEFA-Fundus, über den hat er mal ein paar grandiose Lange-Kerl-Kostüme besorgt.«

»Wie sieht es mit Nazi-Uniformen aus oder Pferden?«

Leviathan blinzelte, dann hob er erschrocken die Hände.

»He, damit hab ich nichts zu tun. Ich sage bloß: Wenn einer was braucht, geht er zuerst zu Treber. Der besorgt es, gegen eine kleine Aufwandsentschädigung. Oder er vermittelt ihn weiter.«

»Könnte er ... auch Sprengstoff besorgen?«

Wir sahen uns an.

»Dir ist schon klar, dass Sprengstoff in einer anderen Liga als Megaphone oder Kostüme spielt«, sagte Leviathan schließlich.

»Durchaus. Aber du erzählst mir diese Geschichte auch nicht aus reiner Langeweile.«

Am Zucken eines seiner Mundwinkel erkannte ich, dass ich getroffen hatte.

»Ich will Treber nichts unterstellen. Ich sage nur, er ist ein Original mit Kontakten und dem ausgeprägten Talent, etwas zu besorgen.«

»Der sich nach einer Versammlung des Anti-Garnisonkirchen-Vereins mit einem labilen Größenwahnsinnigen namens Hamlet unterhält, den du im Zusammenhang mit dem AGB vorher nie gesehen hast.«

»Ja«, sagte Leviathan nach einigem Zögern.

»Und nebenbei heißt er zufällig so ähnlich wie Treiber, Fausts Roman-Kontaktmann zum AGB.«

Leviathan starrte mich an. »Jetzt wo du's sagst. … Trotzdem muss das alles nichts heißen. Es war, wie gesagt, nur so eine Idee, außerdem ging es mir um Hamlet. Er ist nur dieses eine Mal im AGV aufgetaucht, dann nie wieder. Aber so wie er aussah, hatte er was vor.«

»Wo erreiche ich Treber?«

»Da wir einen milden September haben«, meinte Leviathan, »entweder am Jungfernsee oder im Wildpark. Soll ich es für dich herausfinden?«

15

Obwohl mein Heimweg nur fünf Minuten betrug, gelang es mir, einer jungen Frau in den Kinderwagen zu fahren, den Aufsteller des Weingeschäfts umzuwerfen und eine Rentnerin zu erschrecken, die ihre Einkäufe in einem Trolley vor sich her schob.

Jedes Mal, wenn ich bremste, blickte ich unauffällig über die Schulter, in der Erwartung, mich selbst mit zusammengewachsenen Augenbrauen zu entdecken.

Nach der Stunde mit Leviathan fühlte ich mich wie ein Koffer, in den man wahllos Sachen geworfen hatte. Treber, der alles besorgen konnte. Faust, der mir als Gisbert über fremde Barkeeper Nachrichten zukommen ließ, Faust als irrer Hamlet, ergo ein irrer Faust als mein Verfolger, der mir nachstieg und zu allem Übel auch noch ähnelte. Wie Veit.

Ich schaltete ab. Ich brauchte dringend ein Bier, eine Zigarette und Ruhe, um mich zu sortieren.

Vor der Haustür rief ich Anjas letzte Nachricht auf und ging auf Rückruf.

Das erste Freizeichen. Das zweite klang irgendwie komisch. Ebenso Anjas Stimme, als sie endlich ranging: »Falls du mich versetzen wolltest, kommst du zu spät.«

Ich drehte mich um.

»Entschuldige«, sagte sie. »Mir ist ein Termin geplatzt. Da dachte ich, ich probier's einfach.«

Wortlos steckte ich das Handy weg.

Zog den Schlüssel aus der Tasche. Der linken, nicht der rechten wie sonst, wegen des Lochs. Schloss auf.

»Wir könnten uns begrüßen«, schlug Anja vor.

»Hallo.«

»Hallo. Du hast dich nicht verändert.«

»Du schon.«

»Ja? Das macht wahrscheinlich die Frisur.«

Während wir die Treppe hinaufstiegen, gelangte ich zu der Ansicht, dass es nicht nur die Frisur war. Die natürlich auch. Bei ihrem Auszug hatte Anja einen Pferdeschwanz getragen. Jetzt waren ihre Haare kurz bis auf eine Ponysträhne, die ihr keck über die Augen fiel. Mit der neuen Frisur gingen auch neue Bewegungen einher. Aber es war noch mehr. Früher hatte sie ihre Schultern immer ein wenig eingezogen, weil sie sich zu groß fand. Jetzt bildeten sie unter ihrem grünen Rollkragenpullover eine gerade Linie, was ihre Brüste betonte. Ich zwang mich, nicht darauf zu starren. Überhaupt: Froschgrün – eine völlig artfremde Farbe für Anja, die ein ausgemachtes Faible für gedeckte Erdtöne besessen hatte. Aus Erde sind wir gemacht, zu Erde werden wir – dieser Satz war ihr auf den Leib geschrieben. Gewesen. Auch mit ihren Augen war etwas, ohne dass ich es hätte benennen können.

Auf dem letzten Absatz kam uns Pachulke entgegen.

Ich ging in Gefechtsbereitschaft, aber er beachtete mich gar nicht, sondern zwinkerte nach kurzem Stutzen Anja zu.

»Na da schau her. Mal wieder auf Heimaturlaub?«

»Das geht Sie wenig bis nichts an«, knurrte ich. »Was machen Sie überhaupt hier oben? Falls Sie wieder mal einen Schlüssel *gefunden* haben, gehört er Frau Friese.« Mit eisigem Lächeln hielt ich mein Bund hoch.

Die Falten des Alten froren ein.

»Bestellen Sie ihm, dass ich die Birne seines Etagenlichts gewechselt habe«, sagte er zu Anja. »Nicht, dass ich Dank erwartet hätte.«

»Vielen Dank«, entgegnete Anja. »Im Namen meines Ex-Freunds.«

Pachulke kniff die Augen zusammen. »Ach so. Schade. Die Neue kann Ihnen nicht das Wasser reichen.«

Er tippte sich gegen die Schläfe und stieg brummelnd treppab.

Anja spitzte die Lippen. »Die Neue?«

Am liebsten hätte ich Pachulke den Hals umgedreht.

»Seit wann glaubst du diesem Schnüffler? Früher hast du ihn nicht mal gegrüßt!«

»Die Zeiten ändern sich eben.«

Definitiv.

Es beruhigte mich beinahe, als Anja beim Betreten der Küche die Nase rümpfte. »Wo ist der Besen diesmal im Urlaub?«

»Schottland. Tee?«

Wenn kein Wunder passiert war, trank sie noch immer nur eine Tasse Kaffee am Tag, und zwar morgens.

»Gern.«

Im Geschirrregal fand ich zwei Früchtetee-Beutel. Während ich die Kanne präparierte und feststellte, dass mir die Küche, allein durch Anjas Anwesenheit, gleich auch unordentlicher vorkam als sonst, fingen wir eine vorsichtige Unterhaltung an, wobei wir uns bemühten, allzu Persönliches weiträumig zu umschiffen. Ersatzweise hielten wir uns an die Befindlichkeiten anderer: ihrer Eltern, meiner Eltern, deren Terrier Klaus, ihrer Geschwister. Ihr Bruder hatte geheiratet, ob ich davon gehört hätte. Nein, wen? Britta, seine Verlobte, wen sonst? Ach so.

Als dieses Reservoir erschöpft war, trugen wir unsere Eimer zum nächsten. Da Anja noch immer »meinen« Sender hörte, wusste sie, dass bei mir beruflich alles beim Alten war. Sie hingegen hatte ihren Job im Bildungsministerium, über den sie jahrelang gejammert hatte, gekündigt und die Leitung eines Bürgerzentrums in einem der umliegenden Plattenbaugebiete übernommen. Sie berichtete über die Herausforderungen einer Leitungsposition und von einem Praktikanten, der heute zum vierten Mal innerhalb eines Monats unentschuldigt gefehlt hatte. Dabei merkte ich, dass auch ihre Sprache anders war als früher. Flüssiger, fester. Sie habe gute Leute an der Hand, sagte Anja; professionell, zuverlässig und offen, inzwischen seien sie fast so etwas wie eine Familie. Abgesehen von dem Praktikanten, dem sie wohl kündigen musste. Aber seine Vorgängerinnen wären alle eins a gewesen.

»Das freut mich«, sagte ich. »Zucker?«

»Ich hab doch noch nie Zucker ...«

»Es ist Früchtetee, deshalb.«

»Na gut.«

Als wir uns gegenüber saßen, sah ich, was mit ihren Augen los war. Die Wimpern waren getuscht, wodurch sie länger und dichter wirkten und die Aureole um ihre Pupillen zum Leuchten brachten. Sie errötete, als ich es ihr sagte.

»Das ist ein Erbteil unserer Frühjahrspraktikantin. Sie hat einen Kosmetikkurs für die Frauen der Gegend gegeben. Mich hat sie manchmal als Modell genommen, dabei habe ich auch etwas gelernt.«

Ich hatte gerade noch Zeit zu bedauern, dass jene talentierte Praktikantin Anja erst so spät begegnet war, dann kam sie zur Sache.

Unser gemeinsamer Freund. Manuel.

Ach ja, Manuel. Ein ehemaliger Kommilitone, von Anja wohlgemerkt, und zwischenzeitlicher Hausfreund. Trotz ihrer direkten Art besaß Anja ein weiches Herz, und wäre ich seinerzeit nicht eingeschritten, hätte sie Außenseiter gesammelt wie andere Briefmarken. So war es bei einigen bedauernswerten Freundinnen geblieben und bei Manuel. Eine Weile hatte Anja versucht, ihn nacheinander mit besagten Freundinnen zu verkuppeln. Eine der Kandidatinnen hatte sich schließlich sogar gewillt gezeigt – nicht aber Manuel.

Was mich betraf, glaubte ich, dass Manuel rettungslos in Anja verschossen gewesen war und sich nur die Zeit bis zu unserer unausweichlichen Trennung vertrieben hatte, indem er mit mir Schach spielte, an ihren Lippen hing oder auf unserem Klo Comics las.

Dieser Manuel hatte nach dem Studium keine Stelle gefunden, was mich wenig wunderte, und verdiente sich seine Brötchen deshalb als Fahrradkurier. Er war zu seinem Leidwesen nicht mein Nachfolger geworden. Sondern ein rotbackiger Lachsack aus Anjas damaliger Abteilung. Nach dieser herben Enttäuschung war Manuel noch einige Mal bei mir erschienen, um mein Leid zu teilen. Ich hatte ihn unter verschiedenen Vorwänden abgewiesen, irgendwann hatte er es bleiben lassen.

Diesen Manuel nun hatte man kürzlich aus der Havel gefischt, wohinein er mitsamt seiner Kuriertasche von der Humboldtbrücke gestürzt war, was, technisch gesehen, ein Überklettern des Geländers erforderte. Da man ihm deshalb eine gewisse Absicht unterstellte, war er in die Aue überwiesen worden, die psychiatrische Klinik von Potsdam, und da saß er nun.

»In so einer Situation müssen wir ihm beistehen«, sagte Anja.

»Woher weißt du überhaupt, dass er dort ist?«

Sie hob die Schultern. »Die Ärzte haben ihn nach nahestehenden Personen gefragt, und er hat ihnen meine Nummer gegeben.«

»Aha.«

»Was aha.«

»Gott, Anja! Der Typ hat es seit, lass mich rechnen, mindestens zehn Jahren auf dich abgesehen. Sag mir, wie oft saß dieser Manuel nach unserer Trennung in deiner neuen Wohnung an deinem neuen Küchentisch bei dir und deinem neuen Freund?«

»Dein Zynismus hat mir so was von gefehlt!«

»Wie oft?«

Sie schwieg.

»Okay, nach soundso viel dürren Wartejahren hat dein Manuel nun eben beschlossen, die Sache ein wenig abzukürzen, indem er eine Lanze in deine weiche Stelle rammt: dein Mitgefühl. Und was erregt mehr Mitgefühl als ein Selbstmordversuch?«

Noch immer schweigend wog Anja ihre Tasse, als überlege sie, sie zu werfen. Sie saß auf demselben Stuhl wie gestern Magda, einem blau lackierten Sperrmüllmöbel, das sie seinerzeit verabscheut hatte.

»Warum wohl hat er dem Arzt ausgerechnet deine Nummer gegeben? Soviel ich weiß, leben Manuels Eltern noch. Und noch was: Wer sich ernsthaft umbringen will, fällt nicht am helllichten Tag von der Humboldtbrücke, sondern springt aus dem 18. Stock eines Hochhauses oder legt sich unter einen Zug.«

Anjas Wimpern bebten, was wegen der Tusche wirkungsvoller war als früher, aber sie machte keine neuerliche Bemerkung über meinen Zynismus. Sie dachte nach.

»Mag sein«, sagte sie dann. »Nun ist er aber in der Aue, und der Arzt sagt, er fragt nach mir – und nach dir.«

»Nach *mir*?!«

Sie lächelte gequält. »Das passt vermutlich nicht ganz zu deiner These.«

Nicht im Mindesten. Das passte weder zu meiner These noch zu Manuel. Wir hatten uns nie viel zu sagen gehabt, meistens hatten wir Schach gespielt oder Fußball geschaut. Für Unterhaltungen hatte er Anja bevorzugt, die, das musste man ihr lassen, ausgezeichnet zuhören konnte. Und umgekehrt hatte sie in ihm einen guten Zuhörer gehabt, einen, der nicht unvermutet auf einem Nebensatz davon ritt.

Mir fiel nur ein Grund für Manuels plötzliche Sehnsucht nach mir ein: Tabletten. Er musste randvoll mit hirnerweichenden Medikamenten sein, die nostalgische Erinnerungen an Freundschaften hervorriefen, die es nie gegeben hatte. Die Vorstellung eines sabbernden Manuel mit zärtlich umflorten Augen grauste mich.

»Sieh es mal so«, sagte sie. »Du warst für einige Jahre eine von zwei sozialen Konstanten in seinem Leben. Die andere bin ich. Jemand mit einem derart begrenzten Bekanntenkreis wie Manuel kann es sich nicht leisten, nach dessen Qualität zu fragen. Mit seinen Eltern hat er sich übrigens schon als Jugendlicher überworfen, falls du dich erinnerst.«

Jetzt, wo sie es sagte ... fiel mir etwas anderes ein.

»Was ist mit deinem Neuen? Hat der nie mit Manuel Fußball geguckt und sich so seine ewige Freundschaft gesichert?«

Anja stellte die Tasse ab und blickte aus unerfindlichen Gründen auf ihre rechte Hand. »Nein.«

Darauf schwiegen wir beide. Ich bekam Lust, eine zu rauchen, fand es aber unhöflich, Anja in der Küche sitzen zu lassen. Andererseits mochte ich sie auch nicht auf den Balkon bitten, auf dem dort, wo sie früher hingebungsvoll Topftomaten gezogen hatte, eine Armee leerer Bierflaschen stand.

Also rekapitulierte ich: Manuel saß nach einem halbherzigen Suizidversuch in der Klapse und hatte niemanden außer uns. Bedauernswert, aber letztlich war jeder selbst für sein Schicksal verantwortlich. Ich würde Manuel also besuchen oder nicht. Und so sagte ich es Anja.

Sie seufzte. »Also gut, wenn du unbedingt willst: Ich bitte dich hiermit inständig, mich zu Manuel zu begleiten.«

Ihr Wunsch verschlug mir die Sprache. Er überraschte mich beinahe noch mehr als die abstruse Sehnsucht dieses Bekloppten nach mir. Wir waren seit über vier Jahren getrennt, und auch wenn wir verhältnismäßig ruhig auseinander gegangen waren, hatte ich daran doch schwer gelitten. Ich hatte alle ihre Versuche, unsere Beziehung in freundschaftliche Bahnen gleiten zu lassen, abgewehrt und stattdessen meinen Blog eröffnet. Anja war passé. Für sie war Magda gekommen.

»Warum?«, war alles, was mir schließlich einfiel.

»Weil … bei unserer letzten Begegnung war Manuel … Ich möchte einfach nicht allein zu ihm. Und enttäuschen möchte ich ihn auch nicht. Ich bitte dich nur um diesen einen Gefallen, Just, dann lasse ich dich wieder in Ruhe.«

Aus einem ihrer Augenwinkel löste sich etwas Glitzerndes und rollte ihre Wange hinab. Meine sorgsam trainierte Abwehr brach zusammen. Daran änderte auch mein Ärger über dieses heimtückische Foul nichts. Ich ging zu Boden.

Das heißt, auf den Balkon. Vorher murrte ich Anja zu, dass sie mich am nächsten Tag um halb elf nach einem Morgentermin abholen solle. Welcherart dieser Termin war, behielt ich für mich, und sie war so erleichtert, dass sie nicht danach fragte. Zum Abschied umarmte sie mich sogar, und als ich mich beiläufig erkundigte, ob sie seit unserer Trennung jemandem von meiner Leberfleckneurose erzählt hätte, lachte sie.

Nur ihrer kosmetikbewanderten Praktikantin und einem Arzt.

»Einem Arzt?«

Seit wann redete Anja mit fremden Ärzten über mich?

Sie ließ mich los und ging zu ihren Schuhen.

Er sei ein Segelkumpel von ihrem Freund gewesen, und manchmal hätten sie zusammen Touren unternommen. Da blieb es nicht aus, dass man sich gegenseitig zum Essen oder einem Wein auf die Boote eingeladen und geplaudert habe.

»Über meine Leberflecken?«, fragte ich indigniert.

Anja schloss eine Schnalle.

»Über UV-Strahlung. Die beiden waren schließlich Ärzte.«

Endlich fiel der Groschen. So war das also.

»Herzlichen Glückwunsch«, sagte ich frostig. »Vom unterbezahlten Radiorezensenten zu einem Beamten und von dem zu einem Arzt. Was kommt als nächstes – ein EU-Abgeordneter?«

Anja schloss die andere Schnalle und richtete sich auf.

»Bitte?«

»Oder hast du vor, bei deinem Arzt ein bisschen länger zu bleiben?«

»Ich hab keine Ahnung, wovon du redest.«

»Von deinem neuen Freund, der sich mit dir und seinem Kollegen weinselig über meine Neurosen amüsiert.«

»Welcher ...« Sie starrte mich an wie eine römische Vedute. Dann klärte sich ihre Miene plötzlich.

»Du meine Güte. Die beiden Ärzte waren Paul und seine Frau! In meinem Leben gibt es derzeit weder einen Beamten noch einen Arzt noch sonst irgendjemanden. Bis morgen.«

Erst als ich auf dem Balkon den ersten Lungenzug tat, ging mir vollständig auf, was Anja gesagt hatte. Der Lachsack war weg vom Fenster, hatte ausgedient, war abgeheftet worden. Obwohl es die Ereignisse nicht mehr rückgängig machte, empfand ich diese Neuigkeit wie Balsam.

Beschwingt startete ich meinen Laptop.

Ich überflog eine Anzahl Beiträge, unter anderem von Agro und Mindbeard, die sich nach dem Stand meiner Roman-Ermittlungen erkundigten, und öffnete ein neues Feld.

Genossen,
aufgrund persönlicher und beruflicher Turbulenzen sowie neuerer Erkenntnisse, habe ich beschlossen, meine »Ermittlungen« im Fall des neulich erwähnten Krimi-Manuskripts ad acta zu legen.

Soll die Polizei sich an der Garnisonkirche und ihrem Opfer die Zähne ausbeißen, die wird dafür bezahlt. Adieu Faust – du hast mich nicht überzeugt. Bonjour neue Themen!

Wie wäre es zum Beispiel mit dem Mercure, dem letzten noch aufrechten Turm auf dem Schachbrett der Potsdamer

DDR-Erinnerungskultur? Lasst uns die Toten begraben und den Lebenden zuwenden! Falls jemand Fotos vom Mercure der Siebziger und Achtziger besitzt, gerne auch mit ihm selbst als fröhliches Baby darauf, zögere er nicht, sie hier einzustellen.

Der Kampf geht weiter, Freunde: Putzt eure Rüstungen!

Tja, Gisbert, Faust, Hamlet oder wie immer du heißt, dachte ich hämisch, als ich den Beitrag schaltete – was sagst du dazu?

Ich schrieb Magda eine SMS und fragte sie, wie es ihr ginge. Schlenderte pfeifend durch die Wohnung, um Fausts Manuskript aufzustöbern, mit demselben Ergebnis wie beim letzten Mal. Verwundert, aber nicht sonderlich beunruhigt, schnappte ich mir wiederum das Knastbuch als Ersatzlektüre und drehte mir auf dem Balkon noch eine Zigarette.

Von der Geschichte mit den vermixten Gliedmaßen verstand ich auch diesmal nicht viel mehr. Sex, Drugs und Brutalität, ohne erkennbare Prämisse. Erst im letzten Abschnitt begriff ich, dass es sich bei den abstoßenden Orgien um Kindheitserinnerungen des Erzählers handelte, der im Begriff stand, seine Eltern ebenjener Orgien wegen zu ermorden. Saß er deswegen ein?

Ich schielte zum Laptop und war dankbar, als er Neuigkeiten anzeigte. Monk und Agro. Monk segnete meinen Rücktritt von der Detektivarbeit und den Themenwechsel »zugunsten der Lebenden« ab, Agro verlieh der zusätzlichen Hoffnung Ausdruck, die Bullen möchten sich bis zum Sankt Nimmerleinstag die Zähne an der Klärung des Falles ausbeißen, und bedauerte nur die dafür verschwendeten Steuergelder.

Es vergingen einige Minuten, in denen ich lustlos die nächste Knastgeschichte anfing.

Dann meldete sich Leviathan, stimmte seinen Vorgängern zu (ergänzt durch einen Smiley) und tat, wie Monk, seine Begeisterung über meinen neuen Themenvorschlag kund.

Danke Watson, dachte ich. Aber ich wartete auf etwas anderes.

Es kam, als ich gerade mit einem Bier aus der Küche zurückkehrte.

Während meiner Abwesenheit waren zwei Kommentare eingetroffen. Der erste stammte von Mindbeard, der als einziger engerer Bloggenosse über meinen Rückzug nörgelte, weil er sich um seine Co-Ermittlung betrogen sah. Trotzdem kündigte er Bilder von verschiedenen Bauphasen des Interhotels an, die sein Vater gemacht hatte.

Der zweite war von Gisbert.

Berufliche Turbulenzen? Sollte ich etwas verpasst haben?

Ich glotzte auf den Bildschirm, bis die auf Vorrat geatmete Luft schal wurde und sich als schleichendes Gift in meinen Adern verteilte. Was war das?

Kein Wolf. Gisbert wurde sich untreu.

Noch mehr als das stieß mir jedoch die Botschaft hinter den beiden Fragen auf. Die beruflichen Turbulenzen hatte ich erfunden, um meinen angeblichen Ausstieg aus den Ermittlungen zu begründen. Und Gisbert à la Faust schien es zu wissen.

Das Gift hatte meine Zehenspitzen erreicht. Sie fühlten sich taub an, wie der Rest meines Körpers, mit Ausnahme des Kopfes, wo in einer Endlosschleife eine Frage rotierte: Wie lange folgte Gisbert/Faust mir schon?

Ich schaltete den Laptop aus und begann durch die Wohnung zu laufen. Auf der Küchenschwelle hielt ich an. Magda.

Als ich ihr am Heiligen See begegnet war, hatte Faust da bereits unsichtbar hinter einem Busch gesessen?

Langsam lief ich weiter.

Unwahrscheinlich. An jenem Nachmittag war der Kirchturm noch heil gewesen. Faust hatte von mir also nichts zu erwarten gehabt. Ohne Tat keine Ermittlung. Demnach hatten Magda und ich uns auch im Olga und danach in meiner Wohnung noch frei bewegt. Frei, das Wort bekam plötzlich einen Beigeschmack.

Frühester Zeitpunkt für eine in Fausts Augen sinnvolle Observierung schien mir der Morgen nach der Sprengung. Wahrscheinlicher noch der Tag, als ich sein Manuskript erstmals in meinem Blog erwähnt hatte, für ihn das untrügliche Zeichen, dass ich angebissen hatte. Zwischen ihm und jetzt lagen Magdas Besuch, mein Abstecher zum Sender, die Treffen mit Leviathan und Anja.

Als ich vom Korridor ins Wohnzimmer pilgerte, kündigte mein Handy endlich die ersehnte SMS an.

»Was hast du morgen vor?«

Es waren nur fünf Worte, aber sie wirkten wie ein Schokoriegel auf jemanden mit Zuckerschock. Ich spürte, wie mein Puls sich beruhigte, in meinem Brustkorb wurde es warm, und die ganze Aufregung wegen Faust kam mir auf einmal übertrieben vor. Er war mir nachgeschlichen, na schön. Ein armer, genialer Irrer. Vielleicht war er im Sender gewesen, im Olga und mir bis zu meinem Haus gefolgt. Aber weiter war er nicht gekommen. Zum ersten Mal war ich froh über Pachulke, der wie ein Schießhund auf eine verschlossene Haustür achtete.

»Ab Mittag darfst du nach Belieben über mich verfügen«, schrieb ich zurück. Ich behielt das Handy in der Hand, schlenderte zu meinen Ermittlungsbögen und ergänzte auf dem für die Polizei Hohmanns Kirchenspende und seinen hochrangigen Vater.

Auf Fausts vermerkte ich die Namen Treiber und Marcus und setzte mit einem Fragezeichen dahinter: Kontakt zu Sprengmeister?

Mit meinem eigenen war es schwieriger, denn hier war am meisten zusammengekommen, und es galt, Fakten, Ereignisse und Spekulationen so voneinander zu trennen, dass ich noch die Übersicht behielt. Überschneidungen markierte ich, indem ich sie unterstrich, wie zum Beispiel bei Treber, dem »Besorger«, hinter den ich in Klammern (Treiber?) setzte.

Als ich fertig war, trat ich einen Schritt zurück, um mir meinen Zwischenstand im Ganzen zu besehen.

Er glich der Ausbeute eines Archäologen, der ein antikes Grab gefunden und körbeweise Knochen aus der Erde gegraben hatte. Sie konnten zu einem Mann, einer Frau oder einem Hofschimpansen gehören. Bevor ich weitermachte, musste ich sie demnach sortieren und anatomisch korrekt zusammensetzen: Knöchel zu Knöchel, Röhrenknochen zu Röhrenknochen, Rippe zu Rippe und über allem der Schädel.

Ich holte ein neues Blatt, pinnte es neben die anderen und schrieb in die Mitte: *»Sprengung Garnisonkirche, Hohmann«*.

So viel zur Tat. Beziehungsweise den Taten, falls der Arzt nicht doch durch irgendeinen unglücklichen Zufall ein Unfallopfer war.

In der linken Hand summte mein Handy.

Das werde ich, mach dich auf was gefasst. Magda.

Ich steckte lächelnd das Telefon ein, konsultierte meine Aufzeichnungen und übertrug sie geordnet auf den neuen Bogen.

Nach fünf Minuten trat ich abermals zurück. Ich hatte alle mir bekannten Fakten um die »Tat« gruppiert und dahinter Fragen, Spekulationen und Vermutungen. Jetzt sah es schon wesentlich übersichtlicher aus.

Die Taten waren klar: *»Sprengung mit Mord (?) an Dr. Paul Hohmann, Psychiater«*. Beim Schreiben hatte sich mir allerdings eine neue Frage aufgedrängt. Nämlich welche der beiden Teiltaten die primäre war.

Laut Bert gingen Polizei und Medien davon aus, dass die Kirche aus politischen Gründen zerstört worden war und den zufällig anwesenden Hohmann mit sich gerissen hatte. Was aber, wenn es umgekehrt war? Wenn die Kirche einzig aus dem Grund gesprengt worden war, um den Mord an Hohmann zu verschleiern? Zugegeben, ein ziemlicher Aufwand, um einen Menschen umzubringen. Aber solange mir niemand erklären konnte, was er nachts um halb drei auf der Baustelle verloren hatte, wollte ich diesen Ansatz, wie der heilige Dietmar ihn genannt hätte, nicht völlig verwerfen.

»Motiv Kirche: politisch, persönlich, beides?

Motiv Hohmann, Psychiater und Großspender für den Wiederaufbau, Vater stellv. Vorsitzender des Förderkreises: keines (Unfall), persönlich oder politisch?

Tatwerkzeug: Sprengstoff (Plastik? Woher bezogen: Treber?) mit Fernzünder (Zündort laut Faust ein Buchenquartier im Lustgarten. Siehe Zigarettenkippe und Streichhölzer)

Täter Kirche: vermutlich mehrere unter Führung eines Spezialisten.

Täter Hohmann: dito, da Mord durch Kirchensprengung.«
(Was leider für ein politisches Motiv sprach.)

Mir fiel auf, dass ich jedes Mal, wenn ich den Namen des toten Arztes las oder schrieb, inne hielt, so wie wenn man in einem Text über ein falsches Wort stolpert.

Ich hatte das Gefühl, dass ein ihn betreffendes Detail auf meinem neuen Ermittlungsbogen fehlte und also auch auf den drei alten. Aber ich kam nicht drauf, welches. Und ausnahmsweise konnte mir auch Fausts Manuskript nicht helfen, denn dort gab es keinen Hohmann. Außerdem hatte ich keine Ahnung, wo es war. Eine geschlagene Stunde brachte ich damit zu, meine Wohnung auf den Kopf zu stellen, es blieb verschollen. Gegen zehn gab ich auf, köpfte ein weiteres Bier und versuchte es mit nachdenken.

Gestern Abend, nach Magdas Besuch, hatte ich das Kapitel über Veits Treffen mit Treiber und Marcus gelesen, daran erinnerte ich mich genau. Danach jedoch wurde es trübe. Hatte ich es in den Sender mitgenommen oder später zu meinem Treffen mit Leviathan? Wenn ja, musste ich es bei einer dieser Gelegenheiten ausgepackt haben, denn in der Satteltasche meines Fahrrads war es nicht. Möglicherweise auch schon vorher, beim Einsprechen der Rezension, als ich nach meinen Notizen gesucht hatte. Die Vorstellung, wie Bert mit süffisantem Lächeln darin las, grauste mich beinahe ebenso wie die, dass es in den behaarten Händen von Sören, dem Barkeeper, lag oder irgendwo im Olga, zum Beispiel im Mülleimer. Zumindest in diesem Punkt beschloss ich, mir sofort Klarheit verschaffen.

Um elf langte ich leicht geschockt mit leeren Händen wieder zu Hause an. Der haarige Sören war um acht abgelöst worden. Sein Nachfolger, ein schmächtiger Brillenträger, behauptete, nichts von einem Manuskript zu wissen. Der Schock rührte von seinem Namen her: Marcus.

16

Obwohl mich das LKA gefühltermaßen im Morgengrauen zu sich bestellt hatte, klopfte ich zehn nach neun an die Tür von Zimmer 35 der Abteilung Gewaltdelikte. Die Verantwortung für die zehn Minuten Verspätung trug der Pförtner, nach dessen einsilbiger Wegbeschreibung ich zuerst in der Kantine gelandet war, wo ich einen Becher laschen Kaffee erstanden hatte.

Ich war enttäuscht. Unter einem Landeskriminalamt hatte ich mir irgendwie etwas Imposanteres vorgestellt, als einen grauen Dreistöcker aus der ersten Hälfte des 20. Jahrhunderts.

Das Linoleum im Flur zeigte deutliche Abnutzungserscheinungen, die Wände bedurften eines neuen Anstrichs und von Großraumbüros hatte man hier offenbar noch nichts gehört.

Als ich das Zimmer betrat, fiel mein Blick auf zwei Aktenschränke, zwei Schreibtische mit Stühlen davor, die dem Design nach aus der Auflösung einer DDR-Schulspeisung stammten, ein Sideboard mit Kaffeemaschine und – eine Frau.

Sie hockte wie eine übergewichtige Weihnachtsgans hinter einem Computer und hob träge die Lider.

»Herr Verloren?«

»Ja. Ich sollte um neun zu ...«

»Richtig. Kommissarin Schneider, guten Morgen, setzen Sie sich.«

Sie deutete auf einen der Schulspeisungsstühle.

Während ich meine Jacke auszog, wartete ich darauf, dass sie zum Telefon griff und dem heiligen Dietmar meine Ankunft ankündigte. Aber sie nestelte nur an einem schwarzen Apparat neben dem Computer herum.

»Sie haben hoffentlich nichts dagegen, dass wir das Gespräch aufzeichnen. Nach Abschluss des Falles werden die Aufzeichnungen wieder gelöscht, also keine Angst.« Sie lächelte, wobei sie einen gräulich verfärbten Schneidezahn entblößte.

»Kaffee brauche ich Ihnen ja wohl nicht mehr anzubieten.«

Ich stellte meinen Becher ab und setzte mich zögernd.

»Führen Sie das Verhör durch?«

Noch mehr grauer Zahn.

»Mein lieber Herr Verloren, wenn das ein Verhör wäre, säßen wir zwei Hübschen hier nicht allein. Vorerst führen wir nur ein Gespräch zur Erhebung von Informationen über mögliche Hintergründe des Kirchenattentats. Dann legen wir mal los, damit ich Sie bald wieder in Ihr wohlverdientes Wochenende schicken kann.«

Während ich noch mit meinem Ärger darüber kämpfte, dass man mir jemanden aus der zweiten Liga zugewiesen hatte, wenn nicht sogar aus dem Fußvolk, nahm Kommissarin Schneider routiniert meine Personalien auf. Dann legte sie Daumen und Fingerspitzen gegeneinander und betrachtete einige Sekunden lang nachdenklich die entstandene Merkel-Raute.

»Sie betreiben einen Blog namens ›Verloren in Potsdam‹, der sich unter anderem in kritischer Weise mit dem Wiederaufbau der Garnisonkirche beschäftigt, richtig?«

»Nein.«

Die Raute fiel in sich zusammen.

»Nein?«

»Nein, er beschäftigt sich nicht unter anderem, sondern fast ausschließlich mit dem Wiederaufbau der Garnisonkirche«, sagte ich. »Jedenfalls bis vorgestern.«

»Ach so. Gott sei Dank, ich dachte schon, wir haben den Falschen. Seit wann betreiben Sie diesen Blog?«

»Werfen Sie einen Blick auf den ersten Eintrag, dann wissen Sie's.«

Statt sauer zu werden klickte die Kommissarin auf ihrer Tastatur herum.

»Juni 2012. Es besteht im Übrigen kein Anlass, aggressiv zu werden, Herr Verloren.«

»Es ist Samstag früh um neun.«

»Ich hatte auch um acht schon jemanden da, falls es Sie tröstet.«

»Kaum. Wen?«

Wieder der graue Zahn. Ich begann mich langsam zu fragen, wo sie sich den verhunzt hatte. Vielleicht bei einer Schlägerei mit einem Zeugen.

»Jemanden, der sich ebenfalls kritisch mit dem Wiederaufbau der Garnisonkirche auseinandergesetzt hat. Zu welchem Zweck haben Sie Ihren Blog übrigens eröffnet?«

»Um mich kritisch mit dem Wiederaufbau der Garnisonkirche auseinanderzusetzen«, sagte ich spitz.

Im runden Gesicht der Kommissarin zeichnete sich etwas wie ein stilles Seufzen ab.

»Dann anders: Waren Sie Gegner des Wiederaufbaus?«

Unwillkürlich dachte ich an Magda.

»Die Frage kann ich nicht pauschal beantworten. Mich haben vor allem die Streitigkeiten um die Kirche an sich interessiert. Aber ich räume eine gewisse Tendenz gegen ihren Wiederaufbau ein.«

»So. Gehören Sie einer politischen Vereinigung an, die innerhalb dieser Streitigkeiten ebenfalls gewissen Tendenzen gefolgt ist?«

»Meinen Sie, ob ich Mitglied einer Partei bin?«

»Partei, Verein, Bürgerinitiative etc.« Sie sagte tatsächlich »e te ce«, mit einem deutlich abgesetzten Punkt hinter den einzelnen Buchstaben.

»Nein. Es sei denn, sie erklären meinen Blog zu einer Vereinigung.«

»Interessante Idee. Sie hatten dort einen regen und zum Teil recht zynischen Gedanken- und Meinungsaustausch über die

Kirche. Zynisch besonders, was Ihre eigenen Beiträge angeht.«

»Nun ja, ich bin Journalist. Das waren Kolumnen, und gute Kolumnen sind immer … Außerdem waren sie ironisch, nicht zynisch.«

»Das sehe ich anders, aber egal. Sind Sie schon immer Journalist gewesen, Herr Verloren, oder haben Sie davor noch etwas anderes gemacht?«

»Vorher? Ich habe einige Jahre bei der Post Briefe sortiert. Nachts. Wieso?«

»Und davor waren Sie bei der Bundeswehr?«

Endlich klickte es.

»Tut mir leid«, erwiderte ich süß. »Zivi. Im Altersheim. Emmaus-Haus, Sie können gern dort anrufen, die erinnern sich bestimmt noch an mich.«

Und die Windelschlacht, mit der vier Greise und ich die Silvesterfeier zur Jahrtausendwende gekrönt hatten. Aber das verschwieg ich der dicken Schneider, um sie nicht auf abwegige Gedanken zu bringen. Erst Scheiße, dann Sprengstoff oder so etwas. Inzwischen traute ich ihr alles zu. Allein schon, weil sie sich wiederum keine Enttäuschung anmerken ließ.

»Kennen Sie einige Follower Ihres Blogs auch persönlich?«

Sie fragte es wie nebenher und schraubte dabei an einem Ring an ihrer linken Hand herum, der sich hoffnungslos ins Fleisch gegraben hatte, aber ich war auf der Hut.

»Nein. Das heißt, gestern wollte ich mich mit einem von ihnen treffen, aber unterwegs hatte mein Fahrrad einen Platten, und als ich am Treffpunkt ankam, war er weg.«

»Wie dumm. Darf ich fragen, wo sie sich verabredet hatten?«

»Im Olga, einer Bar«, log ich, aus demselben Grund, aus dem ich die Windelschlacht im Altersheim verschwiegen hatte. Ich tröstete mich damit, dass es zumindest die halbe Wahrheit war.

»Hm.« Die Kommissarin starrte eine Weile auf das Aufnahmegerät. Dann fragte sie: »Woran hätten Sie ihn eigentlich erkannt, wenn Sie ihm noch nie begegnet sind? Zumal in einer Bar, in der man immerhin mit mehr als einem Gast rechnen muss?«

Verdammt, dieses tückische Weib! Tat, als hätte sie gerade erst buchstabieren gelernt, dabei hatte sie meinen Blog nicht nur überflogen, sondern studiert. Und natürlich war sie auf Leviathans Beitrag gestoßen, in dem er mir als Treffpunkt denselben wie *beim letzten Mal* vorgeschlagen hatte. Zum Glück klopfte es in diesem Augenblick an die Tür.

Kommissarin Schneider stellte das Aufnahmegerät aus, watschelte durch den Raum, öffnete die Tür einen Spalt und sprach leise etwas hindurch. Dann kam sie zurück und stellte das Aufnahmegerät wieder an. Das Ganze hatte höchstens eine halbe Minute gedauert, in der mein Hirn auf Hochleistung gearbeitet hatte.

»Fortsetzung der Befragung von Herrn Justus Verloren nach kurzer Unterbrechung, Samstag, 24. 9. 2016, neun Uhr 26. Also, woran hätten Sie ihn erkannt?«

Ich setzte ein überlegenes Grinsen auf.

»Tja, woran erkennen sich Kunden von Partnerschaftsvermittlungen, wenn sie sich zum ersten Mal verabreden? An einer zusammengerollten Zeitung oder einer Rose im Knopfloch, einem bestimmten Tisch? In diesem Fall war dergleichen nicht nötig, denn tatsächlich habe ich den Typen, mit dem ich verabredet war, vor einer Weile schon einmal getroffen. Und zwar zufällig in ebenjener Bar. Ein bisschen Smalltalk beim Bier, und plötzlich stellt sich heraus, dass wir uns schon seit geraumer Zeit im Internet unterhalten. Als kennen würde ich das aber nicht bezeichnen.«

Sie nahm es mit ausdrucksloser Miene hin.

»Und welchen Anlass hatte nun dieses zweite Treffen?«

»Das wissen Sie doch, Sie haben meinen Blog gelesen. Insofern war Ihre Eingangsfrage, wie lange ich ihn schon führe, eine Falle.«

»Nehmen Sie sie als Aufwärmübung. Also gut, Sie wollten

Informationen über einen Verein, der gemeinhin unter der Bezeichnung Anti-Garnisonkirchen-Verein bekannt ist. Dieser Follower – wie heißt er übrigens mit bürgerlichem Namen? Das erspart mir, ihn immer Follower zu nennen.«

»Keine Ahnung, ich hab ihn mit seinem Nicknamen angesprochen.«

Zwar erinnerte ich mich schwach, dass Leviathan sich mir anlässlich der verunglückten Spatenstich-Feier vorgestellt hatte, aber sein Name war kurz darauf von einem weitaus reizvolleren überlagert worden, den ich an diesem Tag ebenfalls zum ersten Mal gehört hatte.

»Woher ihr Interesse am AGV stammte, wissen Sie aber noch?«, seufzte die Schneider.

»Durchaus. Ich wollte wissen, wer die Garnisonkirche gesprengt hat.«

»Und Sie haben diesbezüglich den AGV in Verdacht?«

»Ach wissen Sie, ich folge vielen Ansätzen. Der AGV ist nur einer davon«, sagte ich und lehnte mich zurück. Endlich lief das Gespräch in die Richtung meiner imaginierten Filmszene. Deshalb fügte ich hinzu: »In gewisser Weise sind wir sozusagen Kollegen, Kommissarin Schneider.«

»Nur sitze ich schon seit sieben hier«, sagte sie trocken. »Worin, wenn ich fragen darf, bestehen denn Ihre anderen Ansätze?«

»Diesem und jenem. Ich mache mir halt Gedanken. Zum Beispiel bezweifle ich mittlerweile, dass der AGV das richtige Profil für einen solchen Anschlag hat, dazu fehlt es ihm an RAF-Potenzial. Weiterhin grüble ich darüber nach, wie der Arzt mitten in der Nacht auf die Baustelle geraten ist und inwiefern sein Tod mit der Sprengung zu tun hat. Was würden Sie sagen?«

»Machen Sie eine Umschulung zum Polizeireferenten«, antwortete sie und tippte etwas in ihren Computer. »Letzte Frage, dann sind wir durch. Wo waren Sie in der Nacht vom Mittwoch, 21. September, auf Donnerstag, 22. September, zwischen ein und fünf Uhr?«

Ich hätte jetzt gern über Magdas Fähigkeit verfügt, nur eine Braue zu heben.

»Im Bett. Und Sie?«

Die dicke Kommissarin schaltete das Aufnahmegerät aus.

»Überwiegend auf der Toilette. Auf der Dienststelle ging letzte Woche ein Virus um.«

Er reichte gerade noch für einen Zwischenkaffee, bei dem ich abwechselnd meine Unvorsichtigkeit und die fette Kreuzspinne von Schneider verfluchte, ehe Anja klingelte. Sie trug eine neue Lederjacke und strich sich bei unserer Begrüßung die Ponysträhne aus der Stirn.

»War wohl nicht so erfolgreich, dein Termin?«

»Doch, nur zu früh.«

Anja grinste und stieg auf ihr Rad. Sie fuhr noch immer das Sperrmüll-Pegasus, dass ich ihr vor Jahren aufgemöbelt und zum Geburtstag geschenkt hatte. Aus ihrer Umhängetasche ragte ein Asternstrauß. In mir regte sich das Gewissen, weil ich nicht an ein Mitbringsel für Manuel gedacht hatte. Am Bagelladen Gutenberg, Ecke Ebertstraße bat ich Anja deshalb, zu warten, und kaufte ihm einen Heidelbeer-Muffin.

Am liebsten wäre ich dort geblieben, hätte mich an einen der Tische draußen gesetzt, Espresso getrunken, Passanten beobachtet und mich geruhsam auf meinen Besuch in der Klapse eingestimmt. Einen Augenblick lang war ich versucht, Anja dazu einzuladen. Doch jede Minute mit ihr war eine weniger mit Magda. Also verstaute ich den Muffin in der Jackentasche und ging wieder hinaus.

Vom Bagelladen war es nur noch ein Katzensprung bis zur Psychiatrie des Bergmann-Krankenhauses. In meiner Kindheit hatte es Bezirkskrankenhaus geheißen und war ein graublauer Neubau mit einer vorgelagerten Ambulanz und zwei, drei älteren Nebengebäuden gewesen. Inzwischen war es zu einem riesigen Konzern mit einem eigenen Hubschrauberlandeplatz mutiert, der beinahe das ganze Areal zwischen drei Straßen einnahm und die Hoheit über die körperlichen und geistigen Gebrechen von halb Brandenburg beanspruchte.

Beim Anblick der Stahlgeländer, des polierten Bodens und der Handläufe an den Wänden bekam ich Atemnot. Ich verabscheue Krankenhäuser, habe sie schon immer verabscheut. Sobald ich eines betrete, kommt es mir vor, als würde ich die normale Welt verlassen und von einer anderen, morbiden absorbiert, und sofort erwacht mein Fluchtinstinkt. Meinen Großvater zu besuchen war mir eine regelmäßige Qual gewesen und sein Tod in einer solchen Umgebung nur folgerichtig. Anja wusste das.

Ihrer Miene entnahm ich, dass sie sich auch nicht eben wohlfühlte, dennoch rang sie sich ein Lächeln ab, als wir die Glastür der geschlossenen Station erreichten. Daneben befand sich eine Besucherklingel.

»Für Manuel und die Freundschaft«, sagte sie, als sie darauf drückte.

»Für eine Viertelstunde«, sagte ich.

Es waren mehr als dreieinhalb Jahre seit meinem letzten Treffen mit Manuel vergangen. In dreieinhalb Jahren verändert sich jeder. Der beste Beweis war Anja. Auch an mir hatte die Zeit ihre Spuren hinterlassen, wie ich leider jeden Morgen im Spiegel sah. Aber in Manuel begegnete sie mir nicht als Graveur oder subtiler Gestalter, sondern als hemmungsloses Werkzeug der Zerstörung. Der Manuel, den ich kannte, hatte ein strammes Bäuchlein und weichliche Gesichtszüge gehabt und praktisch immer gelächelt. An seine Haare hatte ich nur eine undeutliche Erinnerung, sie waren von irgendeiner namenlosen Farbe und kurz gewesen. Dafür erinnerte ich mich gut an seinen gesunden Teint. Alles in allem hatte er ausgesehen wie ein großes Baby, das gerade von einem Urlaub am Mittelmeer kam.

Der Mann, den ein Pfleger mit einer freundlichen Aufmunterung in den Aufenthaltsraum der Station schob, wo man uns gebeten hatte zu warten, war ein Geflecht aus Sehnen, Muskeln und Knochen, über das sich gelbstichige Haut zog. Sein Kopf war ein rasierter Schädel, um sein Kinn spross ein unregelmäßiger Viertagebart, an dem er ununterbrochen seine Hände rieb. Um seine mageren Lenden schlackerte eine graue Jogginghose.

Am meisten aber setzten mir seine Augen zu, die uns, mangels des früheren Umgebungsfetts, wie riesige schwarze Löcher anstarrten. Es war umso unheimlicher, als er dabei noch immer lächelte, wenn auch nicht wie einst, sondern als wären seine Mundwinkel auseinandergezogen und vernäht worden. Anja griff nach meiner Hand. Sie drückte sie kurz, dann ging sie entschlossen auf ihn zu.

»Manuel«, sagte sie und umarmte ihn. Ich bewunderte sie dafür. Das hätte ich nicht fertig gebracht. Allerdings hatte ich es auch früher meist bei einem knappen »Hallo« belassen.

Falls die Berührung etwas in ihm auslöste, ließ Manuel es sich nicht anmerken. Er rieb sich nur etwas stärker das Kinn.

Mit sanfter Autorität löste Anja die Hände aus seinem Gesicht, zog ihn zu einem Tisch, auf dem in einer Vase schon der Asternstrauß stand, und drückte ihn auf einen Stuhl. Sie setzte sich ihm gegenüber und winkte mich heran.

»Die sind für dich«, sagte sie und deutete auf den Strauß. »Die Verkäuferin sagt, wenn man ab und zu das Wasser wechselt und ein Traubenzucker hineinwirft, halten sie ewig.«

»Ja«, sagte Manuel, ohne die Astern anzusehen.

»Du hast uns zu Tode erschreckt, weißt du das? Warum hast du denn nicht angerufen, als es dir schlecht ging, ich hätte alles stehen und liegen gelassen und wäre gekommen.«

Er schwieg. Was sollte er auch sagen? Er hatte die Havel einem Anruf eben vorgezogen.

»Du hättest wenigstens die Kuriertasche abnehmen sollen«, meinte ich. »Die Post da drinnen war schließlich nicht deine.«

Unter dem Tisch trat Anja gegen mein Schienbein. Gleichzeitig bewegte sich etwas in Manuels Augen. Es sah aus, als ob jemand schwarze Tinte in einen dunklen Brunnen träufelt.

»Da waren Steine drin«, sagte er tonlos.

»Ach so. Das ist natürlich was anderes.«

Ich vermutete zwar, dass die Tasche auch nicht ihm, sondern seiner Firma gehört hatte, aber ich sah ein, dass dies der falsche Zeitpunkt war, ihn darauf hinzuweisen. Außerdem konnte man von einem Selbstmörder nun auch nicht erwarten, dass er an alles dachte.

Manuels tintige Augen ruhten noch immer auf mir. Oder auf etwas in meinem Kopf oder etwas dahinter.

»Seid ihr wieder zusammen?«, fragte er nach einer Weile.

»Nein«, antwortete Anja einen Tick schneller als ich. »Aber du warst ... bist, unser gemeinsamer Freund, deshalb wollten wir dich gern zusammen besuchen.«

Jetzt war ich es, der unter dem Tisch ausholte. Leider zuckte statt Anja, Manuel zusammen.

Ich entschuldigte mich wortreich. Ich hätte ihn nicht treten wollen, das wäre die Spannung, die mich in Krankenhäusern immer befiel, eine Art Knastkoller, der sich zuweilen unkontrolliert Bahn bräche. Dabei schielte ich Anja finster an. Was fiel ihr ein, bei ihrem psychisch labilen Froschkönig Erwartungen zu wecken? Anja schielte verständnislos zurück.

Manuel nahm unseren stummen Zweikampf ebenso gleichgültig hin wie meine Tirade. Vielleicht war in seinem zugedröhnten Hirn gar nichts davon angekommen, dachte ich hoffnungsvoll. Mit etwas Glück hatte er in einer Stunde vielleicht schon vergessen, dass wir überhaupt dagewesen waren.

Mit einem Finger begann er das Blumenmuster der Tischdecke nachzuzeichnen. Ich fand, dass wir ihn für heute genug strapaziert hatten.

»Kopf hoch, Kumpel«, sagte ich und stand auf. »Das wird schon wieder. Ruh dich erst mal richtig aus, iss was Gutes und lass dich ordentlich verwöhnen. Wenn du wieder auf dem

Damm bist, könnten wir drei ja mal wieder was zusammen unternehmen, ins Kino gehen oder so.«

Wo wir nicht zwingend miteinander reden müssten.

Manuels Finger war bei der dritten Blume angekommen. Drei Blumen, drei Leute, die sich innerhalb von drei Jahren fremd geworden waren. Traurig, aber so ist das Leben.

Als er die Blume umkreist hatte, langte Anja plötzlich über den Tisch und legte ihre Hand auf seine.

»Du weißt, dass wir für dich da sind«, sagte sie leise. Und dann fügte sie etwas hinzu, das ich nicht verstand: »Ich weiß, wie das ist. Als ob man bei lebendigem Leibe ausgeweidet wird. Aber auch wenn du es dir jetzt nicht vorstellen kannst, Manuel: Der Schmerz wird schwächer und geht vorbei, und hinterher bist du klüger als vorher.«

Sie drehte vorsichtig seine Hand und legte eine Visitenkarte hinein, die sie von irgendwoher gezaubert hatte.

»Hier, ich habe eine neue Adresse und eine neue Telefon- und Handynummer. Ruf bitte nicht mehr unter den alten an, das … ist nicht gut. Die von Just hab ich zur Sicherheit auch noch draufgeschrieben, falls du sie vergessen hast.«

Manuel starrte auf die Karte, als hätte er noch nie Papier gesehen. Einige Sekunden später, Anja war ebenfalls aufgestanden, drehte er sich in Zeitlupe zu mir um, verzog einen Mundwinkel und sagte: »Dame schlägt Turm.«

»Was hat er damit gemeint?«, fragte ich, als wir endlich dem Ausgang zustrebten. Nach dem Abschied von Manuel hatte Anja ein kurzes Gespräch mit dem diensthabenden Arzt geführt. Seitdem wirkte sie irgendwie zerstreut. Ich musste die Frage wiederholen, ehe sie zurück fragte: »Womit?«

»Mit Dame schlägt Turm? Was will er mir mit dieser Metapher sagen?«

»Vielleicht, dass du allein wiederkommen sollst, weil er mit dir Schach spielen möchte.«

»Unsinn, wenn, dann will er mit *dir* Schach spielen.«

Anja verdrehte die Augen. »Ich spiele kein Schach. Und auch wenn du es mir nie glauben wirst: Manuel und ich sind einfach gute Freunde, falls du mit dieser Bezeichnung etwas anfangen kannst. Darüber hinaus brauchte er mich, glaube ich, als Transmitter zwischen sich und der belebten Welt da draußen. Damit hat es sich.«

Sie sagte das, als verstünde es sich von selbst, dass jeder halbwegs gefestigte Mensch einen Parasiten mit sich herumschleppte.

»Mit anderen Worten, du warst seine Sozialpädagogin?«

»Na und, deine schließlich auch. Nur hat Manuel im Gegensatz zu dir manchmal abgewaschen und sich geduldig mein Gejammer über die Arbeit angehört.«

Das musste ich erst mal verdauen. Manuel war also der eigentliche Mann des Hauses gewesen und ich der Parasit.

Anja lächelte mich von der Seite an. »Umgekehrt warst du auch mein Sozialpädagoge. Irgendwie.«

Bei diesen Worten verließen wir das Gebäude. Ich blieb stehen und hob das Gesicht in den Wind. Selten war mir Stadtluft so aromatisch vorgekommen. Noch nie ein bedeckter Himmel so wohlwollend. Ein Sonnenstrahl stahl sich daraus hervor und erteilte mir Absolution. Und ich gab sie in Gedanken an den armen Manuel weiter. Dabei fiel mir etwas anderes ein.

»Und was bedeuten die kryptischen Sätze, die du zum Schluss zu ihm gesagt hast?«

Anja schlang sich ihr Fahrradschloss um die Taille.

»Ich hab versucht, ihn zu trösten.«

»Mit Worten wie, ›am lebendigen Leibe Haut abgezogen bekommen‹?! Also, nenn mich ketzerisch, aber ich bezweifle, dass ein Schizophrener sich davon sonderlich getröstet fühlt.«

»Manuel ist nicht schizophren, sondern depressiv.«

Na, jetzt wusste ich wenigstens das.

»Und wenn du genau zugehört hättest, wäre Dir aufgefallen, dass ich ihm Genesung in Aussicht gestellt habe.«

»Das ist es. Aber wie kommst du auf solche Prognosen? Ist

mir was entgangen, hast du während der letzten Jahre zufällig heimlich Medizin studiert?«

»Nein, ich hatte eine Depression.«

Ich verstummte betroffen.

»Lange nicht so heftig wie er.« Sie lächelte und knuffte mich in die Seite. »Davon abgesehen, ist dir einiges entgangen, mein Lieber. Unter anderem, dass vor meinem Auszug damals zwei Monate lang ein fremder Liebesbrief auf deinem Schreibtisch lag. Ich hab jeden Tag gehofft, dass du ihn bemerkst. Egal, hast du Lust auf einen Milchkaffee? In dem Bagelshop, in dem du vorhin warst, soll es ganz nett sein.«

Der Bagel ... Mit angehaltenem Atem griff ich in die Jackentasche und beförderte den zerdrückten Muffin ans Licht.

»Na ja, wahrscheinlich hätte er ihn sowieso nicht gegessen«, meinte Anja mitfühlend. »Also?«

»Ich hab einen Termin«, murmelte ich und biss in das matschige Gebäck. »Leider.«

Sie hob die Brauen. »Am Wochenende?«

»Es ist kein Arbeitstermin.«

»Ach so, pardon.«

»Schon gut. Hätte ich gewusst, wie es sich entwickelt, hätte ich meine Verabredung eine Stunde nach hinten gelegt.«

Sie blähte die Nasenflügel. Vermutlich dachte sie daran, wie oft ich sie angerufen hatte, um Verabredungen mit ihr zu verschieben, weil mir spontan etwas dazwischengekommen war.

»Wie wäre es morgen?«, fragte ich kauend. »Oder, pass auf: Ich rufe dich heute Abend an. Wir haben unser Gespräch an einem heiklen Punkt unterbrochen, und ich möchte es unbedingt fortsetzen, aber ...«

»... tragischerweise bist du nicht Herr deiner Zeit.« Anja stieg aufs Rad.

Als sie verschwunden war, zog ich mein Handy aus der Tasche und suchte ihren letzten Anruf heraus. Statt wie früher unter Anja war er unter einer mir unbekannten Nummer gespeichert. Merkwürdig.

Sie hatte sich vom Lachsack getrennt, das erklärte die neue Adresse und Telefonnummer. Aber wieso hatte sie in diesem Zuge auch ihre Handynummer geändert?

Auf dem Heimweg rief ich Magda an. Ihre Freude, mich zu hören, klang echt und auch ihr Bedauern darüber, dass sie so früh nicht mit mir gerechnet hatte. Sie buk gerade einen Geburtstagskuchen für einen UCI-Kollegen. Nebenbei hütete sie den Hund ihrer Mitbewohnerin, die ihre frisch entbundene Schwester besuchte, aber versprochen hatte, spätestens zum Mittag zurück zu sein. Wie wäre es mit halb drei?

Halb drei. Ich sah zur Uhr. Noch nicht mal zwölf.

Bis halb drei hätte ich mit Anja nicht nur einen, sondern fünf Kaffee trinken und mir ihre komplette Lebensgeschichte seit 2012 anhören können.

Nach Hause wollte ich nicht. Dort warteten die Knastgeschichten und mein Laptop, aber ich wusste, dass ich nichts davon anrühren würde.

Wohin also? Einkaufen – nein, ich hatte zwar Geld aber keine Tasche dabei. Schwimmen? Kein Handtuch.

Ich passierte den Bagelladen. Jetzt könnte ich dort in aller Ruhe sitzen und Zeitung lesen – aber jetzt reizte mich nichts mehr daran.

Ein paar Meter weiter hielt ich, tastete meine Hosentasche ab und zog einen Flyer heraus. Er war leicht abgescheuert und gedellt, aber die Adresse, die Leviathan darauf geschrieben hatte, ließ sich noch lesen: Mühlenstraße 1.

Auch wenn das Büro des AGV am Wochenende geschlossen war, ein Feldversuch konnte nicht schaden. Allein um zu sehen, wie sich der Sitz eines Vereins, der gegen den Wiederaufbau eines Prestigeobjektes der Potsdamer Reichen protestierte, im reichsten Viertel der Stadt ausnahm.

Um nicht noch einmal am Krankenhaus vorbei zu müssen, schlug ich mich längs der Kurfürstenstraße durch den Wochenendverkehr zum Neuen Garten durch. Hier begann das goldene Viertel. Hier residierten Jauch, Joop und Co, hier wurde das Kopfsteinpflaster noch sorgfältig erneuert und gebohnert, statt es, wie in anderen Ecken Potsdams, einfach durch pflegeleichten Asphalt zu ersetzen.

Etwa hundert Meter radelte ich am Heiligen See entlang, wo zwei Angler in gebührendem Abstand voneinander ihre Posen beschworen, dann kam die erste Villa.

Wie immer drosselte ich das Tempo, als ich an ihr vorbeifuhr, um einen Blick in ihren Garten und durch die straßenseitigen Fenster zu werfen, und wie immer sah ich niemanden.

Auch die anderen Ufervillen, einschließlich der des Moderators und des Modeschöpfers, waren gediegen, erstere sah aus wie die Edelvariante eines Gebäudes der Freiwilligen Feuerwehr, letztere wie ein Baiser mit Säulen, aber keine wirkte so tragisch wie diese. Von den gestutzten Buchsrondellen über die goldglänzende Klingel bis hin zu den schweren Vorhängen, die die Fenster rahmten, war das Anwesen minutiös durchinszeniert. Kein Grashalm, der zufällig wuchs, überhaupt schaffte das Gras es hier selten bis zur Halmlänge.

Manchmal stellte ich mir vor, dass jemand vor einigen Jahren einen Hauptgewinn im Lotto gemacht und zugleich eine verhasste, reiche Tante begraben hatte. Vom Erlös der beiden Ereignisse hatte er sich das Anwesen, Architekten, Innenarchitekten und Gartenarchitekten gekauft, allen dieselbe Ausgabe von *Schöner Wohnen* in die Hand gedrückt, ihnen ein angekreuztes Objekt gezeigt und sie angewiesen, es zu kopieren. Vom Restgeld hatte er eine Frau erworben, sie zu einem Double von Prinzessin Diana umgestalten lassen und hineingesetzt.

Dort durfte sie nun täglich vorgezeichnete Wege abschreiten, in Zeitschriften blättern, ihren Chihuahua kämmen und zweimal am Tag auf die Terrasse treten, während er mit einem Glas Lidl-Wein – weil es nach dem ganzen Aufriss der laufenden Kosten wegen für mehr nicht reichte –, von seinem Corbusiersessel aus zuschaute und wehmütig an den Linienbus dachte, den er früher gefahren hatte.

An dieser Stelle dankte ich Gott jedes Mal für meine kleine Dachgeschosswohnung in der Innenstadt.

Kurz vor der Jauch-Villa bog ich nach rechts in die Mühlenstraße und stand kurz darauf vor der Nummer eins.

Als ich das Haus sah, verstand ich, wie sich der AGV in einem Viertel wie diesem halten konnte. Was ich nicht verstand: Wie es ihm bis heute gelungen war, einem Verkauf und der damit einhergehenden unvermeidlichen Sanierung zu entgehen. Vielleicht lag es an der Tankstelle nebenan.

Ich stellte mein Rad ab und inspizierte die niedrige Pforte zum Grundstück. Sie war nur angelehnt, ein verwitterter Aufkleber erinnerte an die Zeiten der Unterschriftensammlung gegen den Wiederaufbau der Garnisonkirche.

Durch die Pforte gelangte ich an einer baufälligen Remise vorbei auf einen Weg, der sowohl zu einem verwilderten Garten führte, aus dem die orangefarbene Ecke eines Schuttcontainers schimmerte, als auch zur Rückseite der Villa.

Ich fand eine Tür, und auch sie war offen. Das Haus wurde mir immer sympathischer. In meiner Kindheit waren ausnahmslos alle Türen offen gewesen, wer seine verschloss, hatte was zu verbergen. Einer wie Herr Pachulke wäre da einstimmig zum Stasibüttel erklärt worden, und man hätte nur noch über den Wasserstand der Havel und den Rückschnitt von Bodendeckern mit ihm geredet. Jetzt regierten die Pachulkes, und wer die Tür aufließ, galt als Zuarbeiter von Verbrechern. Ich spürte einen Anflug von Neid auf die Bewohner dieses vergammelten Paradieses. Eine schwarze Katze kam angetrabt und strich mir um die Beine, während ich das Klingelschild in Augenschein nahm. Ich las elf Namen neben vier Klingelknöpfen. Unter dem fünften klebte ein weißer Tapestreifen, auf dem mit Filzstift geschrieben stand: »Verein für den Erhalt der Potsdamer Mitte« und darunter etwas kleiner: »AGV«.

Die Katze setzte sich neben mich und schaute zu mir hoch.

»Klingeln oder nicht?«, fragte ich sie. Sie maunzte.

»Na gut.« Ich klingelte.

Nach einer Weile probierte ich es noch mal.

Die Katze stand auf, stieß den Kopf gegen die angelehnte Tür und ging hinein. Falls es eine Aufforderung sein sollte, war mir nicht ganz klar, wofür. Trotzdem folgte ich ihr, aus Neugierde und weil ich im Hof eine Sammlung von Fahrrädern gesehen hatte, unter anderem ein grünes Mifa, wie Magda eins fuhr. Osträder erlebten unter Jugendlichen und Studenten seit einigen Jahren eine stürmische Renaissance, und Grün war eine typische Mifa-Farbe, also bedeutete es wahrscheinlich nichts, bescherte mir aber eine angenehme Gänsehaut.

Im Hausflur schlug mir der lange vergessene Geruch meiner Kindheit entgegen. Kohlen, Feuchtigkeit, Mörtel.

Mit leichter Wehmut stieg ich die Stufen zum Büro des AGV hinunter.

Neben dem Schild mit den Öffnungszeiten des Vereinsbüros hing ein aus einem Tetrapack gebastelter Zettelspender mit einem Stapel Flyer.

Ich zog einen heraus. Es war ein neuerer als der, den Leviathan mir gegeben hatte. Auf der Rückseite standen Termine von Veranstaltungen des laufenden Jahres, zumeist Treffen irgendwelcher Arbeitsgemeinschaften und Versammlungen. Von diesen wiederum gab es zwei Sorten, jeweils durch ein »I« oder »Ö« gekennzeichnet. *Intern* und *öffentlich*, nahm ich an. Die letzte öffentliche Versammlung hatte im April stattgefunden, was sich mit Leviathans Bericht über den ominösen Hamlet und den mindestens ebenso ominösen Treber deckte. Ich staunte jedoch, als ich den Termin der nächsten las: Montag, 26. 9. Das war nächste Woche. Warum hatte Leviathan den nicht erwähnt?

Ich schob den Flyer zu dem anderen in die Hosentasche und machte mich an den Aufstieg.

In einem der oberen Stockwerke spielte jemand laienhaft

Gitarre. Mühsam überwand ich den Drang, hochzugehen und auf Teufel komm raus nach Magda zu fragen. Stattdessen pflückte ich vor dem Haus ein einsames Gänseblümchen und klemmte es unter den Sattel des grünen Mifas.

17

Feststellung: Zuweilen schlägt das Leben ganz schöne Kapriolen.

Noch vor einer Woche war ich ein normaler Literaturrezensent und Single gewesen, der einen Blog, ansonsten aber ein beschauliches Leben ohne besondere Höhepunkte geführt hatte.

Jetzt war ich Literaturrezensent, Detektiv, verliebt, hatte zum ersten Mal eine Psychiatrie von innen gesehen und wurde von einem schriftstellernden dänischen Prinzen verfolgt, der mich in die Fänge eines Brandschatzers und Mörders trieb oder vielleicht sogar mit ihm identisch war. Mehr Entwicklung konnte man in so kurzer Zeit kaum erwarten.

Als eines von wenigen Relikten meines alten Lebens war mir Pachulke geblieben. Er schwang seinen Besen im Hauseingang, sang Udo Jürgens und versuchte, mir durch den aufgewirbelten Staubnebel einen stechenden Blick zuzuwerfen.

»Von Ihrem Balkon rieselt Sand«, rief er mir nach.

Ich schob mein Rad in den Hof.

»Das ist eine Elster«, sagte ich, als ich zurückkehrte. »Sie scharrt in meinen Blumenkästen. Ich wollte Sie übrigens um Entschuldigung für mein Verhalten gestern bitten.«

Er hustete verdutzt. »Na ja, passiert einem ja auch nicht alle Tage, dass man einen Nachbarn in seiner Wohnung findet.«

»Wohl wahr. Trotzdem hätte ich mir die Bemerkung mit der Stasi sparen können, das war gemein.«

Pachulke schwieg.

»Vor allem weil ich im Grunde froh über Ihre Wachsamkeit bin.«

Pachulke schwieg immer noch, aber in seine Augen schlich sich ein argwöhnischer Ausdruck.

»Sie gibt einem so ein Sicherheitsgefühl.«

Er legte den Kopf schief. »Der Friese ihre Katze hat schon wieder unter die Briefkästen gekackt.«

»Genau das meine ich. Ohne Sie wären wir schon bis zum Haaransatz zugekackt.«

»So alt wie die ist, sollte die sowieso langsam in stillere Gewässer abtauchen.«

Ich klemmte mir die Frage, welche der beiden Alten er meinte, und nickte bedächtig.

»Tiere gehören ohnehin nicht in Häuser, sondern in die Natur.«

Er blinzelte überrascht.

»Na ja, gegen Zierfische hab ich nichts.«

»Die ähneln ja auch eher Topfpflanzen.«

Eine diplomatische Sekunde verstrich, dann fragte ich: »Ist Ihnen in letzter Zeit vielleicht jemand aufgefallen, der hier ebenso wenig hingehört wie Frau Frieses Katze?«

»Ich nehme an, dass Sie keine Ihrer beiden Damen meinen?«

»Nein, einen Mann. Möglicherweise einen, der mir entfernt ähnlich sieht.«

»Warum«, fragte Pachulke. »Werden Sie verfolgt?«

Eines musste man ihm lassen: Er besaß eine gute Auffassungsgabe.

»Ich weiß es nicht genau, das ist eben das Problem. Seit einiger Zeit bekomme ich Zuschriften von einem Autor, die darauf hindeuten, dass er mich überwacht. Vor einer Weile hat er mir ein Manuskript geschickt, und obwohl ich ihn gebeten habe, sich damit an einen Verlag oder Agenten zu wenden, hat er sich wohl in den Kopf gesetzt, mich als Sprungbrett zum Erfolg zu nutzen.«

»Ein Stalker«, sagte Pachulke versiert. »Das ist ein Fall für die Polizei. Warten Sie mal.«

Er faltete seine Stirn und fegte gedankenverloren eine Acht auf den Boden.

»Abgesehen von Ihrer aktuellen Dame war da mal einer, aber das ist schon länger her, so vor zwei Monaten vielleicht, und irgendwie kam mir der bekannt vor.«

»Sah er mir ähnlich?«

Pachulke musterte mich von Kopf bis Fuß.

»Tja, die Größe käme hin, aber er war etwas heller, scheint mir. Direkt blond allerdings auch nicht. Er hatte so 'ne Tasche um, wie sie die Fahrradboten haben. Dachte mir schon, dass er zu Ihnen wollte, aber Sie waren nicht da, und er ist wieder gegangen. Die anderen haben ja kein Problem damit, bei den Nachbarn zu klingeln, wie Sie wissen.«

Ich schluckte.

Manuel? Das würde erklären, warum er Pachulke bekannt vorgekommen war. Manuel?

»Danke«, sagte ich enttäuscht. Als ich gehen wollte, fiel mir noch etwas ein. »Dieses Manuskript, von dem ich eben sprach, ist verschwunden. Sie haben es anlässlich Ihres ... der Überprüfung meiner Schlüssel nicht zufällig in meiner Wohnung herumliegen sehen und eingesteckt? Es war nur eine zusammengeheftete, Sammlung bedruckter Blätter, es würde mich also nicht wundern, wenn Sie es für Altpapier gehalten hätten.«

In Zeitlupentempo setzte Pachulke seinen Besen ab.

»Jungchen, Sie haben sich gerade erst bei mir entschuldigt. Sehe ich aus wie ein Altstoffhändler?«

Ich sparte mir die Antwort und stieg grübelnd nach oben.

Auf dem letzten Absatz zog ich das Handy heraus, um Leviathans Anruf entgegenzunehmen.

Treber, der Besorger und Obdachlose aus Leidenschaft, hatte vor einer Woche sein Ränzlein geschnürt und sich zu einer Baustelle in die Niederlande aufgemacht. Leviathan fragte, ob er versuchen solle, die Adresse herauszufinden. Ich lehnte dankend ab. Auf dem Balkon wartete mein Knastbuch, im UCI Magda, ich hatte keine Zeit, nach Holland zu fahren, auch wenn ich Trebers Abwesenheit bedauerlich fand.

Stattdessen legte ich eine Tomatensaftflasche für Besucherinnen mit besonderen Vorlieben in den Kühlschrank und versuchte es mit Bert.

»Willst du kündigen oder plaudern?«

»Ich will mich dafür bedanken, dass du mich auf das LKA vorbereitet hast.«

»Ach, hat es sich gemeldet. Und?«

»Es hieß Schneider und verdächtigt alles und jeden, der je das Wort Garnisonkirche falsch betont hat. Außerdem erbitte ich Vergebung für meine gestrige Entgleisung und gelobe, dir nie wieder ins Ohr zu bellen. Wenn du mir im Gegenzug versprichst, mich weiterhin an den Erkenntnissen deines kriminalistischen Freundes teilhaben zu lassen«, fügte ich hinzu.

»Du spielst also immer noch Sherlock?«, seufzte Bert. »Ich dachte … Aber gut, jedem sein Hobby. Wie wär's mal wieder mit einem gediegenen Kneipenabend, ich bin völlig runter mit den Nerven. Oder, noch besser – hast du morgen Abend schon was vor?«

Magda.

»Warum?«

»Carcassone-Abend mit Dietmar. Macht zu dritt aber mehr Spaß, und falls Dietmar was auf Lager hat, kannst du dir den Umweg über die Schneider sparen.«

Falls nicht, könnte ich mich zumindest bei ihrem Chef einschmeicheln.

»Okay.«

»Prima. Dietmar kommt um acht.«

»Schaff ich. Was anderes: Hab ich gestern zufällig ein Manuskript bei dir vergessen?«

»Ein Manuskript«, fragte Bert nach kurzer Pause. »Oder *das* Manuskript?«

Ich atmete schneller. »Es liegt also bei euch?«

»Nicht dass ich wüsste. Wo hast du es denn hingelegt?«

»Keine Ahnung. Ich bin mir nicht mal sicher, ob ich es im Sender verloren habe, ich finde es halt nur nicht.«

»Wenn's dir hilft, frag ich mal rum.« Bert räusperte sich. »Übrigens habe ich nach unserem kleinen Zusammenstoß gestern nachgedacht. Bei deinem piefigen Einkommen ist es kein Wunder, dass du so gereizt bist. Ich hätte volles Verständnis, wenn du dich nach neuen Möglichkeiten umsehen würd…«

»Noch ein Wort, und ich tue es!«

»Deshalb habe ich mit dem Chief geredet. Was würdest du von einer Literatursendung halten? Vermutlich Donnerstagabend, anstelle dieses unerträglichen Medienkaleidoskops, das sowieso keiner hört. Der Chief hat mich gerade angerufen. Er wäre einverstanden, es für ein halbes Jahr zu probieren.«

»Was?!«

»Ich weiß, das kommt ziemlich geballt. Lass es dir in Ruhe durch dem Kopf gehen.«

Ich nickte benommen, ohne daran zu denken, dass Bert mich nicht sehen konnte, warf das Handy beiseite und lehnte mich an die Wand. Eine Sendung! Erst nach und nach wurde mir bewusst, was das bedeutete. Eigene Redakteure. Ein richtiges Einkommen. Kein 2,20-Minuten-Texte mehr, bei denen ich mir wie ein Sprachbehinderter vorkam. Stattdessen mindestens eine Stunde! Die ungeheuerliche Freiheit einer Stunde! Ich würde Quize veranstalten, Interviews führen, mich in Rezensionen regelrecht suhlen können, vielleicht sogar mit einem Co-Moderator oder einer Co-Moderatorin meiner Wahl. In meinem Überschwang dachte ich an Magda. Warum nicht? Sie hatte sich früher selbst im Schreiben versucht, kannte also die Tücken der Materie, sie las gern und konnte ihre Eindrücke wiedergeben, dazu besaß sie eine klangvolle Stimme und sprach zwar etwas schnell, aber deutlich. Ich sah auf die Uhr. Dann rannte ich ins Bad und steckte meinen Kopf unter die kalte Dusche, aber das änderte nichts, außer dass er hinterher nass war.

Sie kam genau die Viertelstunde zu spät, die eine Frau von Welt auszeichnet. Doch schon auf der Türschwelle verlor sie ihre Erhabenheit und stürzte in meine Arme. »Entschuldige.«

»Was?«, stammelte ich, die Nase bis zur Wurzel in ihrem Haar. Es duftete nach Kokos.

»Meinen kindischen Abgang vorgestern. Manchmal ist es ... Irgendetwas läuft anders, als ich erwarte, oder jemand verhält sich in meinen Augen unpassend, und schon schütten meine Drüsen Adrenalin aus. Ich bin machtlos dagegen. Und ich hab schreckliche Angst, dass du mich wegen meiner Launen irgendwann in die Wüste schickst.«

»Vielleicht tue ich das«, murmelte ich. »Wenn die Wüste bis zu meiner Tür vorgerückt ist.«

Ihr Blick schnitt mir in die Augen, aber sie lächelte. Wenn sie lächelte, konnte sie ein Schwein schlachten, nichts wäre mir lieblicher vorgekommen. Ich hob sie auf und legte sie mir über die Schulter.

Sie trommelte auf meinen Rücken, was meine Erregung nur noch steigerte. Im Schlafzimmer legte ich sie auf dem Bett ab und beugte mich über sie.

»Mach so etwas nicht mit einem alten Mann«, murmelte ich.

Sie sah auf einmal ernst aus, beinahe ängstlich.

»Was?«

»So ... sein.«

Sie strich mir mit den Fingerspitzen um die Schläfen.

»Mach so etwas nicht mit einer Kartenabreißerin.«

»Was?«

»Sei nicht so romantisch. In ihrem Leben geht es im Großen und Ganzen ziemlich rustikal zu. Sanftheit verwirrt sie.«

»So siehst du dich also, als Kartenabreißerin?«, fragte ich, die Hand unter ihrem Shirt. Sie trug keinen BH. Sie brauchte auch keinen, aber beim letzten Mal hatte sie einen getragen.

»Unter anderem.«

»Und sonst?«

Sie schloss seufzend die Augen. »Trauriger Sonntag, Maria

Magda...lena, Hoffnung ... der Hässlichen, Spatz in der Ha...« Sie brach ab und bäumte sich mir entgegen.

»Nein«, keuchte ich. »Kein Spatz. Du bist die Taube auf dem Dach.«

»Das ist mir zu kompliziert«, flüsterte sie und befreite mich aus meiner Hose.

Etliche Zeit später kredenzte ich ihr ein Glas Tomatensaft. Sie stürzte es in einem Zug hinunter.

»Dass du daran gedacht hast.«

»Derartige Vorlieben sind schwer zu vergessen.«

»Hast du auch welche?«

»Ich streue Kardamom in meinen Kaffee. Ach ja: Ich lasse mich von hübschen jungen Frauen dazu nötigen, unveröffentlichte Krimis zu lesen.«

Magda wischte sich mit dem Handrücken über die Lippen.

»Von Nötigung kann ja wohl keine Rede sein. Interessiert dich, was ich gerade lese?«

Sie beugte sich aus dem Bett, kramte in ihrer Tasche und präsentierte mir ein Buch eines bekannten Bestsellerautors.

»Es ist gerade erst erschienen. Ich hab es in einem Zug durchgelesen. Also fast. Die letzten beiden Kapitel schaff ich hier, wenn du mich noch ein Weilchen neben dir liegen lässt, dann kannst du es haben. Ich würde lieber den Genuss dieses Buches mit dir teilen als einen blöden Krimi.«

»Ich dachte, du findest ihn toll.«

»Da kannte ich das hier noch nicht.«

Sie tippte auf die durchsichtige Umschlaghülle. Darunter zeichnete sich etwas Orangefarbenes ab. »Ich hab mir schon den Vorgänger besorgt. Verdammt, wenn ich *so* schreiben könnte! So einfach, präzise und gleichzeitig geistreich. Die Dialoge sind ein absoluter ...«

Ich nahm ihr das Buch behutsam aus der Hand. Vermutlich in der Annahme, ich wollte die nächste Runde des Liebesspiels einläuten, ließ Magda sich sinken und spreizte die Beine. Eine

Einladung, der ich gern gefolgt wäre, aber meine Männlichkeit musste sich nach der letzten Schlacht erst wieder sammeln, und außerdem war mir angesichts Magdas Begeisterung über den Bestsellerautor mein Telefonat mit Bert eingefallen. Also küsste ich nur ihre duftende Vulva und flüsterte hinein: »Hast du schon einmal davon geträumt, Radiomoderatorin zu werden?«

Sie reagierte, wie ich es erwartet hatte. Erst verständnislos: »Wieso?«

Dann ungläubig: »Wirklich, ist das dein Ernst? Komm, veralber mich nicht, worauf willst du hinaus?«

Dann atemlos: »Ach du heilige Scheiße: Ich als Moderatorin einer Literatursendung! Wenn das meine Freunde erfahren!«

»Auf Ausrufe wie ›heilige Scheiße‹ müsstest du dann allerdings verzichten.«

»Schon klar. Klar. Himmel, heilige ... Alle, alle werden mich kennen!«

»Alle Literaturjunkies, die donnerstagabends zur Hauptfernsehzeit unseren Sender hören«, schränkte ich ein.

»Aber sind das nicht immer noch viele?«

»Verglichen mit dem Wartezimmer eines Tierpsychologen ja.«

Ich lächelte über Magdas Enthusiasmus angesichts ihrer zukünftigen Berühmtheit. Sie gab sich gar keine Mühe, ihn hinter ehrbareren Motiven zu verstecken. Einige Minuten lang schwärmte sie, unterbrochen von gelegentlichen Freudesglucksern, herum, bestaunte ihren Aufstieg von einer Kartenabreißerin zur Angelina Jolie des Radios, sah sich Körbe von Fanpost entgegennehmen und improvisierte schließlich eine Kurzrezension ihres neuen Lieblingsromans, wobei sie sich so übergangslos in eine eloquente Literaturkritikerin verwandelte, dass mir das Herz stockte. Mein Instinkt hatte mich nicht getäuscht. Magdas Sprache ließ nicht nur jede Spur von Unsicherheit, Dialekt oder sonstiger Unreinheit missen, sie war auch viel ruhiger als sonst, und ihre Stimme besaß ein Timbre, das sogar meinen erschöpften Kumpel bewog, sich andächtig aufzustellen.

Sie war für das Radio geboren! So wie sie aussah, vielleicht sogar fürs Fernsehen, aber daran wollte ich jetzt nicht denken. Als ich in sie eindrang, hatte ich den Eindruck, dass sie nicht so recht bei der Sache war. Aber sie ließ es geschehen und war sogar so höflich, ein paar Mal zu stöhnen. Es klang ein wenig wie früher bei Anja, also immerhin heimatlich. Trotzdem folgte dem Höhepunkt ein schales Gefühl. Magda schien es zu merken, denn sie versicherte mir, wie schön es gewesen sei. Sie benutzte ein jugendlicheres Wort und hatte sich auch sonst von der Rezensentin mit der Samtstimme wieder in sich selbst zurückverwandelt. Sie verschränkte die Arme hinter dem Kopf.

»Was hältst du davon, eine Rubrik in unsere Sendung zu nehmen, in der wir noch unveröffentlichte Manuskripte besprechen? Wir könnten sie »unverlangt eingesandt« nennen. Das wär mal was Neues. Über bekannte Autoren redet jeder, dabei haben die es gar nicht nötig. Aber wir haben die Chance, Perlen aus dem endlosen Meer der literarischen Anonymität zu fischen und sie ans Licht zu heben. Wie fändest du das?«

Furchtbar, wollte ich antworten. Allein der Gedanke an die Flut von Sentimentalitäten, Bestsellerimitaten, Küchenliteratur und gedruckter Nabelschau, die über uns hereinbrechen würde, schauderte mich. Andererseits war Nachwuchsförderung ein Argument, dem man sich nicht so ohne weiteres verschließen konnte.

Magda war zweifellos im Rausch, dennoch hatte sie recht: Ich hatte noch nie von einer Literatursendung gehört, deren Redakteure und Moderatoren sich als Scouts betätigten. Das war ein Alleinstellungsmerkmal, es würde uns profilieren. Uns. Auch sie hatte »unsere Sendung« gesagt. Und letztlich mussten wir die Manuskripte ja nicht alle selbst lesen, wozu gab es Praktikanten? Wenn der Chief die Rubrik überhaupt absegnete, was noch in den Sternen stand. Dafür, dass er Magda absegnete, würde ich sorgen.

»Geniale Idee«, sagte ich. »Mit einer Einschränkung: Fausts Krimi wird nicht besprochen.«

Sie schlang ihre Beine um mich und zog mich zu sich herunter.

»Wie kommst du denn darauf? Faust ist tot, es lebe sein Laptop.«

Mein letzter Gedanke, bevor sie mich einwickelte, war, dass man nicht alles verstehen musste.

Magda blieb den ganzen Nachmittag, bis kurz vor ihrem Dienstbeginn um sieben. Den überwiegenden Teil der Zeit waren wir mit uns beschäftigt, was nicht zuletzt an ihrer Ausdauer lag. Als wolle sie ihre Teilnahmslosigkeit bei dem Akt, mit dem ich ihre Begeisterung gestört hatte, um jeden Preis wieder wettmachen, war sie nun hungriger und phantasievoller denn je. Und jedes Mal, wenn ich glaubte, nicht mehr zu können, sagte oder tat sie irgendetwas – einmal nahm sie meinen Schwanz zwischen die Hände, »um mit ihm mal von Schwanz zu Frau zu reden, hör weg, das geht nur uns etwas an!«, und sofort sprang er von neuer Energie durchpulst wieder auf.

Zwischendurch erzählten wir uns Anekdoten aus unseren Leben, las sie ihr Buch aus und ließ mich versprechen, meinerseits damit anzufangen, solange es noch warm sei, fragte sie mich neckisch nach meinen »neuesten Ermittlungsergebnissen« und behielt die Fassung, als ich ihr von meinem Treffen mit Leviathan berichtete.

»Ein schreibender Dänenprinz, der dich beschattet? Oh Mann, dieser Leviathan ist ja noch schräger drauf als du. Aber wenigstens hatte er einen hellen Moment, als er dir geraten hat, das Detektivspielen sein zu lassen. Statt einer eingebildeten Terrorzelle hinterherzurennen, solltest du dich lieber um deine Freundin kümmern!«

»Meine Freundin hat leider selten Zeit.«

Magda schlug die Augen nieder. »Sie muss eben arbeiten, wie jeder normale Mensch. Du doch auch. Und bald hast du sie ja sozusagen dauernd am …« Sie brach ab.

»Mir ist klar, dass ich flexibler arbeite als du«, sagte ich. »Aber du stehst nur ein paar Mal die Woche im UCI. Und fängst erst abends an. Was ist mit den Stunden davor, den freien Tagen, was ist mit den Nächten?«

Sie streichelte abwesend meine Schulter, es war deutlich, dass sie nicht zugehört hatte. So also sah es aus, wenn jemand mitten im Gespräch wegdriftete. Magda war mir ähnlicher, als ich geglaubt hatte. Mich interessierte, an welcher Stelle sie ausgestiegen war, ich traute mich aber nicht, zu fragen. Stattdessen schämte ich mich, weil ich mich wie eine vernachlässigte Ehefrau aufgeführt hatte.

»Soll ich uns was kochen?«

»Hm?« Ihre Lider flatterten.

»Ich finde, du solltest etwas essen, bevor du zur Arbeit gehst. Wenn ich motiviert bin, koche ich gar nicht so übel.«

»Bist du denn motiviert?«

»Wart's ab«, sagte ich und ging in die Küche, um Bocuse mit einer Tüte Reis, Dosentomaten und einer angetrockneten Knoblauchknolle herauszufordern.

18

Ich schwebte auf Wolken. Eine eigene Sendung. Und Magda, bald für immer oder jedenfalls für sehr lange, an meiner Seite. Es ist ein Unterschied, ob man nur privat oder auch beruflich verbunden ist. Ich bevorzuge Letzteres und teile die Befürchtung nicht, bei Partnern mit demselben Job würde dieser irgendwann zwischen ihnen im Bett liegen. Mir gefällt die Vorstellung, gemeinsam ein Werk zu schaffen. Berufliche Paare haben sich auch noch etwas zu sagen, wenn die Verliebtheit langsam abebbt. Schwer vorzustellen in Bezug auf Magda, aber ich war Realist. Irgendwann gewöhnt man sich an alles, selbst an eine singende Kloschüssel.

Kurz vor Mitternacht sandte Magda mir eine SMS mit einem Smiley. Mehr nicht, aber er trug mich durch die Nacht.

Am nächsten Morgen erwachte ich wie ein Geburtstagskind in Erwartung seiner Geschenke.

Ich schickte Magda einen albernen Kuss-Icon und pflegte während des Frühstücks meinen Blog. Keine große Sache, denn außer einer Mitteilung von Mindbeard, dass sein Vater mir gern ein Interview über das frühere Interhotel, jetzt Mercure, geben würde, einer digitalisierten Postkarte des Hotels aus den Siebzigern von Agro und zwei Links zu den beiden städtischen Tageszeitungen war dort nichts los. Die Links stammten von Leviathan.

Ich ging auf den ersten und wich unwillkürlich ein Stück vom Bildschirm zurück.

»Blutiges Kirchen-Attentat – Werk eines Einzeltäters?«

Auf meinen Unterarmen stellten sich ein paar Härchen auf.

Dietmar hatte doch wohl nicht dieselbe Witterung wie ich aufgenommen? Noch dazu ohne Leitmanuskript! Das konnte nur eins bedeuten: Bert war ein elender Doppelagent! Während Dietmar und ich ihn für ihren Freund hielten, schob er fleißig Informationen zwischen uns hin und her!

Mit dem Gefühl, in ein fauliges Steak gebissen zu haben, begann ich zu lesen. Zwei Zeilen später atmete ich auf. Bert war sauber.

Und die Polizei verdiente auch keinen Kniefall für Hyperintelligenz. Es war viel simpler.

Gestern Vormittag, während Anja und ich unseren seelisch angeschlagenen Freund besucht hatten, war beim LKA ein Bekennerschreiben eingegangen. Als Motiv für seine Einzeltat, wie er betonte, hatte der Autor Vergeltung für die nach der Wende von den »westdeutschen Eroberern« mutwillige Zerstörung der Potsdamer DDR-Architektur und damit des Heimatgefühls der Einheimischen, die inmitten dieser Architektur aufgewachsen wären, genannt. Mit der erneuten Sprengung des Kirchturms wolle er Potsdams Stammbevölkerung zum Widerstand gegen die architektonische Gehirnwäsche der Usurpatoren aufrufen und zum Kampf für den Erhalt »ihrer« Stadt und damit ihrer Würde.

Das klang nicht weit weg von Faust und dem Großvater seines Helden.

Weiterhin bedauerte der Attentäter den Tod des Arztes und nannte ihn einen tragischen Unfall. Da er einen Fernzünder benutzt habe, habe er von der unerwarteten Anwesenheit eines Menschen auf der abgesperrten Baustelle zur Zeit der Sprengung nichts gewusst.

Den Namen des Unterzeichners gab der Artikel nicht preis, nur dass es einen gab, dem die Polizei – oh Wunder! – nachging.

Der andere Link präsentierte mir dieselbe Geschichte, ließ allerdings, vielleicht weil sie der bürgerlicheren der beiden Zeitungen entstammte, einen vagen Verdacht auf ein Ablenkungsmanöver ultralinker Gruppen anklingen.

Ich dankte Leviathan und den anderen, meldete mich in einen berufsbedingten Kurzurlaub ab, was mir keinerlei Gewissensbisse verursachte, und schlug den Laptop zu.

Es war eine Wende eingetreten, das spürte ich so deutlich wie einen nahenden Orgasmus. Und genauso sicher spürte ich, dass ich sie ausgelöst hatte. In dem Moment, als ich kundgetan hatte, von meinen Roman-Ermittlungen zurückzutreten. Seitdem war Gisbert in Schweigen verfallen, wohingegen sich bei der Polizei ein Unbekannter zur Sprengung der Garnisonkirche bekannt hatte. Nicht aber zur absichtlichen Tötung von Dr. Paul Hohmann. Das war für mich der springende Punkt, denn es erklärte, warum es in Fausts Manuskript keinen toten Arzt gab.

Offenbar war Faust dazu übergegangen, statt meiner jetzt die Polizei am Nasenring zu führen. Mal sehen, wer früher im Ziel eintraf.

Mehr als das beschäftigte mich im Augenblick jedoch der Doktor.

Der Bekenner (Faust?) hatte seiner Verwunderung über dessen Anwesenheit auf der Baustelle zur Zeit der Sprengung

Ausdruck verliehen und sie bedauert, aber dabei hatte er es bewenden lassen. Ich nicht. Ich konnte nicht. Es fiel mir immer schwerer zu glauben, dass sein nächtlicher Ausflug Zufall gewesen sein sollte. Und die Sehnsucht trieb einen Mann mitten in der Nacht vielleicht zu einer geliebten Frau, schwerlich aber zum Turmrumpf einer Kirche.

Ich kam am Grund meines Kaffees an und spuckte ein paar Krümel aus. Dabei hatte ich eine Eingebung. Was, wenn Faust beides war, Sprengmeister und Mörder, seine Taten aber strikt trennte. Für die eine stand er ein, weil er sich durch sie zum Robin Hood der Potsdamer Ureinwohner stilisierte, indem er ihnen paradoxerweise durch denselben Akt zurückgab, was Walter Ulbricht ihnen 1968 genommen hatte. Die andere Tat hatte er aus Gründen, die nur ihm bekannt waren, mit der Sprengung verknüpft und hinterher sofort aus seiner Vita gestrichen, um seinen angestrebten Ruhm nicht zu gefährden. Menschen besitzen naturgemäß die Macke, sich ungern mit Mördern zu identifizieren. Faust aber suchte Anerkennung.

Ich rief Bert an, um mich nach dem Stand seiner Suche nach dem Manuskript zu erkundigen, erreichte aber nur seine Mailbox. Auch ans Festnetz im Sender ging er nicht.

Zum zigsten Male durchsuchte ich die Wohnung und den Balkon. Zwischen zwei Blumenkästen fand ich eine halb volle Tüte mit Filtern und einen Klumpen zusammengebackten Laubs, ein Geschenk der Elster. Sie stelzte krächzend über mir durch die Regenrinne. Es klang, als lache sie mich aus.

Um meine kippende Laune zu retten, wählte ich Magdas Nummer. Vergeblich, wahrscheinlich schlief sie noch, was mich nach den Strapazen des Vortags nicht wunderte. Ich schrieb ihr eine SMS und überlegte, was ich tun sollte.

Der Tag war noch jung und ich zwar verärgert wegen des verschwundenen Manuskripts, aber voller Tatendrang. Da niemand da war, den ich daran teilhaben lassen konnte, packte ich das Knastbuch und ein Handtuch ein und fuhr zum See.

Zu spät erkannte ich meinen Fehler.

Ich gehe sonntags nie schwimmen, aus gutem Grund. Solange es nicht schneit, lagern immer irgendwelche Jugendgruppen, Familien oder Hausgemeinschaften am Heiligen See, die sich bemüßigt fühlen, der Welt ihre Lebensfreude zu demonstrieren.

Er ist dann nicht mehr mein See, er ist zerschnitten, parzelliert, von unzählbaren gegenläufigen Ruderbewegungen durchgequirlt, ein benommenes Wasser ohne Seele. Das Ufer dasselbe in grün. Von der dissonanten Vergewaltigung der Luft schweigen wir.

Da ich nun aber schon einmal da war, suchte ich mir einen Ahorn abseits des Ufers auf einer Wiese, wo zwei Mädchen Federball spielten und packte mein Buch aus. Nach einer Weile landete etwas auf meiner Schulter.

»Verzeihung«, sagte eine Kleine mit schwarzen Zöpfen und einem Dreiangel im T-Shirt und nahm mit verlegenem Grinsen den Federball von mir entgegen. »Der fliegt immer nach links.«

»Wirklich?«

Ich bog zwei der struppigen Federn nach außen und zwei nach innen. »So, jetzt fliegt er nach rechts.«

Sie warf ihn in die Luft und schlug ihn probeweise zu ihrer Freundin. Der Ball stieg auf, schwenkte plötzlich zur Seite und landete elegant in einem Papierkorb.

»Cool.«

Ich nahm mir mein Buch wieder vor und las unbehelligt mehrere Geschichten, die mir recht passabel erschienen. Ab und zu unterbrach ich mich, um mir Notizen zu machen und die Mädchen zu beobachten, die sich inzwischen im Radschlagen versuchten. Besonders die Kleine mit dem Dreiangel schrieb beeindruckende Kreise in die Luft, und plötzlich fand ich meine Abneigung gegen die Lebensfreude etwas übertrieben.

Als ich vom See aufbrach, war es früher Nachmittag, und Magda hatte sich immer noch nicht gemeldet.

Allmählich gewöhnte ich mich an die Pausen zwischen unseren Begegnungen, offenbar brauchte sie Zeiten der Stille, in denen sie ihren eigenen Angelegenheiten nachging. Dass sie keines dieser Klettenmädchen war, die sich bei ihrem Liebsten auf Schritt und Tritt einhängten, als würden sie sonst verloren gehen, hatte ich schon bei unserer ersten Begegnung gemerkt. Dafür war sie wenn, dann hundertprozentig bei mir. Eigentlich war sie das, was ich mir immer gewünscht hatte.

Diesmal sparte ich mir den Umweg über die zerstörte Kirche.

Nur kurz dachte ich an Fausts Szene im Lustgarten und die Kippe samt Streichhölzern, die ich dort gefunden hatte, und zwar bezeichnenderweise, als ich am nördlichen Tor des Krankenhaus-Komplexes vorbeifuhr, hinter dem die Aue lag. Manuel hatte nie geraucht. Er hatte es einmal probiert, ich hatte ihn dazu genötigt, ein kleines sadistisches Experiment, dessen Ausgang mir einmal mehr bewiesen hatte, was für ein Weichei er war.

Jetzt saß das Weichei hier, geohrfeigt von seiner kranken Seele, steif von Opiaten.

Jetzt tat er mir leid.

Aber das war kein Grund, mich nochmals in die Eingeweide dieser Hölle zu begeben. Ich trug sie als Erinnerung an unseren Besuch und seine unverständliche Verabschiedung ohnehin mit mir herum. »Dame schlägt Turm.«

Ich bezweifelte, dass das eine Einladung zum Schachspiel war. In seinem Zustand? Außerdem hatte er auch gesund meist gegen mich verloren. Er war zu ängstlich gewesen, zu verliebt in die Figuren, manchmal hatte ich ihn sogar im Verdacht gehabt, in ihnen keine hölzernen Vertreter, sondern echte Menschen zu sehen, denen er auf keinen Fall wehtun wollte. Sein besonderer Liebling war der Turm gewesen.

»Seine Freiheit ist beschnitten«, hatte er mal gesagt. »Aber in diesem engen Raum liebt er seine Königin und versucht sie zu schützen.«

Ich merkte, dass meine Pedale stillstanden, und stieg ab.

Während ich Anjas Nummer aufrief, gelobte ich mir, Manuel nach seiner Entlassung meine *Mosaik*-Sammlung zu schenken, die er immer so neidisch betrachtet hatte.

»Wie ist Marcus Antonius gestorben?«, fragte ich, kaum dass sie sich gemeldet hatte.

Einige Sekunden lang blieb es still, vermutlich sah Anja auf dem Display nach, welcher Verrückte sie da behelligte.

»Ach du«, seufzte sie schließlich.

»Warum?«

»Im Kampf. Was soll das?«

»Komm Anja, das kannst du besser. Wir haben den Kleopatra-Film zusammen gesehen.«

»Das ist Jahre her.«

»Nur vier. Es war kurz vor unserer Trennung.«

»So ist es: In einem anderen Zeitalter.«

Aber ihre Stimme klang weicher. Dass ich mich noch an Filme erinnerte, die wir zusammen gesehen hatten, schien ihr zu schmeicheln.

»Also gut, wenn du mir hinterher sagst, worauf du hinaus willst. Marcus Antonius …« Sie dachte nach. »War Römer, hatte aber eine Liebesbeziehung mit Kleopatra von Ägypten. Vielleicht war sie auch in ihn verliebt, wahrscheinlicher ist aber, dass sie ihn aus politischem Kalkül verführt hat. Als Antonius' Landsleute Kleopatras Palast angriffen, hat er sie verteidigt und kam dabei um. Darauf setzte sie sich eine giftige Schlange an die Brust. Die Reaktion auf ihre Niederlage.

»Liebe, Wahn und Selbstmord«, zählte ich auf, ließ eine Sekunde verstreichen und fügte hinzu: »Der Turm fällt durch die Königin. Manuel.«

Ich hörte, wie sie atmete. »Warst du noch einmal bei ihm?«

Beschämt warf ich einen Blick zum Tor der Aue. »Beinahe. Was hältst du von einem Softeis auf einer lauschigen Broadway-Bank?«

»Warum keinen Kaffee bei dir?«

»Weil du heute schon einen getrunken hast und ich den letzten warmen Nachmittag des Jahres im Freien genießen möchte.«

»Ach so. Ich dachte schon, du wärst besorgt, ich könnte das Aroma von frischem Sex in unserer ehemaligen Wohnung riechen. Also gut, in einer halben Stunde auf dem Broadway.«

Ungläubig starrte ich auf mein Handy.

Was war mit Anja passiert? Meiner sachlichen, arglosen, völlig humorfreien Anja?

Die Bänke waren alle besetzt, deshalb hockten wir uns auf den Schaufenstersims eines geschlossenen Blumenladens in der Dortustraße. Das erinnerte mich an meinen ersten Abend mit Magda, nur hatte ich da eine Bierflasche in der Hand gehalten und kein tropfendes Mangoeis. Anja trug ein schlichtes grünes Kleid und knöchelhohe schwarze Stiefel. Die Augen hatte sie auf dieselbe dezente Weise geschminkt wie die letzten Male.

»Woher weißt du von Manuels Tragödie?«

Ich erzählte ihr von seiner Bemerkung über den Turm.

»Das ist alles?«

»Tja. Ein Beweis dafür, dass es sich lohnt, mit ihm Schach zu spielen. Also, was ist mit Manuel?«

Sie zuckte die Achseln und sah auf ihr Eis.

»Ich hab's erst gar nicht gemerkt. Seit ich das Bürgerhaus leite, kam er hin und wieder vorbei, wenn er Post in der Gegend abzuliefern hatte, oder bei Abendveranstaltungen, um ein bisschen zu helfen und zu plaudern – zu Hause konnte er mich ja nicht besuchen.«

»Wegen des Lachsacks?«

»Thoralf.«

Niedlich. Eine Kombination aus Donnergott, rüsseligem Außerirdischen und Zwerg.

»War er etwa eifersüchtig, der Thoralf?«

»Vielleicht. Aber er hat es anders ausgedrückt als du.«

Er hatte Manuel verdroschen. Nein, er hatte Anja verdroschen. Oder beide. In mir regte sich leise ein Instinkt.

»Nachdem Luka, die Praktikantin mit dem Kosmetiktalent, bei uns angefangen hatte, kam Manuel häufiger.«

Sie lächelte.

»Wärst du damals zufällig aufgekreuzt, hättest du erleben können, wie es aussieht, wenn Manuel ernsthaft Feuer für eine Frau fängt. Er war der perfekte Kavalier, las ihr jeden Wunsch von den Augen ab, schleppte Blumen und Leckereien an, versuchte witzig zu sein, das ganze Programm, es war kaum auszuhalten. Aber Luka schien es zu gefallen. Und irgendwann eröffnete mir Manuel, dass sie ein Paar seien.«

»Klingt nicht sonderlich begeistert.«

»Doch, natürlich habe ich mich über sein Glück gefreut. Und Luka ist ein bezauberndes Mädchen, eine von denen, die jeden haben können. Aber eben das hat mich irritiert. Was fand eine wie sie an Manuel? Als ich sie gefragt hab, hat sie geantwortet: Wieso, er ist doch süß.«

»Auch ein blindes Huhn findet mal ein Korn.«

»Luka ist aber kein Korn. Und du hättest sie hören sollen, als sie das gesagt hat. Von dem Augenblick an war ich besorgt, dass sie nur mit Manuel spielt. Sie ist halt jung, wollte Spaß und vielleicht hat sie sich auch in der Rolle der Königin gefallen, als die er sie behandelt hat.«

Anja blickte abwesend auf ihr zerlaufendes Eis.

»Er war so voller Energie in diesen Wochen. Er hatte vor, seinen Botenjob an den Nagel zu hängen und zu promovieren, ich glaube, vor allem, um Luka zu beeindrucken. Dann ging ihre Praktikantenzeit zu Ende. Bei ihrer Abschiedsfeier hatte ich schon den Eindruck, dass irgendwas nicht stimmt. Sie ging ihm nicht demonstrativ aus dem Weg, aber da ich ein Auge auf die beiden hatte, fiel mir auf, dass sie jeder Gelegenheit, mit ihm allein zu sein, auswich. Nach einer Stunde verabschiedete sie sich zu einem neuen Job, von dem Manuel offensichtlich keine Ahnung hatte. Er ließ sich nichts anmerken, aber ich kenne seinen Blick, wenn er verwirrt ist – und er war sehr verwirrt.

Ein paar Tage später tauchte er bei mir im Büro auf und bat mich um ihre Adresse. Ich war erstaunt, weil ich dachte, er wüsste sie längst. Er druckste herum und meinte, unter der Adresse, die sie ihm gegeben hatte, hätte er sie nicht gefunden. Und ein Handy hätte sie nicht. Da wurde mir wirklich schlecht, Just. Denn zufälligerweise wusste ich genau, dass Luka eins besaß, ich hatte sie selbst ein paar Mal wegen Dienstplanänderungen angerufen. Eigentlich darf ich keine persönlichen Daten von Mitarbeitern an Fremde herausgeben. Nun war Manuel zwar kein Fremder, aber was, wenn Luka ihn als solchen deklariert und mir Ärger gemacht hätte? Offensichtlich wollte sie ihn ja nicht sehen, wenn sie ihm eine falsche Adresse gegeben hatte. Was ich übrigens hochgradig fies finde, Spiel hin oder her. Also hab ich ihn zu ihr begleitet. Beziehungsweise, Manuel begleitete mich, auf die Weise kam er an die Adresse, ohne dass ich sie ihm geben musste.«

»Clever. Und?«

Sie sah mir in die Augen. »Was denkst du?«

»Sie hat euch nach einem Psalm in die Gegensprechanlage abblitzen lassen.«

»Es gab keine Gegensprechanlage.«

»Dann nach einem Blick durch den Spion.«

»Es gab auch keinen Spion. Dort war alles noch ziemlich rustikal.«

»Na schön. Sie wohnte auch unter dieser Adresse nicht.«

Anja verzog den Mund. »Wie kommst du darauf?«

»Etwas anderes bleibt nicht übrig.«

Wir blitzten uns an, und für eine Sekunde fühlte ich mich wie bei unserem ersten gemeinsamen Essen in der Mensa.

»Vielleicht ist sie umgezogen«, schlug ich vor. »Oder sie hatte in weiser Voraussicht ihren Namen vom Klingelschild entfernt.«

»Vielleicht«, entgegnete Anja in einem Ton, der besagte, dass sie all das auch schon überlegt hatte.

»Tatsache ist, dass es mit Manuel bergab ging. Er kam noch

einige Male im Bürgerhaus vorbei, angeblich, um mich zu sehen, aber wohl eher in der irrationalen Hoffnung, Luka zu treffen, denn er lief jedes Mal durch alle Räume und war nicht imstande, ein vernünftiges Gespräch zu führen. Jedes Mal sah er schlimmer aus, und ich konnte nichts tun. Verstehst du, er war jahrelang mein bester Kumpel gewesen, und ich konnte nichts tun!«

Sie warf ihre leere Eistüte gegen eine Linde. Auch das war neu. Früher wäre Anja noch im Todeskampf zum nächsten Papierkorb gewankt.

»Jetzt weißt du's«, sagte sie.

»Ja. Danke. Ich hab nur immer noch keine Idee, warum Manuel mir diesen Schachzug um die Ohren gehauen hat.«

»Vielleicht, weil er sich von dir verstanden fühlt.«

Das bezweifelte ich, aber ich schwieg. Es war lange her, dass Anja und ich so einträchtig beieinander gesessen hatten. Abseits und doch inmitten der Einheimischen und Touristen, leicht erhitzt von der Septembersonne und dem Schicksal unseres gemeinsamen Freundes.

Gedankenverloren knabberte ich an meiner Waffel und schreckte zusammen, als Anja fragte: »Wie ist denn deine neue Freundin so?«

»Anders«, war das Erste, was mir einfiel.

»Hübsch?«

»Willst du mich damit fragen, ob ich sie hübscher finde als dich?«

»Zum Beispiel.«

»Euch zu vergleichen hieße, die Sonne mit dem Mond zu vergleichen«, sagte ich diplomatisch.

»Aha. Und wer von uns ist der Mond?«

»Darüber habe ich noch nicht nachgedacht.«

Sie lächelte.

»Worüber denkst du denn nach?«

»Über einen toten Arzt.«

Es sollte ein Spaß sein, ein plumper Versuch, von gefährlichen in seichte Wasser zu paddeln. Daher verblüffte mich ihr plötzliches Erbleichen.

Lächelnd gab ich ihr einen Schubs. »Es ist nicht dein Arzt, vorausgesetzt, du bist noch bei Dr. Breitbandantibiotikum. Und selbst wenn nicht, war dieser hier Psychiater, also niemand, den ...«

»Du meinst Paul Hohmann.«

Jetzt war ich überrascht.

»Woher kennst du seinen Namen? In der Zeitung wurde er nicht erwähnt.«

Im selben Augenblick blitzte in meinem Kopf etwas auf. Das Detail, nachdem ich vor meinen Ermittlungsbögen gesucht hatte! Paul, der Leberfleckamüsierer!

»Der Arzt, mit dem du und dein Lachsack segeln wart, das war er?«

Anja atmete, den Blick auf mich gerichtet, langsam ein und aus.

»Warum denkst du über ihn nach?«

»Das Internet und du stimmen darin überein, dass seine Frau ebenfalls Ärztin ist. Was weißt du sonst noch?«

Sie stand auf und zog ihr Kleid glatt.

»Ich könnte dich genauso gut fragen, woher du seinen Namen hast. Im Unterschied zu mir kanntest du Paul nicht. Überhaupt, seit wann interessierst du dich für Unfallopfer?«

»Er ist kein Unfallopfer.«

Anja verstummte.

»Ich würde vorschlagen«, sagte ich milde, »dass wir doch auf einen Sprung zu mir gehen.«

Anja war so durch den Wind, dass sie nicht einmal die Spuren einer durch meine Wohnung galoppierten Mustangherde bemerkt hätte, geschweige denn das Tomatensaftglas in der Spüle. Ohne die Stiefel auszuziehen, ließ sie sich auf den nächstbesten Stuhl fallen. Wieder den blauen.

Da ich keinen Tee mehr hatte, gab ich einen Spritzer Zitronensaftkonzentrat und einen Löffel Zucker in ein Glas Wasser, rührte um und warf einige Eiswürfel hinein.

Mir selbst kochte ich Kaffee, dann setzte ich mich zu ihr.

Mein Bericht dauerte nicht lange. Sie hörte aufmerksam zu, nickte, als ich Hohmanns Mitgliedschaft im Förderkreis für den Wiederaufbau der Garnisonkirche erwähnte, und verzog den Mund, als ich Zweifel an der Zufälligkeit seiner Anwesenheit auf der Baustelle zur Sprengzeit anmeldete. Hinterher erbat sie sich Zeit, das Gehörte zu verarbeiten.

»Du schließt einen Unfall also aus?«

»Es sei denn, dir fällt ein, was er nachts auf der Baustelle gesucht haben könnte. In *dieser* Nacht, wohlgemerkt. Und immerhin war er im Förderkreis für den Wiederaufbau und sein Vater dessen stellvertretender Vorsitzender.«

Sie dachte darüber nach, dann sagte sie: »Man müsste das Ergebnis der gerichtsmedizinischen Untersuchung kennen.«

»Das erfahre ich mit etwas Glück heute Abend.«

Auf ihren erstaunten Blick hin erzählte ich ihr von meinem Carcassone-Termin mit Bert und dem heiligen Dietmar.

»Wetten, dass die Todesursache Schädelfraktur nach Steinschlag lautet? Und zwar, weil es dämlich wäre, jemanden in der Nacht der Sprengung auf die Baustelle zu lotsen und ihn erst zu erschießen, bevor man ein paar Tonnen Ziegel auf seinen Kopf fallen lässt.«

»Demnach wären die Terroristen, die die Kirche gesprengt haben, seine Mörder.«

»Sieht so aus.«

Unter Anjas linkem Auge zuckte es leicht. »Dann müssten organisierte Kirchengegner aus Potsdam in der Sache drinhängen. Ich glaube nicht, dass Auswärtige auf die Idee kämen, irgendein Mitglied des Förderkreises zu ermorden. Die hätten sich mit der Sprengung begnügt. Und in Potsdam kenne ich nur eine organisierte Gruppe von Kirchengegnern.«

Ich leider auch.

Ich dachte an Faust. Daran, dass in seinem Manuskript kein

Paul Hohmann vorkam. An den dubiosen Bekenner, der ebenfalls jede Absicht am Tod des Doktors bestritt, womit er in meinen Augen zu Faust wurde. An Leviathans Eifer, eine Beteiligung des AGV an der Sprengung abzustreiten, unter widerstrebender Zubilligung eines fünfprozentigen toten Winkels. Aber galt das auch für den Tod von Paul Hohmann? Ich verhedderte mich in meinen Überlegungen und suchte gerade nach einem Ausweg, als Anja ihr Glas auf den Tisch knallte.

»Der AGV oder irgendwelche Terroristen können es nicht gewesen sein! Jedenfalls nicht absichtlich. Falls die ein krudes Exempel statuieren und die Garnisonkirche sozusagen zum Mörder eines ihrer eigenen Förderer hätten machen wollen, hätten sie dafür einen von der Stiftung gewählt. Schließlich hat die den Wiederaufbau beschlossen, geplant und begleitet. Außerdem ist die Stiftung viel populärer als der Förderkreis. Und wenn es schon unbedingt einer aus dem Förderkreis sein muss, warum dann nicht dessen Vorsitzender oder meinetwegen Pauls Vater? Warum ausgerechnet ein kleines Licht wie Paul, der, soweit ich weiß, nur fünftausend Euro gespendet hat?«

»Davon kann man schon ein paar Ziegel kaufen«, warf ich ein.

»Das ist nichts im Vergleich mit anderen Spenden.«

Auf die Summe kam es dem toten Winkel eines aus politischen Gründen agierenden Sprengtrupps wahrscheinlich auch nicht an. Spende war Spende und jeder Unterstützer ein Gegner. Aber das mit dem kleinen Licht war überdenkenswert. Tatsächlich hätte ein totes Stiftungsmitglied oder der bekannte Hohmann senior für wesentlich mehr Furore gesorgt, wenn Anjas Parabel von der mörderischen Kirche stimmte. In diesem Fall hätten der oder die Täter mit Sicherheit alles daran gesetzt, den Medien diese Parabel auch begreiflich zu machen. Doch auch nach dem Bekanntwerden seiner Mitgliedschaft im Förderkreis war bisher kein einziger Journalist auf Anjas Idee gekommen. Nicht einmal ich.

Was bedeutete, dass der »gut organisierte Verein« sich entweder bei der Wahl seines Opfers grob vertan – oder die Parabel nie im Sinn gehabt hatte.

»Entschuldige«, sagte ich, ging ins Wohnzimmer und vermerkte *Kirche mordet ihren Förderer?* auf einem neuen Ermittlungsbogen. Der Vollständigkeit halber. Als ich den Stift absetzte, stand Anja hinter mir. Ihre Augen hingen gebannt an den nunmehr fünf Blättern.

»Was ist das?«

Ich setzte zu einer phantasievollen Erklärung an. Nach den ersten Worten änderte ich meine Taktik jedoch und erzählte ihr die Wahrheit. Es war mir schon früher nie gelungen, Anja zu belügen. Sie hat so eine Art, einen beim Reden zu betrachten, dass man unwillkürlich rot wird, wegguckt oder sich verhaspelt. Dass auch die Wahrheit noch phantastisch genug klang, sah ich an ihrem Gesicht.

Als ich fertig war, saßen wir auf dem Balkon und ich drehte mir eine Zigarette. Anja hatte den Kopf in die Hände gestützt.

»Verrückt«, sagte sie schließlich.

»Ich weiß.«

»Und irgendwie unheimlich. Du hast wirklich keine Ahnung, wer dieser Faust ist und wo du das Manuskript verloren haben könntest?«

»Erstens: nein. Zweitens: nein. Ich weiß nur, dass ich es vor dem Treffen mit Leviathan noch hatte.«

»Komischer Name.«

»Ein Nickname, aber letztlich ist einer so gut wie der andere. Was ich noch weiß, das heißt, ich bin mir relativ sicher, dass mir Faust in meinem Blog unter dem Nicknamen Gisbert Warnungen zukommen lässt und mich bis vor kurzem beschattet hat. Außerdem halte ich ihn für den Bekenner, der sich bei der Polizei gemeldet hat.«

Anja betrachtete die Bierflaschen-Armada neben den verwahrlosten Balkonkästen.

»Na schön, im Grunde brauchst du das Manuskript eigentlich nicht mehr«, sagte sie. »Soweit ich verstanden habe, führt es über den AGV zur Sprengung, und der Täter bist du.«

Sie grinste, wobei ihre äußeren oberen Schneidezähne in mein Blickfeld gerieten. Sie standen etwas vor und hatten seinerzeit nicht unerheblich zu meiner Entscheidung für Anja beigetragen.

»Da ich mir dich allerdings nur schlecht als Sprengmeister vorstellen kann, steckt also entweder Faust selbst hinter diesem Veit oder jemand, den er kennt. Oder gar keine reale Person, falls dem Roman nur ein ungefähres Wissen von der geplanten Sprengung zugrunde liegt. Du weißt schon, Gerüchte aus zweiter oder dritter Hand. Was ist – wäre das so abwegig?«

»Nein«, erwiderte ich. »Ich bedauere nur, dass wir in unserer guten Zeit keine Detektei eröffnet haben.«

In Anjas Augen glomm etwas auf.

»Ich nicht. Irgendwann hätten zwischen uns im Bett die Schatten unserer Klienten gelegen.«

»Wenn sie weiblich gewesen wären, hätte ich nichts dagegen gehabt.«

»Ich hätte die männlichen vorgezogen.«

Wir lächelten uns an und senkten gleichzeitig den Blick.

»Was ich sagen wollte«, fuhr sie fort. »Fausts Täter ist ein Einzeltäter, und er hat zwar eine Kirche, aber keinen Menschen auf dem Gewissen, richtig?«

Ich nickte.

»Weiterhin deutet Faust an, dass sein Täter vom AGV bei der Sprengung unterstützt wurde.«

»Wahrscheinlich. Ich bin nur bis zum Beginn der Kooperation zwischen Veit und dem AGV gekommen.«

»Geh davon aus, dass sie fruchtbar wird, sonst hätte er sich diesen Beginn gespart.«

»Könnte es sein, dass die Zeit mit mir dich geprägt hat?«

»Auch davon ist auszugehen. Unterbrich mich nicht dauernd! Worauf ich hinaus will, ist ...«

»... dass Faust schon im Vorfeld der Sprengung von einer

Beteiligung des AGV wusste«, unterbrach ich sie. »Und als Inhaber dieser Information irgendwo in dessen Dunstkreis zu suchen wäre.«

Sie rümpfte die Nase. »Oder auf der Gegenseite, falls die Stiftung einen Maulwurf beim AGV hat. Vielleicht ist sogar Faust selbst dieser Maulwurf. Auf jeden Fall halten wir fest, dass seine Romanenthüllungen, sollten sie an die Öffentlichkeit gelangen, dem AGV schaden. Übrig bleibt dann nur: Jemand, der sich Faust nennt, will dem AGV schaden.«

»Jemand, der mich fast so gut kennt wie du«, ergänzte ich in Gedanken an mein Alter Ego Veit.

Anja hatte gerade die Hand nach einem Löwenzahn ausgestreckt, der anstelle der früheren Ranunkeln und Küchenkräuter in den Balkonkästen wuchs, und zog sie abrupt zurück.

»Von deiner Hautkrebs-Paranoia abgesehen, hab ich niemandem mehr über dich erzählt als das, was man auch auf der Vorstellungsseite deines Blogs lesen kann!«

Sie las meinen Blog.

»Mit einer Ausnahme. Aber die kennt dich beinahe genauso gut wie …«

Mit offenem Mund brach sie ab. Es dauerte einige Sekunden, in denen wir uns ansahen und gegen denselben, plötzlichen, unerhörten Gedanken kämpften.

»Manuel und diese Praktikantin«, begann ich, aber Anja fiel mir ins Wort.

»Nenn mir einen Grund, warum Manuel mit ihr über dich reden sollte!«

»Um ihr zu imponieren, vielleicht? Ein Kumpel beim Radio – in bestimmten Kreisen bin ich kein Unbekannter, stell dir vor.«

Zum zweiten Mal an diesem Tag reagierte sie unerwartet. Nur wurde sie diesmal nicht blass, sondern rot.

»Beim Geschirrspülen«, sagte sie.

Ich wartete geduldig.

»Nach einer Filmvorführung kam ich einmal in die Küche, wo die beiden Tassen abspülten, weil unsere Spülmaschine defekt war. Da fragte Luka Manuel, ob er das mit dem Kardamom auch von *ihm* hätte. Und Manuel antwortete, ja, aber *er* nähme frische, zermahlene Kapseln, kein Pulver. Er habe aber keine Lust, für zwanzig Leute Kapseln zu mahlen.«

Anja sah mich an. »In meinem, und ich nehme an, auch in Manuels Bekanntenkreis trinkt nur einer seinen Kaffee mit Kardamom. Und du mahlst ihn jedes Mal frisch.«

Über uns klopfte etwas. Sie hob den Kopf. »Was ist das?«

»Eine Elster. Meine neue Mitbewohnerin, die Regenrinne ist ihr Fundus, sie räumt ihn regelmäßig auf.«

»Du solltest dir ein Beispiel an ihr nehmen«, sagte Anja zerstreut. »Vergiss die Szene in der Küche. Luka hat mit dir nicht das Geringste zu schaffen.«

»Mit mir haben allgemein nur wenige Leute zu schaffen. Und diese Luka scheint mir irgendwie ein fauler Zahn. Gibt falsche Adressen an, bezirzt Manuel und lässt ihn ohne Erklärung wieder fallen. Du hast dich damals gefragt, was sie an ihm findet. Ändern wir die Frage ein wenig: Was wollte sie von ihm, was sie von keinem anderen bekommen konnte, abgesehen von dir vielleicht.«

Anja stieß einen Ton aus, den ich nicht ganz deuten konnte.

»Misst du dir nicht ein wenig zu viel Bedeutung bei? Als Luka bei uns angefangen hat, hatte sie keine Ahnung von dir. Sie hat mich zum ersten Mal nach dir gefragt, als im Radio eine deiner Rezensionen lief und sie sich über die Wahl des Buches beschwerte, ich weiß nicht mehr, welches, und ich nicht an mich halten konnte.«

Nach einer kurzen Pause fügte sie hinzu: »Danach hat sie mich tatsächlich noch ein paar Mal auf dich angesprochen. Ich hab sie auf deinen Blog verwiesen. Und dann kam Manuel.«

»Du hast ihr meinen Blog …«

»Was denn, schließlich ist er öffentlich!«

Bei mir rappelte es. Sollte es sein, war es die Möglichkeit, dass hinter dem Nicknamen Gisbert ein Mädchen steckte? Ein kleines, durchtriebenes Biest, unterwegs in irgendeiner irren

Mission, auf die sie meine Rezension, die zufällig in Anjas und ihrer Anwesenheit gelaufen war, vielleicht erst gebracht hatte?

»Wie sah sie aus?«

Anja sträubte sich, als fielen Personenbeschreibungen unter den Datenschutz. Doch dann kam ihr offenbar Manuel in den Sinn, und sie leierte sie herunter. Anfang zwanzig, fragil, Stupsnase, lange, dunkle Haare, Pony. Ein Zungenpiercing, mit dem sie immer herumgespielt und das Anja wahnsinnig gemacht hatte. Eine typische Twen.

Sie fragte mich ironisch, ob ich die Angaben für ein Phantombild bräuchte.

»Andernfalls wirst du sie nämlich nicht finden. Sie hat eine falsche Adresse angegeben, falls du dich erinnerst. Sogar zwei, und die erste, *bevor* deine spektakuläre Rezension Im Radio lief. Vergeude deine Energie nicht. Ich bin wegen jemand anderem hier.«

Da war sie wieder, die Anja, die ich kannte. Selbst mit einer roten Mütze auf dem Kopf hätte kein Wolf der Welt ihr je etwas anhaben können, denn, im Gegensatz zu mir, brachte sie das Wunder fertig, einen Waldblumenstrauß zu pflücken, ohne einen Schritt vom Hauptweg abzugehen. Ich verließ meinen Trampelpfad und gesellte mich zu ihr.

Zum Lohn ließ sie mich bereitwillig an ihrem Wissen über ihren toten Bekannten teilhaben. Sie hatte ihn über den Lachsack kennengelernt und der ihn über das Segeln.

Jachtbesitzer hätten viel mit Hundehaltern oder Heraldikern gemein, meinte Anja. Sie waren, unabhängig von Herkunft und Stellung, durch eine gemeinsame Leidenschaft verbunden, in diesem Fall die für Motorenmodelle, Fock- und Sturmsegel und Liegegebühren. Wenn Hohmann und der Lachsack dieser Themen müde gewesen waren, hatten sie über Häfen geredet oder abenteuerliche Wendemanöver. Daneben hatte der Lachsack unverhohlen mit Hohmanns Frau geflirtet. Laetitia, ich erinnerte mich.

»Und das hat dir nichts ausgemacht?«

»So war er eben. Wäre es nicht Laetitia gewesen, dann eine andere oder ich. Er musste sich permanent beweisen, was für ein toller Hengst er ist, genau genommen hat er mit Paul auch geflirtet, nur sieht das Flirten zwischen Männern anders aus.«

Mit Laetitia hatte Anja sich gut verstanden, sie war eine kluge, witzige Gesprächspartnerin gewesen. Und ihre Zuneigung zu ihrem Mann so offensichtlich, dass der Lachsack sich mit seiner Flirterei schon deshalb lächerlich gemacht hatte. Während ihres letzten gemeinsamen Törns schließlich hatte Laetitia ihn einmal unauffällig beiseite genommen, danach hatte er seine Minne von einer Sekunde auf die andere eingestellt. Auf demselben Törn hatte Paul Hohman angedeutet, er wolle seine Jacht mittelfristig verkaufen. Kurz zuvor hatte er eine Zulassung als niedergelassener Psychotherapeut erhalten und wollte für sich und Laetitia in einem neuen Ärztehaus Praxen einrichten. Laetitia war damals noch Kinderärztin in Waldstadt gewesen. Die beiden fürchteten, für die Pflege und Bewegung der Jacht zukünftig zu wenig Zeit zu haben, zumal sie nebenbei ein Haus im Bornstedter Feld sanierten.

Was Hohmanns Engagement für die Garnisonkirche betraf, hatte Anja nicht viel Neues zu berichten. Sie nahm an, dass er von seinem Vater beschwatzt worden war, dem Förderkreis beizutreten und eine gewisse Summe zu spenden, vielleicht hatte der ihm sogar das Geld dafür gegeben, denn im Verlauf eines weinseligen Abends habe Paul fallen lassen, dass im Förderkreis auch ein Mitglied der Ärztekammer säße, die über die Vergabe von Niederlassungen entschied. Sie selbst sei Hohmann senior nie persönlich begegnet, habe aber den Eindruck gehabt, dass Paul ziemlich unter seiner Fuchtel stand und Laetitia ihn verabscheute.

Laetitia habe Paul während des Studiums an der Berliner Charité kennengelernt. Verliebt hätte sie sich allerdings auf einem Zweimaster.

Paul sei schon damals Segler gewesen, und irgendwann hätte er sie und ein paar Kommilitonen zu einem Ostseetörn auf die

Jacht seines Vaters eingeladen. Darunter seinen besten Freund, der Laetitia schon seit dem ersten Semester schöne Augen gemacht hatte.

Zunächst hätte sie daher geglaubt, Pauls Einladung diene dem Zweck, sie mit diesem Freund zu verkuppeln. Auf See wäre ihr aber bald klar geworden, dass er viel persönlichere Interessen verfolgte. Den ganzen Törn lang hätten beide Jungs abwechselnd um sie geworben, gewonnen hatte Paul. Und zwar nicht wegen seines reichen Vaters oder weil er der Hübschere war, sondern weil er sich um ihre mitreisenden Kommilitonen gekümmert und selbstverständlich ihr Erbrochenes vom Deck gewischt hatte, als einer nach dem anderen seekrank wurde. Der andere hatte sich nur um Laetitia gekümmert.

Immerhin war er mit seiner Niederlage wohl recht sportlich umgegangen. Laut Laetitia hatten er und Paul sich als Zeichen ihrer Freundschaft nach der Reise sogar identische Tattoos stechen lassen.

Ich fragte mich, wie viel Erbrochenes ich wohl wegwischen könnte, ehe mein eigenes darunter war, ahnte aber keinen besonders guten Schnitt.

Das brachte mich darauf, dass Mittag vorüber war. Ich setzte einen Topf Kartoffeln auf und rührte Kräuterquark an, während Anja krampfhaft ihr Gedächtnis durchwühlte, doch sie fischte nur noch ein paar Fragmente heraus.

Paul Hohmann habe gern und viel Rotwein getrunken. Danach sei er zuweilen noch Schwimmen gegangen, zur Besorgnis seiner Frau. Er sei Fan von Eisern Union gewesen. Im Winter habe seine Jacht neben der ihren in der Marina hinter dem Zentrum für Militärgeschichte gelegen. Die schicksalsträchtige alte Jacht seines Vaters namens Loreley.

Als Anja auf Hohmanns attraktiv ergrauende Schläfen zu sprechen kam, fand ich, dass es reichte.

Ich bat sie, das Gas herunterzudrehen, falls das Kartoffelwasser überkochte und ging ins Wohnzimmer zu meinen Ermittlungsbögen.

19

Bert wohnte in einer Hinterhofwohnung in der Greifswalder Straße. Da sie im zweiten Stock lag, war sie – zumindest im Sommer – einigermaßen hell. Und da sie im Prenzlauer Berg lag, saniert. Trotzdem verstand ich nicht, warum er nach dem Auszug seiner Freundin dort geblieben war. Auf unserer ersten Sauftour hatte er mir gestanden, sie hätte als einen Trennungsgrund die bedrückende Enge ihrer Beziehung genannt, und ich bin überzeugt davon, dass sie die Wohnung meinte.

Auch ich bekomme jedes Mal Beklemmungen, wenn ich von der agilen Greifswalder durch den Flur des Vorderhauses in seinen Hof trete. Eben noch Licht und Lärm, und schnapp, sitzt du in der Falle. Von vier Seiten Mauern, aus denen dich schlierige Fensteraugen anstarren. Es riecht nach Moder und Feuchtigkeit, weil das bisschen Sonne, das den Boden erreicht, nie bis in die Ecken kommt, wo sich deshalb die Rückstände des letzten Regens mit denen des vorletzten und vorvorletzten zu fruchtbarem Moos- und Pilzgrund verbinden. Dazwischen Fahrräder, eine Mülltonneninsel und ein einsamer Blumenkübel mit Brennnesseln. Herr Pachulke wäre angesichts dieser Tristesse wahrscheinlich eines schnellen, natürlichen Todes gestorben, Bert bekam im Winter Depressionen.

An diesem Abend war er jedoch gut drauf.

Kaum hatte ich meine Jacke aufgehängt, drückte er mir eine Schale Nachos in die Hand und entkorkte eine Weinflasche, während er mit jemandem im Wohnzimmer plauderte. Der heilige Dietmar antwortete mit gutturaler Stimme. Es ging um Gasmotoren.

»Aber finde in Bulgarien mal Gastankstellen!«, rief Bert und schubste mich durch die Tür.

»Gibt es«, kam es zurück. »Stehen im Internet.«

Dietmar hockte auf Berts Sofa und fingerte an einem Smartphone herum. Als er mich sah, legte er es beiseite und stand auf.

»Ah, der ermittelnde Literaturpapst!«

Ich verneigte mich. »Oh, Kaiser der Kriminalistik. Ich hatte heute früh das Vergnügen mit einer Ihrer Vasallinnen.«

»Redet der immer so?«, fragte der heilige Dietmar Bert, der Gläser neben einen Spielkarton auf den Couchtisch stellte.

»Ja.«

»Ach so.«

Dietmar beäugte mich neugierig. Er war im Stehen nicht wesentlich größer als im Sitzen und hatte die schmachtenden braunen Augen einer Jungfrau. Im Stillen legte ich eine Vorstellung zu den Akten. In dieser hatte er eher Roger Moore geähnelt als Danny de Vito.

»Ich hoffe, Kommissarin Schneider hat sie nicht allzu sehr auseinandergenommen. Vor zehn ist sie immer ein wenig unleidlich.«

»Das teilen wir uns.«

»Ich weiß, ich habe das Protokoll gehört. Interessante Bekannte haben Sie da übrigens, die weder richtige Namen noch die Zeit besitzen, eine Fahrradpanne abzuwarten.«

Er lächelte auf eine Weise, die mir nicht behagte. Deshalb war ich Bert dankbar, als er jedem von uns ein Glas Wein in die Hand drückte und sagte: »Erst das Spiel, dann die Arbeit.«

Auf eine abstoßende Weise faszinierte mich Dietmar. Seine Finger waren ebenso feingliederig, wie sein Corpus wuchtig, sein Mund kaum mehr als eine überraschende kleine Öffnung im Gesicht. Den ersten Schluck spülte er sich wie Mundwasser abwechselnd in die linke und rechte Wange, spitzte dann die Lippen und zog schnatternd Luft ein. Mit leisem Grunzen schloss er die Augen, legte den Kopf in den Nacken und begann sacht zu gurgeln. So verharrte er eine Weile. Dann schluckte er und hob den Kopf wieder. Auf seinem Gesicht lag ein seliges Lächeln.

»Rioja ... 2013. Zweites Regal von oben, rechte Hälfte, Lidl.«

»Kaisers«, sagte Bert und legte eine sechseckige Karte mit

einem braunen Strich auf grünem Grund und ein schwarzes Säckchen auf den Tisch.

»Verdammt.« Der Hauptkommissar sackte auf das Sofa. »Wer eröffnet? Ich würde vorschlagen, unser Gast.«

»Ich kenne das Spiel nicht«, stotterte ich verstört. Der Mann war ein Freak!

Einer von der gefährlichen Sorte noch dazu, wie ich während des Spiels merkte. Bert hatte mir die Regeln in groben Zügen erklärt: Sobald man dran war, zog man aus dem Sack ein sechseckiges Kärtchen, das entweder Wegabschnitte oder Teile einer Stadt oder ein sogenanntes Kloster enthielt und legte es möglichst gewinnbringend an ein schon liegendes. Wege an Wege, Stadtteil an Stadtteil, falls erforderlich um die eigenen Klöster herum, bis sie umbaut waren und Punkte abwarfen. Das Prinzip war so einfach, dass selbst ich es auf Anhieb begriff.

Der Teufel steckte wie immer im Detail. Und da legte der heilige Dietmar eine wahrhaft kriminelle Energie an den Tag. Mit treuherzigem Blick begann er irgendwo in der Pampa Städte zu bauen und verband sie plötzlich durch ein passendes Teil mit Berts oder meinen, was zur Folge hatte, dass wir uns deren Ergebnispunkte mit ihm teilen oder den Weiterbau abbrechen und ganz auf Punkte verzichten mussten. Dasselbe mit Wegen und Klöstern. Ich schwitzte Blut und Wasser. Es kostete mich zunehmend Mühe, Dietmar beim Wühlen im Kartensäckchen nicht die Hand zu zermalmen. An Berts Grimassen sah ich, dass es ihm ähnlich ging.

Noch bevor das Säckchen leer war, hatte Dietmar haushoch gewonnen. Die Endauszählung sparten wir uns. Aber immerhin kannte ich jetzt seine Strategie.

Ich forderte eine Revanche.

Eine zweite forderte ich nicht.

Dietmar schenkte sich Wein nach. Er hatte weniger hoch gewonnen als beim ersten Mal, dafür lag ich diesmal noch weiter hinten. Jeden Versuch, mich an seinen Pelz zu hängen, hatte er abgewürgt, indem er ausschließlich Ministädte gebaut hatte. Ich warf ihm vor, zu schummeln.

»Na, na«, sagte er. »Ruhe, Umsicht und immer mehrere Eisen im Feuer, so verdient der Schmied sein Brot. Du warst zu sehr darauf fixiert, mir zu schaden. Auch noch einen?« Er hob die Flasche.

Ich hielt ihm mein Glas hin, während seine Worte in mir nachhallten.

Zu sehr darauf fixiert, zu schaden.

Etwas Ähnliches hatte Anja heute Nachmittag auch gesagt.

Jemand, der sich Faust nennt, möchte dem AGV schaden.

Mir kam ein kruder Gedanke. Gesetzt den Fall, man übertrug Dietmars spieltheroretische Maxime auf Faust, könnte es sein, dass auch er einfach zu fixiert auf seine Schadensabsicht gewesen war? So sehr, dass er darüber die Züge eventueller Mit- oder Gegenspieler übersehen hatte, zum Beispiel …

»Hohmann«, sagte Dietmar, »raubt uns gerade den letzten Nerv.«

Er sah Bert an, offenbar beantwortete er eine Frage, die mir über meinem geistigen Exkurs entgangen war.

»Wieso, ist er nicht an einem Trümmerteil gestorben?«

»Doch. Und nein.«

Wie auf Kommando griffen Bert und ich in die Schüssel mit den Nachos, stopften uns ein paar in den Mund und blickten auf den Hauptkommissar. Dietmars Miene wurde abweisend.

»Es ist noch nicht öffentlich.«

»Verstehe«, nuschelte Bert zwischen Nachosplittern. Ich nickte.

»Nichts davon. Wenn die Medien auch nur ein Wort erfahren und meine Zeugen überrennen, kannst du dir deine Informationen künftig wie alle anderen auf den Pressekonferenzen abholen.«

Dabei sah er seltsamerweise mich an.

Ich nickte abermals.

»Für einen Audioprotokollanten bist du wirklich eine Heimsuchung«, sagte Dietmar.

»Er meint, dass du dich auf ihn genauso verlassen kannst wie auf mich«, sprang Bert mir bei. »Und nun rück mit Hohmanns Todesursache heraus!«

Der Kommissar zögerte kurz. »Schädelfraktur mit tödlichem Hirntrauma.«

Bingo, dachte ich.

Bert wirkte enttäuscht. »Und was bitte macht euch daran zu schaffen?«

»Das Schlafmittel.«

Schlafmittel! In Gedanken rannte ich zu Hohmanns Ermittlungsbogen in meiner Wohnung und ergänzte ihn, ehe ich mich nach der Dosis erkundigte.

»Ausreichend, um einen Ringer innerhalb von zwanzig Minuten auf die Matte zu schicken, würde ich sagen.«

Dietmar dachte einen Moment nach, ehe er hinzufügte: »Zuzüglich 1,5 Promille. Wie es aussieht, hat Hohmann sich vor seinem Tod noch einen schönen Abend gemacht.«

Wir schwiegen betroffen. Endlich fragte Bert: »Selbstmord?«

»Können wir nicht ausschließen«, entgegnete Dietmar in einem Ton, der Selbstmord ausschloss.

Ich sah es ähnlich.

Hohmann war ein junger, erfolgreicher und, nach allem, was ich wusste, glücklich verheirateter Mann gewesen, der erst im letzten Jahr eine Praxis eröffnet hatte. Falls er also nicht gerade von einer unheilbaren Krankheit befallen worden war, warum sollte so einer sich umbringen? Und noch dazu auf einer Baustelle und ausgerechnet in jener Nacht und mit einer offenbar zweifelhaften Giftmischung im Blut? Er war Arzt gewesen, man durfte also davon ausgehen, dass er sich mit der Dosierung von Barbituraten auskannte.

Und das mit der unheilbaren Krankheit hatte Dietmar garantiert überprüft.

»Das Problem ist der Schädel. Er ist an zwei Stellen getroffen worden, einmal am rechten Jochbein und einmal am Hinterkopf. Die zweite Bruchstelle ist genau genommen keine, sondern nur ein Haarriss, mit einem mittelschweren Trauma darunter. Trotzdem ist sie die interessantere. Erstens wegen der Rückstände. Aus der größeren und definitiv tödlichen der beiden Wunden haben die Gerichtsmediziner Ziegelstaub geholt, außerdem lag ihr Verursacher etwa zwei Meter neben der Leiche. Aus der kleineren Holzsplitter.«

Dietmar gab uns eine Sekunde, um hinterher zu kommen.

»Natürlich liegen auf einer Baustelle auch ein immer paar Latten und Kanthölzer herum, aber ich frage mich, wie die auf den Turm gekommen sein sollen.«

»Vielleicht lagen sie auf dem Gerüst und sind durch die Detonation herumgewirbelt worden«, riet Bert.

Dietmars Zeigefinger schnellte vor.

»Sehr gut! Das würde auch den Winkel des Schlages erklären. Nämlich schräg, halb von oben, halb von rechts. Wäre das Holz auf direktem Weg vom Turm gefallen, hätte es Hohmann nur auf diese Weise getroffen, wenn er bereits gelegen hätte, und zwar in einer ziemlich unbequemen Position.«

»Auch das ist denkbar, falls ihn das Schlafmittel schon niedergestreckt hatte«, sagte Bert.

Dietmar strahlte ihn an.

»Stellen wir uns diese Möglichkeit einmal vor: Hohmann wankt alkoholisiert und halb schlafend auf die Baustelle, wobei wir die Frage, wie er durch die Absperrung gekommen ist, mal außer Acht lassen, und bricht dort zusammen. Eine Weile später wird – per Fernzünder – die Kirche gesprengt. Solche Jahrhundertzufälle soll es geben. Hohmann merkt davon nichts. Er schläft, wobei die Lautstärke der Detonation … aber egal, er schläft und wird am rechten Hinterkopf von einem herumwirbelnden Kantholz getroffen, das vorher aus irgendeinem nicht benennbaren Grund auf dem Baugerüst gelegen hat. Kantholz, wegen der Wundränder. Danach ist er ohnmächtig, bis ihn ein Ziegel endgültig ins Jenseits befördert.«

Nach einem tiefen Blick in sein Glas, trank Dietmar es aus.

Bert zuckte die Achseln. »Ja ... und?«

Die beschriebenen Bilder kreisten vor meinem inneren Auge und kamen plötzlich zum Stillstand.

»Blödsinn. Kanthölzer wirbeln sie nicht so dicht über dem Boden, dass sie einen schräg treffen, wenn man schon am Boden liegt. Er muss also gestanden haben. Und zwar mit dem Hinterkopf zum Turm, ansonsten hätte das Holz ihn in der Luft überholen müssen.«

Der Hauptkommissar murmelte etwas in sein Glas.

»Okay, dann stand er eben so, wie du sagst, als die Kirche gesprengt wurde«, meinte Bert. »Vielleicht hat er zur Straße geguckt. Es macht wumm, ihm knallt ein Brett an den Hinterkopf, und er fällt mit der rechten Gesichtsseite nach oben, auf der kurz darauf der Stein landet.«

»Das wäre möglich«, erwiderte Dietmar skeptisch. »Jetzt versteht ihr vielleicht unser Problem.«

»Nein«, ereiferte ich mich. »Bei einer Detonation dieses Kalibers steht keiner nur da und glotzt zur Straße, egal wie benebelt er ist. Entweder er läuft weg oder wirft sich zu Boden oder reißt die Arme hoch, um den Kopf zu schützen, oder dreht sich zumindest der Quelle des Lärms zu. In keinem der Fälle kann man so ohne Weiteres von einem Kantholz diagonal von oben am Hinterkopf getroffen werden. Das klappt am besten, wenn es jemand führt.«

Dietmars Blick änderte sich erneut.

»Allmählich gewinne ich den Eindruck, dass du dabei warst.«

Nach der zweiten Weinflasche begann Bert demonstrativ zu gähnen. Leider waren Dietmar und ich zu beschäftigt miteinander, um uns darum zu kümmern.

Dietmar teilte meine Definition des Terrorismus, erinnerte mich aber daran, dass eine – und da zitierte er das Gesprächsprotokoll der Schneider – Sprengung von *dem* Kaliber ein

Opus sei, das die Kompetenzen eines einzelnen doch leicht überschritt. Sogar die Kompetenzen eines Vereins wie des AGV, meinte er, aber das sei seine persönliche Meinung und hinge vielleicht damit zusammen, dass sein ältester Sohn dort Mitglied sei.

Da es in Potsdam jedoch an Alternativen für organisierte, bekennende Garnisonkirchengegner mangelte, tippte Dietmar, wie ich, auf einen toten Winkel des Vereins, auf jeden Fall gedachte er ihn zu filzen. Vielleicht gab es eine Verbindung zwischen diesem toten Winkel und externen Terrorzellen, irgendwoher musste der Sprengstoff schließlich gekommen sein, und bestimmt nicht aus der chemischen Fakultät des Potsdamer Max-Planck-Instituts.

Ich wollte wissen, was er von der Sache mit Paul Hohmann hielt. Persönlich, als Mann und Kommissar, der er nun einmal war. Und natürlich nur unter uns. Bevor er antwortete, bat er Bert um eine weitere Flasche Wein. Er hätte keine mehr, knurrte Bert. Dietmar sah ihm einige Sekunden lang in die Augen. Darauf schlurfte Bert in die Küche und holte eine.

»Viel Spielraum lassen das gerichtsmedizinische Gutachten und unsere Rekonstruktion der Baustellenszene ja nicht. Er ist umgebracht worden.«

»Und inwiefern hat dieser Mord mit der Garnisonkirche zu tun?«

Wie bei jedem neuen Glas, wälzte Dietmar den ersten Schluck ausführlich durch seinen Mund.

»Tja. Da ich nicht an Jahrhundertzufälle glaube und der Mord mit der Sprengung zusammenfällt, muss er wohl mit ihr zu tun haben. Ich habe eigentlich gehofft, als Inhaber eines literarischen Leitfadens zu dem Fall könntest du mir auf die Sprünge helfen.«

Mein Blick flog zu Bert, der sich gequält in seinem Sessel wand.

»Quid pro quo. Dein Wissen gegen seins«, murmelte er. »Das ist gerecht.«

Ich ließ ihn links liegen und wandte mich wieder Dietmar zu.

»Sorry. In dem besagten Manuskript gibt es keinen Toten. Nur die gesprengte Kirche und ein paar Details, die mit realen übereinstimmen.«

Nacheinander zählte ich sie auf. Dietmar nickte sie ab, als kontrolliere er sie auf Vollständigkeit. Die Parallelen zwischen mir und Veit Jaron belächelte er.

»Würdest du mir das Manuskript für eine Weile überlassen?«

»Ja. Aber ich kann nicht, ich habe es verloren.«

Dietmars Augen verengten sich. Da war er wieder, der Bullenblick.

»Schade, sehr schade. Wann hast du es denn erhalten?«

»Am Tag vor der Sprengung.«

Schweigen breitete sich aus. Um es zu brechen, fragte ich:

»Was hältst du von dem anonymen Bekennerbrief?«

Das Weinglas in Dietmars Hand ruckelte kaum merklich.

»Er ist nicht anonym, wir haben ihn nur nicht erwähnt. Dafür hast du es eben ein paar Mal getan.«

Mir war, als hätte er sich gerade mit einem Kärtchen an meine Stadt angeschlossen.

»Veit?«

Auch Bert wachte endlich wieder auf.

»Faust?!«

Dietmars Zeigefinger schwenkte zu ihm. »Scheint allerdings ein Phantasiename zu sein. Wir haben alle Fausts im Umkreis von zweihundert Kilometern überprüft, einer ist unwahrscheinlicher als der andere. Dafür sind Meldungen von zwei Zeugen eingegangen, einem Pärchen. Sie sagen, sie hätten am Vorabend der Sprengung gegen neun einen ausländisch aussehenden Arbeiter allein von der Baustelle kommen sehen. Das passt zu den Aussagen einiger Studenten aus dem benachbarten Wohnheim, die am selben Abend Bohrgeräusche von der Baustelle gehört haben wollen. Nach Arbeitsschluss, wohlgemerkt.«

In meinem Gedächtnis lockerte sich etwas. Im Prolog von

Fausts Manuskript war es um einen Flaschen sammelnden Migranten gegangen … Mahmud, nein … Khan!«

»Wisst ihr schon was über diesen Arbeiter?«

»Nagib Freudenreich, neunundzwanzig«, leierte Dietmar herunter. »Syrischer Vater, österreichische Mutter. Vorbestraft wegen eines Anschlags auf einen Salzburger Singleclub, mit Anfang zwanzig. Nach dem Absitzen der Haftstrafe Übersiedlung nach Deutschland. Seitdem jobbt er als Hilfsarbeiter auf Baustellen. Dem Bauleiter nach hat er eine Freundin und ein Kind.«

»Und?«, fragten Bert und ich wie aus einem Munde.

Plötzlich wirkte Dietmar müde.

»Seine Meldeadresse ist ein leerstehender ehemaliger Getränkeladen in Berlin-Wilhelmshorst. Die Eltern haben den Kontakt zu ihm nach seiner Inhaftierung abgebrochen, sie haben keine Ahnung von einer Freundin. Die Kunde von einem Enkel hat sie schlichtweg umgehauen. Und die anderen aus dem Bautrupp kannten ihn nur von der Arbeit. Wir haben eine Suchmeldung herausgegeben.«

Bert und ich saßen da und versuchten, die Nachrichten zu verdauen.

»Damit wäre der Terroranschlag dann wohl bewiesen«, sagte Bert schließlich. »Und meine Theorie von Hohmanns Tod«, fügte er hinzu.

»Das Bekennerschreiben«, widersprach ich, »war nicht mit Nagib Freudenreich oder dem Namen irgendeiner einer Terrorzelle unterzeichnet, sondern mit Faust.«

»Ich hätte wirklich gern einen Blick auf dein Manuskript geworfen«, meinte Dietmar. »Vielleicht hätten meine Leute etwas Erhellendes herausgezogen.«

Beschämt senkte ich den Kopf. Dann fiel mir etwas ein.

»Möglicherweise können sie ja auch aus dem hier etwas ziehen.«

Ich erzählte Anjas Geschichte über ihre Praktikantin und deren auffälliges Interesse an meinem Leben und schwenkte danach zu meinem Blog und Gisbert über. Im Unterschied zu Bert, der während meiner Erzählung die Farbe reifer Himbeeren annahm und wie ein sterbender Karpfen den Mund auf und zu klappte, hörte Dietmar regungslos zu.

»Nach der Schilderung meiner Ex-Freundin halte ich es für möglich, dass hinter Gisbert alias Faust diese Praktikantin steckt oder ihn zumindest mit Informationen versorgt«, schloss ich. »Sie wusste vom Blog, und aus meinem Kumpel hat sie jede Menge intime Details über mich herausgekitzelt. Ihr Nachname lautet nicht Faust, das hätte meine Ex-Freundin mir gesagt. Aber da Faust und Gisbert ohnehin Pseudonyme sind, besagt das nichts. Wenn du mich fragst, wie euer Bekenner aussieht, dann trägt er ein Zungenpiercing und ist klein, dunkelhaarig und weiblich.«

Dietmar betrachtete intensiv einen Staubfaden, der zwischen Berts Bücherregal und seinem Flachbildschirm pendelte.

Bert hatte uns verlassen. Ich hörte ihn in der Küche lachen. Oder weinen, das war nicht so genau auszumachen.

»Interessante Theorie«, sagte Dietmar nach einer Weile.

»Nicht wahr? Diese Luka könnte durchaus Kontakte zu irgendwelchen Terrorzellen haben. Nicht mal meine Ex-Freundin weiß Genaueres über sie, nur dass sie nett ist und sich aufs Schminken versteht. Also auf Maskeraden, wenn man so will. Und sie hat falsche Adressen angegeben, genau wie Nagib Freudenreich. Es würde mich nicht einmal wundern«, fügte ich in einer plötzlichen Eingebung hinzu, »wenn sie seine ominöse Freundin ist.«

Bert erschien wieder, in der Hand eine Glaskanne mit Wasser. Seine Augen wirkten irgendwie verquollen.

»Und Gisbert ergibt sich demnach als logische Konsequenz. Über diesen Nicknamen hält Luka oder er selbst im Blog Kontakt mit mir. Daneben scheinen die beiden noch einen Kompagnon zu haben, einen Psychopathen mit literarischen Ambitionen, der sich Hamlet nennt und mich in ihrem Auftrag seit einer Weile beschattet. Möglicherweise ist er auch Faust und hat ein Buch über die Machenschaften seiner beiden Auftraggeber geschrieben.«

»Und Hohmann?«

Hohmann. Die große Unbekannte. »Ich weiß nicht. Ein persönliches Ding von einem der drei? Oder einem Vierten, der von ihrer Aktion Wind gekriegt und sie für sich genutzt hat?«

»Hm«, machte Dietmar und mümmelte einen Nacho.

Seine Zurückhaltung begann mich langsam zu nerven. »Ruf meine Ex-Freundin an, sie wird dir bestätigen, was für eine faule Nuss diese Luka ist, und sieh in meinem Blog nach, dort findest du Gisbert!«

Ich orderte ein Blatt und schrieb ihm Anjas Nummer auf. Meine Blogadresse wusste er garantiert schon von der dicken Schneider.

Ohne eine Miene zu verziehen, faltete Dietmar den Zettel zusammen und schob ihn in die Brusttasche seines Hemdes.

»Meine Ex-Freundin hat übrigens auch eine interessante Theorie für den Mord an Hohmann.«

Dietmars Augen waren fast erloschen.

»Sie meint, die Attentäter könnten eine Art schwarzhumoriges Exempel statuiert haben, indem sie Hohmann als Mitglied des Förderkreises für den Wiederaufbau absichtlich von seiner eigenen Kirche haben erschlagen lassen.«

Sah ich da ein leises Glimmen?

»Sie glaubt allerdings nicht daran«, setzte ich der Wahrheit halber hinzu.

»Ihrer Ansicht nach hätte man für ein solches Exempel einen prominenteren Befürworter des Wiederaufbaus gewählt.«

Dietmar schluckte. Dann tätschelte er seine Brusttasche.

»Ich freue mich schon auf das Telefonat mit deiner Ex-Freundin.«

Die dritte Flasche Wein hätte es nicht gebraucht. So viel zum meinem Zustand bei unserem Aufbruch kurz nach Mitternacht. Bert bot mir an, bei ihm zu übernachten. Ich lehnte ab, es zog mich Hause. Zwar verhielt Magda sich noch immer, als hätte man ihr alle Finger und die Zunge abgeschnitten, dennoch … Man wusste ja nicht, sie war speziell. Außerdem ging mir Berts Dauergrinsen auf die Nerven.

Beim Abschied fragte er, was sich derzeit in meinem Blog täte.

»Er ruht, warum?«

»Sicher?«

»Noch mal: Warum?«

»Ach, ich schmöker dort auch manchmal rein. Und mein Zwerchfell sagt mir, dass sich da gerade etwas bewegt. Wie weit bist du übrigens mit deinen Überlegungen zu meinem Angebot?«

Ach ja. Das Wichtigste hätte ich beinahe vergessen.

»Bin durch. Die Antwort lautet: Ja.«

»Wunderbar. Dann komm morgen gegen 18.00 Uhr im Sender vorbei. Der Chief will dich sehen.«

In der S-Bahn sann ich verschwommen darüber nach, ob ich den heiligen Dietmar über- oder unterschätzt hatte. Und ob ich es gut hieß, dass er mit Anja Kontakt aufnehmen wollte. Wenn er einen eine Weile anschmachtete, vergaß man sein Bäuchlein, übersah die Geheimratsecken, überhörte die Kehlkopfstimme. Andererseits hatte ich den Kontakt selbst angezettelt. Und schließlich war Anja eine erwachsene und unabhängige Frau.

Bei der Verabschiedung war die Rede noch einmal auf Hohmann gekommen, diesmal wegen seines Tattoos.

»In der Gerichtsmedizin wird heiß spekuliert, was es bedeutet. Eine Schlange, um ein L gewunden. Aus Pietätsgründen fragt natürlich niemand die Witwe.«

»Das L steht für Loreley«, hatte ich mit schwerer Zunge gesagt. »Aber vielleicht auch für Laetitia, genannte Witwe, auf die in ihrer Jugend zwei Männer heiß waren, Hohmann und sein bester Freund. Sie haben sich das gleiche Tattoo stechen lassen.

Die Schlange könnte eine Anlehnung an den Stab des Äskulap sein, sie waren beide Medizinstudenten, wie Laetitia.«

Aus der Ferne hatte ich, wie die Augen einer feindlichen Katze, die Lichter meiner S-Bahn heranfauchen gesehen.

»Woher weißt du das?«

»Von meiner Ex-Freundin. Sie kannte das Paar vom Segeln.«

»Natürlich, die Ex-Freundin«, sagte Dietmar, dann fuhr meine Bahn ein, und als wir uns auf die Schultern klopften, merkte ich, dass ein Kater im Anzug war.

20

Es war ein ausgewachsenes Vieh mit ödem Atem, glühenden Augen und gebogenen Krallen, die es mir oberhalb des Genicks in den Hinterkopf bohrte.

Gott sei Dank regnete es, und die Welt wollte vor achtzehn Uhr nichts von mir. Magda leider auch nicht, nur Anja hatte eine SMS geschrieben. Ich verschob das Lesen auf später, schlurfte ins Bad, schluckte zwei Aspirin und legte mich wieder ins Bett.

Als ich das nächste Mal aufwachte, hatte der Kater sich zusammengerollt und murrte nur noch. Auch der Regen hatte nachgelassen. Ich kochte Kaffee und stellte mich mit der Tasse in der Hand ans Fenster, um über die Dächer der Gutenbergstraße zu schauen, die sich ängstlich unter einen schlammfarbenen Himmel duckten. Über Nacht war endgültig der Herbst gekommen.

Was anfangen mit ihm? Es war nicht die Sorte »goldene Ernte«, sondern die, vor der sich Leute mit einer Neigung zur Schwermut fürchten, bei der man Testamente schreibt oder zu den Klängen des Brahms-Requiems Krautsuppe isst.

Oder sich in den endlosen Weiten des Internets verliert.

Apropos Internet. Mein Kater gab murrend eine Sequenz

vom letzten Abend frei. Bert hatte etwas über meinen Blog gesagt.

Ich trank den Kaffee aus, kochte neuen und nahm ihn mit an meinen Schreibtisch. Ehe ich mich dort niederließ, warf ich einen Blick unter das Sofa. Ein paar Staubbällchen stoben auseinander und rissen einen überrumpelten Weberknecht mit. Von einem Manuskript oder anderem Papier keine Spur.

Gespannt fuhr ich den Laptop hoch. Erst gestern hatte ich mich von meinem Blog beurlaubt, und schon spielten die Mäuse verrückt? Was nebenbei bedeutete, dass Bert auch während meiner Auszeit ganz *zufällig* hineingeschaut hatte.

Die Seite öffnete sich, und ich prallte zurück. Auf meinen Knien breitete sich ein warmer Fleck aus. Zittrig stellte ich die Tasse ab.

Es gab nur diesen einen Beitrag. Mehr als er jedoch verwirrte mich die Zeit, zu der Gisbert ihn eingestellt hatte. Kurz nach Mitternacht. Etwa eine Viertelstunde *nachdem* Bert mir zu einem Zwischenbesuch im Blog geraten hatte.

Ein Freund und eine Note erzeugen niemals Tote.

Ich rutschte an die äußerste Kante der Sitzfläche und bohrte meine Augen in den Bildschirm.

Ein Freund und eine Note erzeugen niemals Tote.

Was wollte mir Gisbert mit diesem Nonsens sagen? Dass Gesangseinlagen unmusikalischer Freunde einen nicht umbrachten, wusste ich, ich hatte mit Bert einmal einen Abend in einer Karaoke-Bar verbracht. Außerdem ging es hier nicht um mich, sondern augenscheinlich um Dr. Paul Hohmann.

Vielleicht ließ sich das absurde Rätsel lösen, wenn man seine Aussage ins Gegenteil verkehrte?

In diesem Fall wäre Hohmann durch einen Feind und … das Gegenteil einer Note umgekommen. Blödsinn!

Ich stand auf und wanderte um den Tisch. Bei der zweiten Runde hatte ich eine Idee. Was, wenn Gisbert keine musikalische Note meinte. Sondern eine Schulnote. Und mit deren Gegenteil die freundlichen Einschätzungen, die zum Beispiel die Schüler einiger freier Schulen am Ende des Schuljahres nach Hause trugen. Ich hatte mal eine gelesen, von Anjas Nichte. Sie war anderthalb Seiten lang gewesen und hatte in etwa ausgesagt, dass die Kleine ganz in Ordnung sei, gern mit Perlenreihen spiele und dringend neue Hausschuhe benötige.

Hohmann war durch einen Feind und eine Beurteilung gestorben? Eine falsche vielleicht? War er am Ende trotz seiner Spende ein heimlicher Gegner der Kirche gewesen, hatte sogar die Sprengung mit in die Wege geleitet, sich vorher Mut angetrunken und war dann nicht mehr rechtzeitig von der Baustelle gekommen? Ich schluckt einen sauren Schluck Kaffee hinunter.

Für einen Moment erwog ich, Dietmar anzurufen. Aber ich unterließ es, als ich das Fehlen des Schlafmittels in meiner These bemerkte. Nach einer weiteren Runde durchs Zimmer kam mir auch dafür eine Lösung. Der Feind.

Jemand, der von Hohmanns heimlicher Sabotageabsicht wusste, hatte versucht, ihn auszuschalten. Erst durch Schlafmittel und dann durch einen Schlag auf den Kopf, weil Hohmann zäher war, als vermutet. Weil er noch halb schlafend zur Baustelle gewankt war. Nagib?

In meiner Brust breitete sich etwas wie ein leichtes Gas aus, das meine Füße bei jedem Schritt federnder vom Boden abstieß. Schon berührten meine Zehen ihn kaum noch. Ich hatte Gisberts Rätsel gelöst, ich war ein gottverdammtes Genie!

Einige Sekunden schwebte ich über dem Teppich, dann setzte ich polternd wieder auf.

Schwachsinn.

Eine Beurteilung war ein Äquivalent für eine Note, nicht ihr Gegenteil.

Ermattet schlich ich zu meinem Stuhl. Las den Satz mehrmals, gruppierte Buchstaben um, formierte Silben neu und landete schließlich bei der Frage, mit der das Rätseln begonnen hatte.

Woher hatte Bert bei unserer Verabschiedung gewusst, dass Gisbert eine Viertelstunde später einen Beitrag posten würde?

Gisbert.

Ein Freund. Plus eine Note.

Oder umgekehrt.

Ich ließ mich zurücksinken und sah zu, wie das Kartenhaus meiner Ermittlungen leise raschelnd in sich zusammenfiel.

Eine Note: Gis. Und ein Freund.

»Wer hätte denn ahnen sollen, dass du dermaßen auf darauf einsteigst?«, schrie Bert. »Und vor allem, was du daraus machst! Dabei wollte ich doch genau das mit meinem Post verhindern! Geh nicht vom Wege ab. Was ist daran nicht zu verstehen, kannst du mir das mal sagen?«

»Wie es zu verstehen ist, hängt vom Leser und vom Kontext ab«, flüsterte ich. »Und anhand meiner Antworten kann dir unmöglich verborgen geblieben sein, dass ich bei Gisbert keine Sekunde an dich gedacht habe.«

»Dafür kann ich doch nichts! Noch offensichtlicher kann ein Nickname ja wohl nicht sein, als einer, in dem der vollständige Echtname steckt. Dann: Wann hat Gisbert sich zuerst gemeldet? Kurz nachdem du mir zum ersten Mal von deiner Romanverschwörung erzählt hattest. Da muss einer schon Nitrat im Hirn haben, wenn er nicht schafft, eins und eins zusammenzuzählen!«

»Dein dämliches Rotkäppchen-Zitat fiel mitten in eine Blog-Diskussion über diese Verschwörung, wie du sie nennst. Alle rätseln über Faust, und plötzlich meldet sich ein Unbekannter, streut geheimnisvolle Warnungen, und verschwindet genauso plötzlich wieder, nachdem ich kundgebe, meine Ermittlungen einzustellen.«

»Damit hast du mir übrigens einen schönen Schrecken eingejagt, mein Lieber«, sagte Bert etwas ruhiger. »Berufliche Turbulenzen! Ich hab ernsthaft geglaubt, du willst kündigen.«

Ich schluckte. »Ach, daher das Angebot, eine eigene …«

»Tjaja. Letztlich hat der okkulte Gisbert dir über Bande zu einem Karrieresprung verholfen. An deiner Stelle würde ich ihm eine Dankeskarte schreiben, statt ihn anzuklagen.«

Ich schwieg.

Bert schwieg. Wir hatten beide unser Pulver verschossen. Bis auf:

»Hast du nachmittags vor ein paar Tagen im Olga angerufen?«

»Kenn ich nicht. Wer soll das sein?«

»Eine Kneipe in der Innenstadt. Der Potsdamer.« Ich berichtete Bert von der Warnung, die Sören der Barkeeper an Leviathans und meinem Tisch verlesen hatte.

»Sie war im Stil von Gisberts Botschaften gehalten, wir haben also angenommen, sie wäre von ihm. Was wiederum bedeutet, dass er mir gefolgt ist, woher hätte er sonst wissen sollen, wo er anrufen muss?«

»Du hast, außer mir, noch ein paar andere Leute im Blog«, sagte Bert lakonisch.

Womit ich wieder am Anfang stand.

Eine knappe Stunde saß ich auf dem Balkon und hörte der Elster zu, dann fasste ich einen Entschluss: Wenn ich an Faust auf direktem Weg nicht herankam, dann eben über sein Opfer.

Die Adresse zu finden war kein Problem. Sie stand im Telefonbuch, sogar mit zwei Dr. vor den Namen. Ich googelte die Straße. Draußen im Bornstedter Feld. Mir fiel ein, dass Anja etwas von einem geplanten Hausbau erzählt hatte. Und gleich darauf ihre noch immer ungelesene SMS vom Morgen. Mit schlechtem Gewissen zog ich mein Handy aus der Tasche.

»Was sagt das LKA zu Pauls Todesursache?«

Ich ging auf »Antworten«: *»Schädelbruch mit …«*, schrieb ich, löschte es wieder und rief sie an.

»Wie vermutet: Schädelbruch mit tödlichem Trauma. Dazu ein Haarriss am Hinterkopf mit nicht tödlichem Trauma. Das Ganze eingelegt in Alkohol und Schlafmittel.«

Anja gab ein Geräusch von sich, das dem Wimmern von Magda nach unserem ersten Sex ähnelte. »Er hatte eine Neigung zu gefährlichen Aktionen, wenn er angetrunken war. Aber ich wusste nicht, dass er auch Tabletten nahm.«

»Das wusste er vielleicht selbst nicht.«

Ich berichtete ihr von der Dosis und allem anderen.

»Erschlagen?«, hauchte sie.

»Scheint so. Übrigens, Anja – das Ganze ist hochgradig inoffiziell.«

»Verstehe.« Nach einigen Sekunden fügte sie hinzu: »Danke.«

»Gern geschehen. Er war schließlich dein Bekannter. Unter anderem aus diesem Grund möchte ich dich darum bitten, mich zu seiner Witwe zu begleiten.«

»Wozu?« Es klang erschrocken.

»Ach, ich würde mir einfach gern einen Eindruck verschaffen und, wenn es sich ergibt, das ein oder andere fragen.«

»Das hat die Polizei doch garantiert schon gemacht.«

»Ich bin aber nicht die Polizei. Und du bist ihre Freundin.«

»Eine ehemalige, ziemlich lose Freundin!«

»Auch einer losen Freundin begegnet man anders als der Polizei. Ich weiß nicht, wie du es siehst, aber je länger ich darüber nachdenke, desto weniger glaube ich, dass Hohmanns Tod etwas mit der Garnisonkirche zu tun hat. Nicht nur wegen des Schlafmittels, oder weil jemand versucht hat, ihm den Schädel einzuschlagen, bevor die Explosion ihm die Arbeit abgenommen hat. Es ist … Ich habe irgendwie das Gefühl, ein oder zwei Reihen hinter seinem Mörder in einer Straßenbahn zu sitzen und ihn zu erkennen, sobald er sich umdreht. Aber er dreht sich nicht um.«

»Dann warte halt bis zur Endstation!«, sagte Anja und legte auf.

Fünf Minuten später rief sie wieder an.

»Weißt du ihre Adresse?«

»Ja.«

Sie seufzte. »In ungefähr einer halben Stunde bin ich da. Das kostet dich einen Teller Tagliatelle piccanti im Da Vinci.«

21

Eine halbe Stunde. Wie gern hätte ich sie mit der Vorfreude auf Magda verbracht. Oder mit ihrer Stimme. Oder auch nur einer SMS, die ich den Rest des Tages in der Hosentasche hätte herumtragen können. Obwohl ich mich dagegen wehrte, beschlich mich wieder die bekannte Unruhe, in der ich stumme Dialoge mit ihr führte, sie abwechselnd umschmeichelte und beschimpfte.

»Warum quälst du mich mit diesem Gefühls-Jojo? Liebst du den Rausch, bin ich für dich so etwas wie ein Trip, auf den du dich in Abständen begibst? Dann sag ich dir mal was: Ich bin keine Droge, ich bin ein ... ein Wolf. Du hast ihn gefangen und gezähmt, jetzt fütter ihn auch, sonst geht er ein!«

»Gott, Just, mach kein Drama. Ich dir gesagt, dass ich arbeiten muss, und überhaupt ... habe ich auch neben dir noch ein Leben. Ich melde mich schon.«

»Wann? Ein eigenes Leben bedeutet nicht, dass man seinem Geliebten nicht mal ein kurzes Zeichen schicken kann!«

»Das hab ich.«

»Gestern!«

»Ja. Welche Art Zeichen möchtest du denn noch?«

»Ich weiß nicht«, quengelte ich. »Irgendwas Verbindliches, ich weiß nie, wann wir uns wiedersehen.«

»Dann mach einen Vorschlag.«

Gute Idee. Ich rief sie an und landete auf ihrer Mailbox.

Während ich nach Worten für eine SMS suchte, denen die

Notdurft nicht schon auf hundert Meter anzusehen war, klingelte Anja.

Ihr Mienenspiel verriet, dass sie mindestens genauso aufgeregt war wie ich, wenn auch aus anderen Gründen. Wahrscheinlich musste sie sich alle paar Meter die versprochenen Tagliatelle vorstellen, um nicht umzukehren. Aus ihrer Tasche stak wieder ein Blumenstrauß. Diesmal ein buntes Herbstgemisch.

Ich versuchte sie von der Harmlosigkeit unserer Aktion zu überzeugen und von der tröstlichen Wirkung, die unser Besuch auf Laetitia Hohmann haben würde.

»Vielleicht lenkt er sie für eine Weile von ihrer Trauer ab. Zumindest merkt sie, dass man an sie denkt. Und wenn gar nichts mit ihr anzufangen ist, dann gehen wir eben wieder.«

Anja nickte. Aber je näher Bornstedt kam, desto lustloser trat sie in die Pedale.

Die Stadt ging peu à peu in eine Siedlung über. Die Häuser wurden flacher, die Bordsteine höher und die Katzen zahlreicher. Dann ging die Siedlung in eine neue Siedlung über: das erweiterte Bornstedt, innerhalb von wenigen Jahren hinter dem alten auf einen Acker geworfen. Ich hatte den Eindruck, dass es hier nur zwei Sorten von Gebäuden gab: postkoloniale Fertigteil-Haziendas und Wohnwürfel.

Das Haus der Hohmanns bildete eine Ausnahme.

Mit glücklicher Hand hatte das Doktorenpaar eines der alten verbliebenen Landarbeiterhäuser ergattert und es behutsam aufgestockt und saniert. Zwischen den schreienden Pastelltönen ringsum, war sein stilles Ziegelrot eine Wohltat. In einem Carport stand ein silberner VW.

Wir lehnten die Räder gegeneinander, Anja zog den Strauß aus ihrer Tasche und entfernte mit zitternden Fingern das Papier, während ich den von häufiger Benutzung blankpolierten Messingknopf unter dem Namensschild drückte.

Man erinnert sich vielleicht an Salome, die anmutige, halbwüchsige Tochter der Herodia, die ihren Vater und seine männliche Gäste mit dem Tanz der goldenen Schmetterlinge in erotische Ekstase versetzt hatte, sich diesen Erfolg mit dem Kopf des heiligen Johannes bezahlen ließ und später Königin von Kleinarmenien wurde. Wie viel an dieser Legende dran ist, sei dahingestellt, aber als ich im Internet auf Laetitia Hohmanns Bild gestoßen war, hatte ich sofort an Salome gedacht.

Vielleicht lag es an der Haltung, den dunklen Zöpfen, die ihren Kopf umkränzten, dem schlanken Hals, dem einladenden Lächeln. Zwar hatte sie auf dem Foto ein Trachtenkleid mit hochgeschlossener Bluse getragen, aber das weckte das Fernweh nach den Landschaften darunter nur noch heftiger. Ich konnte mir mühelos vorstellen, dass zwei junge Männer, ungeachtet ihrer Freundschaft, mit Feuereifer um sie geworben hatten. Verwundert war ich eher darüber, dass es nur zwei gewesen waren.

Beim Anblick der Frau, die uns die Tür öffnete, verstand ich nicht einmal diese beiden.

Sie war kleiner als erwartet und von der biblischen Haarfülle nur ein knapper Bob übrig. Die Landschaften waren noch da, jedoch gingen Ebenen und Hügelketten stärker ineinander über als auf dem Zeitungsfoto. Die Augen waren zu stark geschminkt, wie überhaupt ihr ganzes Gesicht hinter einer künstlichen Pigmentschicht verschwand, vielleicht um es in dieser schwierigen Zeit vor zudringlichen Blicken zu schützen.

Ich hing noch meinen wehmütigen Gedanken über die Vergänglichkeit nach, als sie nach dem Strauß griff.

»Sie wollen sicher zu meiner Tochter. Sie ruht gerade, aber kommen Sie doch herein.«

»Oh, wir …« stotterte Anja.

»Wenn es keine Umstände bereitet«, sagte ich, erleichtert und beschämt zugleich. Für ihr Alter sah Laetitias Mutter noch ganz knackig aus. Früher hatte sie sicher auch Verehrer abgewimmelt wie eine Kuh die Fliegen.

Sie führte uns durch eine Diele in ein geräumiges Wohnzimmer, deutete auf ein Ledersofa und ein Schälchen Trockenobst auf einem Glastisch und fragte, ob wir Kaffee wollten.

»Wir …«, sagte Anja.

»Gern«, sagte ich.

Während in einem Nebenraum Geschirr klirrte, wanderte ich zu einem Bücherregal, das eine volle Wand des Wohnzimmers einnahm und ließ meinen Blick über die Buchrücken schweifen.

»Das ist unhöflich«, sagte Anja. Ich wandte mich um.

»Was ist unhöflich daran, Bücher anzugucken? Wären sie geheim, hätten sie sie hinter Schrankwände gepackt.«

Neben dem Regal stand ein Sideboard, auf dem eine organisch anmutende Holzskulptur von zwei Fotografien in identischen silbernen Rahmen flankiert wurde. Das eine war unverkennbar das Hohmannsche Hochzeitsfoto und bewies, dass der Bräutigam seiner Braut an Attraktivität in nichts nachgestanden hatte. Es sah aus, als hätte Fortuna in einem Anfall von Übermut die junge Salome auf den jungen Jim Morrison gehetzt, letzteren zum Friseur geschickt und dann das Aufgebot bestellt. Man mochte sich gar nicht vorstellen, was für Kinder aus dieser Verbindung einmal hervorgegangen wären.

Auf dem anderen Bild streckten zwei langhaarige Jungs mit Sonnenbrillen und Basecaps grinsend ihre linken Unterarme in die Kamera. Auf beiden fand sich das gleiche Tattoo, eine Schlange, die sich um ein verschnörkeltes L wand. Demnach war einer der beiden Paul Hohmann und der andere sein ausgebooteter Freund. Wenn man es wusste, erkannte man Paul an seinem Morrison-Grübchen im Kinn. Das des Freundes zierte ein dünner blonder Spitzbart, wie er vor einigen Jahren in Mode gewesen war, und auf einer seiner Wangen blühte ein Pickel oder ein entzündeter Mückenstich. Trotz der Maskerade war eindeutig, dass Laetitia sich für den hübscheren Teil des Duos entschieden hatte. Ich ging einen Schritt zurück. Irgendwie kamen mir die Jungs bekannt vor, so wie Leute, denen man regelmäßig im Bus oder auf der Straße oder in Geschäften begegnet, ohne ihnen besondere Beachtung zu schenken. Trotzdem bleibt ein Eindruck zurück, ein flüchtiges, undatiertes Profil in der Erinnerung. Bei Paul Hohmann hatte ich eine Vorstellung, woher sie rührte, als Jugendlicher war ich in einer melancholischen Phase kurz Doors-Fan gewesen. Der des Blonden spürte ich gerade nach, als Laetitias Mutter hereinkam und ein Tablett auf den Tisch stellte.

»So ein hübsches Paar, nicht wahr?«, seufzte sie. »Wie füreinander geschaffen. Milch und Zucker?«

»Danke«, sagte ich.

»Mehr Mich als Kaffe und eine Löffelspitze Zucker«, sagte Anja.

Ich verließ die Fotos und gesellte mich zu ihnen.

»Hat Paul seine Jacht inzwischen verkauft?«

Das Kinn von Mutter Hohmann, wie ich sie bei mir nannte, obwohl sie bestimmt Laetitias Mädchennamen trug, begann zu leicht zu beben.

»Er war gerade dabei. Am Abend, bevor ...«

Sie rannte aus dem Zimmer und kehrte mit einer Packung Taschentücher zurück, zog eins heraus und presste es sich unter die Nase. »Pardon. An dem Abend wollte er sich mit einem oder mehreren Interessenten treffen.«

Ich stellte die Tasse ab. Ein Treffen? Warum hatte Dietmar das nicht erwähnt?!

»Was sagt denn die Polizei dazu?«, fragte ich verschnupft.

»Nichts. Ich konnte es ihr noch nicht sagen, ich weiß es ja selbst erst seit vorhin. Da war ich war in Pauls Praxis, ein paar Sachen abholen und aufräumen, Laetitia ist dazu nicht in der Lage, sie bekommt schon einen Weinkrampf, wenn ich die Praxis nur erwähne. Unter einer Akte hab ich eine Inseratsseite aus der Zeitung gefunden, eine Anzeige eingekreist, und als ich genauer hingesehen habe, war es Pauls Jacht. Und darunter so ein Klebezettel mit Datum und Uhrzeit. Augenblick.« Sie machte einen Schritt zur Tür und drehte sich um.

»Wer sind Sie beiden eigentlich? Auch ehemalige Kommilitonen?«

Anjas Ohren begannen zu leuchten.

»Segelfreunde«, sagte ich. »Daher fanden wir es sehr schade, als Paul beschloss, die Jacht zu verkaufen.«

»Tja, wenn man zwei Praxen unterhalten will, muss man sich entscheiden«, meinte Mutter Hohmann und ging. Zum Glück kam sie gleich wieder, denn in den Sekunden ihrer Abwesenheit, schoss Anja Blicke auf mich ab, die mir, wären sie nur etwas materieller gewesen, zweifellos den Schädel zerschmettert hätten.

»Hier.« Sie faltete die Doppelseite einer Zeitung auseinander und strich sie auf dem Tisch glatt.

»Laetitia hat sie auch noch nicht gesehen. Bis kurz vor Ihrem Besuch war Claudius da, der kümmert sich ein bisschen um sie, er ist ja vom Fach. Ein Glück, mich lässt Letti kaum an sich heran. Und nur weil ich Paul meine Meinung gesagt habe. Was schließlich mein gutes Recht ist als Mutter. Seit er die Niederlassung hatte, war mit ihm ja kaum noch etwas anzufangen. Praxis hier, Praxis da, ein anderes Thema gab es nicht. Wie oft hat Laetitia sich am Telefon darüber beklagt. Ich meine, sie führt schließlich selbst eine Praxis, trotzdem hat sie ihn und mich nie vernachlässigt und sogar noch Freunde gehabt. Alles eine Frage der Prioritäten, hab ich zu ihm gesagt und ihn gefragt, wie Laetitia je schwanger werden soll, wenn er jeden Abend ausgebrannt neben ihr ins Bett fällt. Jetzt gibt sie mir die Schuld, sie meint, seit ich über ihren Paul hergefallen bin, hätte er sich noch mehr zurückgezogen, in die Praxis, in diverse Lokale und in sich, sonst hätte sie gewusst, wo er an dem Abend hinwollte. Nun wissen wir es«, schloss Mutter Hohmann, während sie mit dem Zeigefinger der Rechten traurig in das Inserat stach.

»Vielleicht bin ich ja wirklich schuld.«

Anja tätschelte ihr die Schulter.

»Unsinn. Paul war erwachsen. Und noch dazu Psychotherapeut, da möchte man annehmen, dass er zumindest in der Lage gewesen wäre, sich seiner Frau anzuvertrauen, wenn ihn etwas bedrückt hat.«

Statt einer Antwort schüttelte es Mutter Hohmann, als säße sie auf einer vorsintflutlichen Wäscheschleuder.

Ich nutzte ihren emotionalen Notstand, um mir die Notiz auf dem Klebezettel unter der Anzeige einzuprägen. Mittwoch, 20.30 Uhr, Marina. Ziemlich knapp. Kein Name, und den Treffpunkt fand ich, gelinde gesagt, etwas ungenau. Der einzige Potsdamer Jachthafen, von dem ich wusste, dass er diesen Beinamen trug, war ziemlich ausgedehnt.

Während die Frauen die männliche Unfähigkeit, Gefühle in Worte zu kleiden, betrauerten – ein evolutionärer Fehler, an dem augenscheinlich keine von beiden litt – murmelte ich etwas von »Toilette« und schlich davon.

Hinter der zweiten Tür wurde ich fündig. Nach einem kurzen Rundblick stellte ich jedoch fest, dass es sich um ein Gästebad handelte. Der einzige Farbtupfer in der ziemlich sparsamen Einrichtung, war eine geblümte Kosmetiktasche aus den Siebzigern auf dem Fensterbrett. Ich schloss die Tür wieder, balancierte auf Zehenspitzen am Wohnzimmer vorbei zu einer Wendeltreppe und erstieg sie behutsam, wobei ich den Hohmanns dafür dankte, dass sie sich bei der Materialwahl für etwas Granitähnliches entschieden hatten und nicht für Holz.

Oben verharrte ich einen Moment.

Ich zählte vier Türen. Hinter jeder von ihnen konnte Hohmanns schöne Witwe liegen.

Mit geschlossenen Augen versenkte ich mich in den Grundriss des Hauses und die Aufteilung des Untergeschosses. Dann steuerte ich mehr oder weniger entschieden die zweite Tür zu meiner Linken an. Voilà! Anja wäre stolz auf mich gewesen!

Wie kam ich auf Anja, Magda wäre stolz auf mich gewesen!

Gegen dieses hier war das untere Bad kaum mehr als eine Nasszelle.

Marmor an Wand und Boden, zwei schlanke Säulen, auf denen Porzellanschalen ruhten, eine freistehende Badewanne mit einem nachtblauen Teppich davor. Er sah aus, als hätte er das Lebenswerk zehntausender Seidenraupen verschlungen, nur um einen Fußabdruck von Laetitia Hohmann zu empfangen. Natürlich war das Blödsinn, niemand legt einen Seidenteppich in eine Feuchtzone, wahrscheinlich bestand er aus Mikrofasern, aber er wirkte trotzdem edel. Dieses Bad war einer Salome würdig. Eine Toilette sah ich nirgends, dafür aber ein, ebenfalls marmornes, Bord, das oberhalb der Waschbecken über die Wand lief und nur an zwei Stellen von flachen Spiegelschränken unterbrochen wurde.

Darauf fanden sich all die Wundermittel, die eine Frau schöner und eine schöne Frau glamourös machen.

Ich nahm das Stillleben von Flakons, Döschen und Quasten einen Moment in mich auf, dann öffnete ich den Spiegelschrank über dem rechten Waschbecken. Weitere Ingredienzien für den Erhalt der Jugend, Hygieneartikel, zwei Rasierapparate.

Ein Geräusch in einem der angrenzenden Räume schreckte mich auf.

Ich verriegelte hastig die Tür. Dann öffnete ich den zweiten Schrank und atmete tief durch.

Für die Hausapotheke zweier Mediziner war diese hier ziemlich übersichtlich. Pflaster, eine Flasche Hustensaft und ein Stapel Tablettenschachteln. Eine davon erkannte ich am Aufdruck, ich hatte sie heute Morgen erst um zwei Pillen erleichtert, um meinen Kater einzuschläfern.

Die anderen waren alle von einer Sorte und schläferten nicht nur Kater ein, wie ich dem Beipackzettel der obersten entnahm. Sie war quasi leer, nur eine einsame Tablette fristete noch ihr müdes Dasein. Als sich draußen erneut etwas regte, stopfte ich die Schachtel in meine Hosentasche, spurtete zur Tür und riss sie auf. Vor mir stand Laetitia Hohmann.

Oder das, was nach den Strapazen der letzten Zeit von ihr übrig war. Ihr Anblick weckte in mir den Verdacht, dass sie sogar schon vor dem Tod ihres Mannes begonnen hatten. Schock und Trauer mochten ein Gesicht aufschwemmen und die Augen röten, aber selbst ich, der Essstörungen nur aus den Medien oder aufgrund nachlässiger Vorratshaltung kannte, bezweifelte, dass ein Mensch innerhalb einer Woche derartig abmagern konnte. So wie sie da stand, war Laetitia Hohmann kaum mehr als ein Skelett mit einer Schneewittchenperücke. Ein auf tragische Weise schönes Skelett, zugegeben. Sie starrte mich an, als versuche sie, durch dichten Nebel etwas zu erkennen.

»Sie sind nicht Claudius.«

»Nein. Ich bin Justus. Ich, äh … suche die Toilette.«

Sie schien krampfhaft zu überlegen. Dann blinzelte sie ein paar Mal und wies auf die Tür neben dem Bad.

Als ich wieder ins Wohnzimmer kam, hockte Laetitia in einem Sessel und nahm geistesabwesend eine Tasse von ihrer Mutter entgegen. Die Tasse wippte bedenklich, als sie sie zum Mund führte. Anja funkelte mich vom Sofa aus an.

»Sie ist noch nicht richtig wach«, stellte Mutter Hohmann fest und nahm Laetitia die Tasse wieder ab. »Manchmal schreckt sie mitten im Schlaf hoch, weil vor unserem Fenster ein Auto vorbeifährt oder ein Hund bellt, oder weil sie die Blase drückt. Ich bringe sie dann zur Toilette, zur Sicherheit, und rede ihr gut zu, wie früher, als sie klein war, und dann schläft sie weiter. Hinterher kann sie sich meist an nichts erinnern.« Sie seufzte. »Nicht einmal daran, dass ich sie gestreichelt habe und sie es zugelassen hat, wo sie mich doch für Pauls Tod verantwortlich macht.«

»Paul hat geschwiegen«, sagte Laetitia plötzlich.

»Ja, das war schlimm für dich, nicht wahr? Willst du dich wieder hinlegen?«

»Nein«, entgegnete Laetitia und stand auf.

Ihre Mutter warf uns einen besorgten Blick zu.

»Ich glaube, ich gehe lieber mit.«

Wie auf Befehl sprang Anja vom Sofa.

»Natürlich! Vielen Dank für den Kaffee. Wir ... kommen später noch einmal, wenn es ihr etwas besser geht.«

Sie nahm Laetitias Hand und drückte sie sacht. »Bis bald, Letti. Es tut mir so leid.«

»Danke«, sagte Laetitia und sah befremdet auf ihre Hand.

»Lassen Sie mir Ihre Nummer da!«, sagte ihre Mutter, während sie ihre Tochter von Anja löste und aus dem Raum führte.

Anja schmollte. Erst als wir in der Hegelallee an einer Ampel warteten, rollte sie an meine Seite und knurrte:

»Hast du mal einen Gedanken daran verschwendet, in welche Lage du uns gebracht hättest, wenn herausgekommen wäre, dass du nie im Leben mit Laetitia segeln warst?«

Durchaus. In dem Augenblick, als ich die Badezimmertür geöffnet hatte.

»Ich hätte improvisiert.«

»Na klar. Wo warst du eigentlich die ganze Zeit?«

»Im Sanitärpalast der Hohmanns.«

Ich zog die zerdrückte Tablettenschachtel aus der Hosentasche und zeigte sie ihr.

»Laetitia Hohmann war nicht einfach nur nicht munter, sie stand unter Beruhigungsmitteln.«

»Ist mir aufgefallen.«

»Ebenso wie ihr Mann in der Nacht der Sprengung. Mich würde nicht wundern, wenn es dieselben Pillen waren, die Hohmanns haben einen halben Schrank voll davon.«

Anja machte eine Handbewegung, als verscheuche sie ein Insekt.

»Niemand betäubt und betrinkt sich vor einem Geschäftstermin.«

»Richtig. Also muss er sie danach genommen haben, kurz vor dem Betreten der Baustelle. Vorher hat er vielleicht den geglückten Verkauf der Jacht begossen, zusammen mit seinem Kunden. Oder es war ganz anders. Zwischen seinem Termin um halb neun und seinem Tod liegen sechs Stunden. Ein halber

Tag, den er sonst wo und mit sonst wem verbracht haben kann.«

»Außer mit seiner Frau.«

Ich schwieg. Laetitia war Anjas Freundin gewesen. Eine lose Freundin, aber immerhin.

»Wir wissen außerdem gar nicht, ob es sich um dasselbe Medikament handelt«, sagte sie schließlich. In ihrer Stimme schwang etwas Lauerndes. »Wolltest du deshalb zu den Hohmanns, um nach Schlafmitteln zu suchen?«

»Nein, darauf hat mich erst die schlafbedingte Abwesenheit von Laetitia gebracht.«

Die Ampel sprang auf Grün.

»Die in Anbetracht der Situation nichts Ungewöhnliches ist«, nahm Anja den Faden wieder auf, als wir die Straße überquert hatten.

»Am Vormittag? Stell dir vor, dein Liebster wäre vor einigen Tagen gestorben und du wärst von Trauer und Selbstvorwürfen zerfressen. Könntest du einfach so, noch dazu mitten am Tag, ruhig schlafen? Oder bräuchtest du dazu ein wenig chemische Unterstützung, zum Beispiel durch«, ich warf einen Blick auf die Schachtel, »Vivinox Sleep?«

Anja nagte an ihrer Unterlippe.

»Vielleicht hat dieser Bekannte ihr das Mittel besorgt«, sagte sie. »Ihre Mutter meinte, er wäre vom Fach. In diesem Fall ist das Mittel erst nach Pauls Tod ins Haus gelangt.«

Zum Abschied gab sie mir je einen punktgenauen Kuss auf jede Wange. »Mittwoch mache ich schon um vier Schluss. Um sechs könnte ich da sein.«

»Schön«, entgegnete ich, ungewiss, was ich mit dieser Mitteilung anfangen sollte. »Möchtest du mich besuchen?«

Sie hob die Brauen, die mir bogenförmiger und etwas schmaler vorkamen als früher. »Wenn du im Da Vinci arbeitest, ja.«

22

Zu Hause klemmte ich mich sofort vor meine Ermittlungsbögen, um meine Eindrücke aus Hohmann'schen Haus festzuhalten, bevor sie sich mit Alltagsgedanken vermischten und von ihnen verzerrt oder aufgesogen wurden.

Nach der Moralpredigt von Laetitias Mutter an ihren Schwiegersohn, gab mein Stift auf. Ich holte einen neuen und machte mit dem Pickel oder Mückenstich auf der Wange von Paul Hohmanns Segelfreund und Konkurrenten in Sachen Laetitia weiter. Dabei verdichtete sich etwas in meinem Kopf. Eine kleine Wolke, die sich mühsam zu materialisieren versuchte. Allein es mangelte ihr an Substanz.

Als ich fertig war, hatte ich das Gefühl, die Finger meiner rechten Hand nie wieder ausstrecken zu können. Sie würden von jetzt an zeitlebens hart und krumm bleiben, wie die Krallen meiner Elster, gerade so, dass man noch einen Stift in sie hineinschieben konnte.

Oder – mit einiger Mühe – ein Handy, um Bert nach Dietmars Nummer zu fragen.

Als Gegenleistung gab ich ihm einen Abriss über die Hohmann'sche Residenz, einschließlich Vivinox Sleep.

Bert war angemessen verblüfft.

»Könnte es sein, dass du Dietmar den Rang abzulaufen versuchst?«

»Konkurrenz belebt das Geschäft.«

»Verstehe. Das gilt übrigens auch für die Medienbranche. Wir sehen uns um sechs, schick mir vorher die neue Rezension!«

Ach du Scheiße.

Die Knastbrüder! Verlorene, ausgesperrte Seelen, im Leben wie im Bewusstsein ihrer Leser.

Ich schleppte das Buch auf den Balkon und hackte mit meinen Klauen im Rauch zweier Zigaretten eine Rezension in meinen Laptop. Dank meines schlechten Gewissens fiel sie um Einiges gnädiger aus, als die Knastbrüder es verdienten. Das

Stichwort hieß Authentizität, über Stil und Gewicht der Texte verlor ich keines.

Nachdem ich sie als mahnende Beispiele für die Konsequenzen des Abgehens vom rechten Wege empfohlen hatte, schickte ich die Rezension weg.

Zehn Minuten später kam Berts Antwort. »Haha, rechter Weg.« Unterschrieben: Gisbert.

Ich grinste und rief Dietmar an.

»Der Produktname geht aus dem Bericht nicht hervor«, sagte der Hauptkommissar mit schleppender Stimme. »Aber ich erkundige mich. Wie heißt dein Barbiturat noch mal?«

»Vivinox Sleep.«

»Ich hab's notiert. Allerdings würde es mich wundern, wenn er das Zeug zu Hause genommen hat, um sich dann aufs Fahrrad zu setzen und zur Garnisonkirche zu fahren.«

»Man muss jeder Spur folgen«, zitierte ich ihn. »Außerdem behaupte ich nicht, dass er es freiwillig genommen hat. Welchen Eindruck hattet ihr eigentlich von der Witwe Hohmann?«

»Hübsch und geschockt. Sie hat noch während unseres Besuchs ihre Mutter angerufen.«

»Stand sie unter Beruhigungsmitteln?«

»Ich hoffe nicht, als wir kamen, war sie in ihrer Praxis und hatte gerade eine Mittelohrentzündung am Wickel.«

Dietmar seufzte. »Was interessiert dich eigentlich so an Hohmann, dass du ihm sogar ins Haus schleichst? Er kommt in deinem verschwundenen Manuskript doch gar nicht vor.«

Mir gefiel nicht, wie er das Wort »verschwunden« betonte.

»Als Jugendlicher habe ich mit Begeisterung Sherlock Holmes gelesen.«

»Ach so. Hast du auch einen so fiesen Kater?«

»Ich habe meinen mit Aspirin eingeschläfert.«

»Vernünftig. Ich vertrage keine Pillen, davon bekomme ich Durchfall.«

»Versuch es mal mit Kohletabletten.«

»Davon bekomme ich Verstopfung.«

Es musste ihm wirklich schlecht gehen.

Ich nahm Dietmar das Versprechen ab, mir Bescheid zu geben, sobald er den Namen von Hohmanns Barbiturat in Erfahrung gebracht hatte und gelobte mir, ihn dafür mit dessen Jacht-Termin zu belohnen, den ich ihm aus Gründen des Vorsprungs bislang verschwiegen hatte, falls Mutter Hohmann mir nicht zuvor kam. Bislang hatte ich ihm nur die offizielle Geschichte aufgetischt: Kondolenzbesuch als seelische Stütze meiner Ex-Freundin.

»Soso, die Ex-Freundin«, war alles, was er dazu bemerkt hatte.

Mir blieben noch ungefähr zwei Stunden, bis zu dem Termin, der meine und Magdas güldene Zukunft besiegelte. So Magda denn noch an ihrer güldenen Zukunft interessiert war. Dieser Punkt bildete den Grundstein einer langsam, aber stetig wachsenden Sorge.

Der nämlich, dass unser Interesse aneinander nicht gleichwertig war. Vielleicht ging es Magda schlicht um Sex, und ich war nur zu verliebt, es mir einzugestehen. Sage einem Liebenden lächelnd, dass er dich langweilt, und er wird nur dein Lächeln sehen. Nun gut. Aber ihre Euphorie über die Aussicht, aus ihrem Kino direkt auf den brandenburgischen Sunset Boulevard katapultiert zu werden, war definitiv echt gewesen.

Trotzdem plagte mich eine Beklemmung, die ich hartnäckig zu ignorieren versuchte, indem ich dieses und jenes tat, zum Beispiel auf mein Rad zu steigen und in Richtung Jachthafen radeln.

Statt sich jedoch beleidigt zu verziehen, wuchs die Sorge weiter. Was, wenn Magda nach der ersten Freude klar geworden war, dass sie ihren zukünftigen Erfolg mit der Dauergemeinschaft eines alten Mannes bezahlen musste, der sie abgöttisch verehrte? Wenn sie fürchtete, dass ich versuchen würde, sie mit den Zuckerschnüren, mit denen ich sie gefangen hatte, zu fesseln, was nicht ganz von der Hand zu weisen war. Was, wenn sie gerade abzuwägen begann: Ruhm gegen Freiheit?

Mit bleiernen Gliedern steuerte ich mein Rad an der Markthalle vorbei, wo ihr halbes Lächeln mich vor einem Vierteljahr erstmals getroffen hatte, schleppte mich über die Breite Straße, durch die Plattenbauten am Kiewitt und am Havelufer entlang, bis die ersten Jachten vor mir aufblinkten.

In einem kleinen Restaurant namens Möwe erhielt ich einen Hinweis auf das Büro des Hafenmeisters. Ich nutzte die Gelegenheit, um die Kellnerin zu fragen, ob am Abend des vergangenen Mittwoch ein gewisser Paul Hohmann, Besitzer einer der anliegenden Jachten, hier eingekehrt wäre und erntete Betroffenheit. Bis zum letzten Sommer war Hohmann Stammkunde gewesen. In diesem hatte sie ihn nur ein Mal gesehen, und zwar an besagtem Mittwoch. Warum ich das wissen wolle.

Ich heuchelte Interesse an seiner Jacht und fügte hinzu, dass unter der angegebenen Nummer im Inserat niemand ans Telefon ginge.

Die Kellnerin starrte mich entgeistert an.

»Das liegt daran, dass … Lesen Sie keine Zeitung?«

»Nur die Anzeigen.«

»Ach so. Herr Hohmann ist … er ist verunglückt. Tödlich. Wenn Sie Interesse an der Jacht haben, fragen Sie am besten den Hafenmeister.«

»Verunglückt«, wiederholte ich lahm. »Und letzten Mittwoch war er noch hier?«

»Er hat ein Matjesbrötchen gegessen. Kurz vor meinem Feierabend um acht. Furchtbar, ein Matjesbrötchen als letzte Mahlzeit.«

Vorletzte, dachte ich. Die letzte hatte aus einer Handvoll Barbituraten auf Alkohol bestanden.

Der Hafenmeister war ein noch junger Kerl und entpuppte sich als Sohn des alten Hafenmeisters, der wegen einer Knieoperation momentan außer Gefecht gesetzt war.

Ich wiederholte meine Vorstellung, erwähnte mit monotoner Stimme den Unglücksfall und erkundigte mich, ob das Schiff nach Hohmanns Ableben noch immer zum Verkauf stünde, und wenn ja, an wen ich mich wenden solle.

Dem Blick nach hielt der Sohn des Hafenmeisters mich für ein pietätloses Subjekt. Schnaufend schlug er ein paar Mal auf die Tastatur seines Computers, riss einen Zettel von einem Block, schrieb etwas darauf und warf ihn mir hin. Die Nummer von Laetitia Hohmann.

»Rechnen Sie damit, dass es weg ist«, sagte er schadenfroh. »Herr Hohmann hatte am Tag seines Ablebens noch einen Kunden zur Besichtigung.«

»Oh«, machte ich. »Aber wenn es an diesem Tag zu einem Geschäftsabschluss gekommen wäre, müsste der dann nicht hier verzeichnet sein?«

»Hier stehen nur die Pächter der Liegeplätze. Und da ist alles beim Alten.« In seiner Stimme lag jetzt Bedauern.

»Woher wissen Sie dann von der Besichtigung?«

»Hab's gesehen. An der Loreley hängt seit einer Weile ein ›Zu verkaufen‹-Schild, und der Doktor meinte, dass er auch in der Zeitung inseriert hat. Bringt ja auch mehr.«

Mir brannte die Frage auf der Zunge, wie jener Interessent ausgesehen hatte, stattdessen erkundigte ich mich, wie die beiden Männer auseinander gegangen waren. Neutral? Zufrieden? Per Handschlag?

Der Sohn des Hafenmeisters zuckte angewidert die Achseln.

»Weiß ich nicht, auf jeden Fall spät. Nach Dienstschluss esse ich immer noch einen Happen in der Möve nebenan. Von der Terrasse aus hab ich die Begrüßung zwischen Herrn Hohmann und seinem Kunden mitbekommen. Danach sind sie auf die Jacht, und da war auch noch Licht, als Denise Dienstschluss hatte. Meine Freundin, sie kellnert in der Möve. Vielleicht war's da auch nicht mehr der Kunde, sondern ein anderer, oder es hat gefunkt zwischen den beiden. Hohmann hatte immer ein Fläschchen für Leute übrig, mit denen er über Boote reden konnte.« Er zog die Nase hoch. »Wie auch immer. Warten Sie noch ein paar Tage, bevor sie Frau Hohmann anrufen. Die hat jetzt andere Probleme als die Loreley.«

Das konnte ich aus eigener Anschauung bestätigen.

Ich sagte: »Sie sind ein guter Mensch« und ließ ihn mit offenem Mund stehen.

Eine Weile stromerte ich am Ufer umher und versuchte, unter den Jachten, die Loreley auszumachen. Aber die Familie war zu groß. An einem der Boote glaubte ich die Endung »ley« zu erkennen, es war eines der größeren, deshalb stach sie hervor. Genauso gut wie auf Loreley konnten die drei Buchstaben auch auf Medley, Manderley oder Marley hindeuten, falls der Besitzer ein Faible für entspannte Musik hatte. Nach zehn Minuten war meine Neugier erschöpft und der Sohn des Hafenmeisters, der aus irgendeinem Grund vom vorderen der beiden Stege Panoramablicke schweifen ließ, wieder in seinem Häuschen verschwunden. Wie hatte eine chinesische Lyrikerin, deren Gedichtband einmal in den Genuss einer Rezension von mir gekommen war, geschrieben: »Kein Grund mehr, zu verweilen.«

Punkt 18.00 Uhr betrat ich Berts Büro und unterbrach eine Unterhaltung zwischen ihm und dem Chief. Der Chief heißt eigentlich Dirk Magoth, aber seit einer Statistenrolle als Zehnjähriger in dem DEFA-Film »Die Söhne der großen Bärin« hält er sich für einen Indianer, der nur versehentlich in die Gebärmutter einer DDR-Bürgerin geraten war. Noch immer hängt in seinem Büro ein Foto von Gojko Mitic, und er lässt kaum eine Gelegenheit aus, Fremden wie Kollegen zu berichten, wie er seinerzeit mit Herrn Mitic in einem Tipi geschlafen hat – mehrmals hintereinander sogar, denn die Szene wurde wiederholt aufgenommen –, welches Muster seine Decke gehabt und wie Herr Mitic ihm über die Perücke gestrichen hatte. Magoths Laube in einer Babelsberger Kleingartensiedlung ist von innen angeblich komplett mit Fellen ausgekleidet, und vor Jahren hatte es Ärger gegeben, weil er in sein Laubendach eine Rauchöffnung für seine Feuerstelle gesägt hatte. Die Aktion hatte ihn um ein Haar seinen Garten gekostet.

Bei meiner Ankunft war es offenbar ausnahmsweise nicht um Indianer gegangen, sondern um Babelsberg 03 und dessen neuerlichen Abstieg in die vierte Liga. Denn gleich nach den Sioux kam bei Magoth sein Heimatverein.

»Da ist er«, meinte Bert überflüssigerweise, goss aus einer Kanne Kaffee in eine Tasse und schob sie über den Schreibtisch.

»Da ist er«, wiederholte der Chief.

»Da bin ich.«

»Und, den Kopf schon in den Wolken?«

»Bitte?«

»Ich meine, schon voller Ideen? Dann mal raus damit.«

Ich zog mir den Gästehocker heran. Magoth saß auf Berts Stuhl, Bert auf seiner Schreibtischkante. Die Situation überforderte mich ein wenig. Ich hatte mit einer klassischen Eröffnung gerechnet, einer Ansprache zur feierlichen Geburt einer neuen Sendung, einigen Eckdaten, meinetwegen auch Vorbehalten, auf die ich reagieren und dabei meine schweren Glieder lockern könnte, nicht mit einem Gespräch, das in der Mitte begann. Vielleicht war es ein Flexibilitätstest.

»Reden wir denn schon über gelegte Eier?«, fragte ich vorsichtig.

»Das sehen wir, wenn die Henne aufsteht«, sagte der Chief.

Nun denn. In Gedanken legte ich mich neben Magda ins Bett und spürte wieder das Feuer ihrer Begeisterung.

»Die Sendung richtet sich an jeden, der schon einmal in einem Buch geblättert hat. Das heißt, nicht nur an Bildungsbürger jenseits der fünfunddreißig. An die natürlich auch.«

Der Chief nickte beifällig. »Und wie soll das gehen?«

»Durch herkömmliche Buchvorstellungen, O-Ton-Lesungen und Interviews auf der einen Seite, Quize, witzige Jingles, lockere Dialoge zwischen den Moderatoren und eine besondere Rubrik namens ›Gefunden von Verloren‹ auf der anderen. So könnte übrigens auch die Sendung heißen.«

»Verloren«, giggelte der Chief.

Ich lächelte.

»Gefunden vor allem. Wir stellen ausgewählte Manuskripte talentierter, aber noch unveröffentlichter Autoren vor. Nach der Vorstellung und einem Auszug aus dem Text können Hörer anrufen und ihre Meinung äußern. An die Texte selbst gelangen wir über Aufrufe an unser Publikum.«

Bert sah mit angestrengtem Grinsen auf seinen Chef, der einen Kettenanhänger in Form eines Bärenzahns durch die Finger gleiten ließ.

»Dieser Teil der Sendung wäre ein Alleinstellungsmerkmal«, fügte ich hinzu. »Interaktiv und gleichzeitig eine Art Nachwuchsförderung.«

Magoth fuhr fort, sein Amulett zu streicheln. Dann ließ er es plötzlich fallen.

»Gewagt.«

»Nur wer wagt, gewinnt.« Etwas Schlaueres fiel mir nicht ein.

»Als Literaturscouts locken wir vielleicht Agenten und Verlage an und verhelfen bis dato unbekannten Genies zur Berühmtheit, in deren Vita unser Sender fortan einen festen Platz haben würde und umgekehrt.«

»Und wenn keine Texte kommen? Wir reden hier doch von Romanen oder Erzählbänden, nicht von Kurzgeschichten unterm Apfelbaum, wie?«

»Ich fürchte eher, dass wir mit Romanen, Erzähl- und Lyrikbänden zugeschüttet werden.«

Magoth griff erneut nach seinem Bärenzahn, und ich fragte mich gerade, ob er ihn in einem amerikanischen Reservat oder im Berliner Tierpark gekauft hatte, da klopfte er sich mit ihm zweimal gegen die Brust. Es sah aus wie eine Bitte um Einlass.

»Abgefahrene Idee, aber sie hat was. Außerdem passt sie zu Irene. Und sie gibt der Sendung eine Prägung, die sich im auch im Namen wiederfinden sollte. ›Literaturscouts‹, was haltet ihr davon? Ich höre schon den Jingle, im rauchigen Bass von Andreas Fechner, unterlegt mit Pferdegewieher und Hufgetrappel. ›Gefunden von Verloren‹ als Titel für die spezielle Rubrik setzt noch einen drauf. Zwar wird Irene da nicht erwähnt, aber es ist als Wortspiel zu gut, um es unter den Tisch fallen zu lassen. Bert hat dir sicher gesagt, dass ihr donnerstags für das gefloppte Medienkaleidoskop antretet. Wir sehen uns die Sache zunächst ein halbes Jahr an, genauer: von der Frankfurter Buchmesse bis zur Leipziger im März. Macht sie sich gut, geht's in die nächste Runde. Einverstanden soweit?«

Ich öffnete den Mund.

»Nein, ist klar«, fuhr Magoth fort. »Die Hardware fehlt. Vorschlag: Ich mach dir einen befristeten Vertr…«

»Wer ist Irene?«

Der Chief und Bert wechselten ein Grinsen.

»Irene Falke. Ehemals jüngste Stimme von Radio Cottbus. Demnächst unsere jüngste Stimme. Clever, frech, souverän und sucht eine neue Herausforderung. Spricht englisch wie ein nativ und russisch wie Putin. Ihre Mutter stammt aus Weißrussland. Dazu du, der trockene Intellektuelle, ihr werdet ein Goldpaar. Warte!«

Er rannte aus dem Raum und kehrte mit einer Autogrammkarte zurück.

»Na?«

Ich sah wie betäubt auf ein ovales Gesicht mit Puppenmund, kokettem Blick, dunklem Dutt. Hübsch. Unter mir öffnete sich ein Krater.

»… ihn umgehauen.«, hörte ich Magoths Stimme von oben. »Mir ging's auch so, als ich sie zum ersten Mal gesehen habe.«

Eine gefühlte Ewigkeit hockte ich auf der Toilette des Senders und starrte auf mein Handy, ehe ich Magdas Nummer eingab. Kaum hatte ich die letzte Ziffer gedrückt, beendete ich den Anruf und kroch zurück zu Bert.

Ich bedurfte eines Rückhalts. Dem eines offiziellen Telefonapparates, an einem offiziellen Tisch in einem offiziellen Büro. Das Korsett einer offiziellen Arbeitsstelle, von der aus rund um die Uhr erfreuliche und vernichtende Anrufe getätigt wurden.

»Ich hätte nicht gedacht, dass es dich so umwirft«, meinte Bert selbstzufrieden und hob das Tablett mit dem Kaffeegeschirr hoch.

»Ich auch nicht. Kann ich dein Telefon benutzen?«

Er deutete mit dem Kinn zum Schreibtisch und verließ den Raum.

Während der Anruf aufgebaut wurde, überlegte ich, wie ich Magdas Mailbox die Nachricht so schonend wie möglich beibringen sollte.

›Hi, es tut mir leid, dir Hoffnungen gemacht zu haben. Oder: Liebste, hör zu, du musst jetzt tapfer sein. Statt deiner zwingt man mir für die Sendung eine halbrussische kleine Kokotte auf, aber verzweifle nicht. Ich werde sie dermaßen vorführen, dass sie sich nach einem Monat nichts sehnlicher wünscht, als in die Verkehrsnachrichten versetzt …‹

»Ja?«

Ihre Stimme traf mich so unvermutet, dass mein Vokabular wie die Nadeln eines alten Weihnachtsbaumes zu Boden rieselten.

Probeweise bewegte ich meine Lippen. Dann versuchte ich einen Ton.

»Hi.«

»Hi, und weiter?« Im Hintergrund hörte ich Lachen, durchbrochen von Musikfetzen.

»Ich bin's, Just.«

Die Musik kam mir irgendwie bekannt vor.

Als Magda wieder sprach, klang sie um einiges weicher als vorher.

»Entschuldige, dass ich dich nicht gleich erkannt habe. Deine Nummer sieht irgendwie anders aus als sonst. He, wie geht's dir?«

Beschissen.

»Gut. Können wir uns treffen?«

Im Hintergrund Gemurmel und Musik.

»Oh, ich bin gerade auf einer Geburtstagsparty.«

»Ich meinte auch nicht jetzt sofort. Aber möglichst bald. Ich hab dir was zu erzählen, es hängt mit dieser Telefonnummer zusammen.«

»Du machst es spannend, Just. Gibst du mir wenigstens einen Tipp? Dann kann ich bis zu unserem Treffen darüber nachdenken.«

»Es ist die Nummer von meinem Sender.«

»Von … ah!«

Ich schloss die Augen.

»Verdammt, ich bin eben erst hier eingetrudelt«, sprudelte sie heraus. »Da kann ich unmöglich gleich wieder abhauen. Aber in zwei, drei Stunden, wenn alle Ständchen gesungen sind, seile ich mich unauffällig ab und flitze zu dir, ja?«

»Okay«, sagte ich und legte im selben Moment auf, als Bert wiederkehrte.

»Mann, Mann, wenn man dich sieht, bekommt man den Eindruck, du hättest eine Allergie gegen Karriere.«

Ich hatte Magda belogen. Statt ihr die Wahrheit zu sagen, hatte ich ihrer Traumwolke Aufwind gegeben, um sie in zwei bis drei Stunden vorsätzlich wieder herunterzuschießen. Ich war ein Sadist. Und das nur, um sie zu sehen.

Wozu sich etwas vormachen: Ich hatte aus purer Feigheit den Mund gehalten. Aus Angst, dass sie mich wie eine heiße Kartoffel fallen ließ, wenn sie von meinem Versagen erfuhr. Eine Angst, die noch von der Funkstille der letzten beiden Tage genährt wurde. Wirf kein Gewicht in die falsche Waagschale, hatte die Angst mir eingeflüstert, lieber ein falsches Gewicht in die richtige. Und dann setze alles auf die Macht der Begegnung.

Ich wünschte mir Regen auf meinem einsamen Weg vom

Sender nach Hause. Wasserpeitschen, die meine Poren unterspülten, bis ich einem Bimsstein glich: hohl, aber von Grund auf gereinigt.

Leider verwehrte der Himmel mir diese simple Art der Katharsis.

23

Vom Balkon aus, die Lunge voll Nikotin, die Füße auf einem Stuhl, über mir die Elster, sah ich dem Abend dabei zu, wie er seinen Schirm aufspannte. Die Gelassenheit, die er dabei zur Schau trug, stand in diametralem Gegensatz zu meiner Verfassung.

Die Zigarette zwischen meinen Lippen war die siebte. Nach jeder hatte ich mir fest vorgenommen, zu Magda zu fahren und dem Schrecken ein Ende zu machen, nur um anschließend wieder nervös nach meinem Tabak zu greifen.

Bei der ersten war mir aufgegangen, woher ich die Hintergrundmusik unseres Telefonats kannte. Es war die Bridge von *The other side of Summer* gewesen, ein Song der ersten CD, die ich mir nach dem Abitur gekauft und nach Jahren der Enthaltsamkeit vor einigen Tagen im Olga wieder gehört hatte. Wie es schien, teilte Sören, der Barmann, nicht nur meine Leidenschaft für Sibona, sondern auch für Elvis Costello, eine alte und rare Leidenschaft. Ich konnte mir nicht vorstellen, dass Costello auch in anderen Bars gespielt wurde. Außerdem war Magda Stammgast im Olga – was lag da näher, als dass der Jubilar unter ihren Freunden es ebenfalls war.

Doch statt hinzufahren, rauchte ich mir die Lunge schwarz und führte stumme Dialoge mit der Elster, in denen wir uns gegenseitig zu überzeugen suchten. Ich sie von der Notwendigkeit und sie mich von der unnötigen Brutalität eines vorfristigen Geständnisses. Die Elster war schlau, sie führte gewichtige

Argumente auf. Ich würde Magda die Party verderben. Sie vor dem Absturz aus den Wolken zu bewahren, wäre es jetzt ohnehin zu spät, nachdem ich sie nun schon einmal dort hinaufkatapultiert hatte. Dagegen konnte ich nur den zunehmenden Verschleiß meiner Nerven ins Feld führen.

Selbstsüchtiges Motiv, bemerkte die Elster völlig richtig. Und dann fügte sie hinzu: Was ist nur an diesem Mädchen, dass du es nicht mal ein paar Tage ohne sie aushältst?

Sie unterstrich die Frage durch ärgerliches Gehämmer gegen die Regenrinne, dann flog sie davon.

Gegen Ende der neunten Zigarette rief Dietmar an.

Er entschuldigte sich für die späte Meldung. Er hatte sich nachmittags ein paar Stunden hinlegen müssen und eben erst die Notiz eines seiner Kommissare gefunden, der den Anruf aus der Gerichtsmedizin entgegengenommen hatte.

Wirkstoffen und Zusammensetzung nach entsprach Vivinox Sleep dem Barbiturat aus Hohmanns Blut. Allerdings gäbe es fast identische Produkte von anderen Herstellern, sagte Dietmar. Genaueres in einigen Tagen nach weiteren Untersuchungen.

Wie ich mir vorgenommen hatte und auch aus Dank für die Ablenkung, revanchierte ich mich mit dem Bericht der Witwenmutter über Hohmanns Verabredung im Jachthafen.

Statt mir dankbar zu sein, reagierte Dietmar sauer.

»Warum kommst du erst jetzt damit an und nicht vorhin, als du mich wegen des Vivinox belatschert hast?«

»Ich wollte der Witwenmutter bei der Erfüllung ihrer Bürgerpflicht nicht in die Parade fahren.«

»Gerade bist du's.«

»Nur um sicherzugehen, dass sie es nicht vergessen hat.«

»Sie hat dran gedacht, aber zu spät. Das Hafenbüro hatte schon zu, als unser Mann dort ankam. Und die Bedienung in der Klause nebenan wusste nur, dass Hohmann am Abend vor seinem Tod in der Marina war. Aber nicht, wie lange und mit wem. Sie hatte zwar die Nummer vom Hafenmeister, aber aus dem war auch nicht viel mehr herauszuholen. Nebenbei war unser Mann nicht der Erste, von dem die beiden heute nach Hohmann gefragt worden ist. Interessant, wie?«

»Ja«, sagte ich verlegen. »Vielleicht ein weiterer Interessent für die Jacht?«

»Möglich. Oder ein gelangweilter Literaturrezensent.«

»Man darf nichts ausschließen. Aber wenn, hat er auch nicht mehr erfahren als dein Kollege. Höchstens, dass es sich bei Hohmanns Mittwochtermin um einen Mann gehandelt hat, dass noch lange nach seinem Eintreffen Licht auf der Jacht brannte und Hohmann für Bootsfreunde immer gern bereit war, das ein oder andere Weinfläschchen zu öffnen, was die 1,5 Promille erklären könnte.«

»Herzlichen Dank. Ich gebe dir Bescheid, wenn meine Stelle neu ausgeschrieben wird«, knurrte Dietmar.

Das Telefonat hatte mich etwas entspannt. Es hatte meine spontane Eingebung im Haus der Hohmanns mehr oder weniger bestätigt, und auch wenn noch einige Fäden lose in der Luft hingen, besaß ich jetzt wenigstens eine Richtung, in die ich denken konnte. Dafür war ich Dietmar dankbar, und die Dankbarkeit brachte mich auf eine Idee. Wenn Fausts Manuskript auch verschwunden war, so fand ich vielleicht zumindest noch den Umschlag, in dem es gesteckt hatte. Sicher kein Meilenstein aus ermittlungstechnischer Sicht, aber immerhin einer mit der Handschrift des Absenders und seinen Fingerabdrücken. Na gut: Neben meinen, denen einiger Postangestellter und Pachulkes. Pachulke wäre sicher begeistert über eine Vorladung ins LKA.

Nach einigem Wühlen in meiner Altpapierkiste wurde ich fündig. Etwas angeknittert und mit einem Kaffeefleck verziert, damit musste Dietmar leben. Ich studierte die leicht geneigten Blockbuchstaben meiner Adresse. Dann trug ich den Umschlag in die Küche, klemmte ihn unter den Wasserkocher und ging ins Bad, um mir den Tabakpelz von den Zähnen zu bürsten.

Um elf brach ich auf. Die Elster hatte sich nicht mehr gemeldet, sicherlich schlief sie in ihrem Nest aus Fundstücken. Damit fehlte mir der Widerpart für weitere Diskussionen über einen Überraschungsbesuch im Olga und dessen mögliche Folgen für Magda und mich, und damit wurden die Stimme meines Gewissens und der Sehnsucht immer lauter.

Vor der Bar standen zwei Teenager und stippten zum Takt der Musik, die durch die Tür herausdrang, Asche auf den Bürgersteig. Es war nicht mehr Costello, sondern eine mir unbekannte Band mit einem androgyn klingenden Sänger.

Ich überlegte kurz, ob ich mich zu ihnen gesellen und die Strapazierfähigkeit meiner gesättigten Lungen testen sollte, entschied mich aber dagegen, aus Furcht, am Ende wieder umzukehren.

Im Gastraum empfing mich ein ähnliches Gedränge wie Faust es für das Treffen zwischen Veit und den beiden AGV-Jungs beschrieben hatte. Jeder Tisch war bis auf den letzten Platz besetzt. Wer keinen mehr abbekommen hatte, hockte auf Schößen oder klebte an der Bar, hinter der ein Mädchen und ein junger Mann mit Gläsern jonglierten. Von meinem Costello-Fankollegen Sören war ebenso wenig zu sehen wie von Magda.

Ich schob ich mich durch den Raum, rempelte Leute an, wurde angerempelt, aber das machte niemandem etwas aus. Vielleicht gehörte das Rempeln hier dazu, als eine Art unverbindliche Kontaktaufnahme, auf die einging wer mochte. Offenbar war mein Typ nicht sonderlich angesagt, denn nur ein Hüne in einer abgewetzten Lederweste sah mich nach einem versehentlichen Stoß fragend an und sagte: »Hi.«

»Hi. Hast du Magda gesehen?«

Er drehte sich um und deutete zwischen einigen Gästen hindurch auf einen braun gelockten Hinterkopf zwischen einem blonden und einer Glatze.

»Nein, ich meine eine Rothaarige. Etwa so groß«, ich hob eine Hand etwas unterhalb der Schulter an die Brust, »und sie lächelt, indem sie nur einen Mundwinkel verzieht. Mit den Brauen macht sie es genauso.«

Der Hüne glotzte mich an wie eine seltene Blume.

»Frag am besten Jule.«

Er zeigte zur Bar, wobei er einer jungen Frau aus Versehen das Handy aus der Hand schlug. Beim Aufheben verschüttete er Bier aus seinem Glas und kickte mit dem Hinterteil ein Leichtgewicht gegen einen Stuhl, wo es von einer drallen Blondine aufgefangen wurde.

Unter gemurmelten Entschuldigungen quetschte ich mich zwischen die Handybesitzerin und ihren Begleiter an den Tresen.

Der Barmann blickte flüchtig auf und fuhr fort, Wein in Gläser zu füllen und sie auf einem Tablett zu platzieren, auf dem schon Bierflaschen und ein Glas mit einer blutähnlichen Flüssigkeit standen.

Seine Kollegin, die, wie ich nun wusste, Jule hieß, ließ Wechselgeld in eine Kasse rieseln, stieß sie zu und lächelte mich auffordernd an.

Ich bestellte ein Sterni und fragte nach Magda.

»Da«, sagte sie und zeigte auf denselben Hinterkopf wie vorher der Hüne. Und wie er wirkte sie ratlos, als ich meine Beschreibung wiederholte.

»Seid ihr verabredet? Dann warte einfach. Irgendwann wird sie schon kommen.« Sie drehte sich zum Kühlschrank um und holte eine Sektflasche heraus.

»Feiert hier zufällig jemand Geburtstag?«, fragte ich.

»Keine Ahnung.« Mit sparsamen Handgriffen entfernte Jule die Manschette der Flasche. Dicht neben meinem spürte ich plötzlich die aufdringliche Wärme eines anderen Gesichts.

»Noch 'ne Runde für die Doppelköpfe.«

»Seit wann bringe ich Runden an Tische?«, fragte Jule und ließ den Korken springen. Schaum sprudelte aus der Flasche, den sie geschickt in einem Glas auffing. Ihr Kollege hob sein gefülltes Tablett und begann sich brüllend einen Weg durch die Menge zu bahnen.

»*Er* tut es«, sagte ich.

»Was?«

»Runden an Tische bringen.«

»Das ist für die Vereinssitzung«, sagte Jule.

Vereinssitzung. Vielleicht war die Belegschaft der Bar in einem Verein organisiert und tagte gerade. Das würde das Fehlen von Sören und Costello erklären. Aber ich war nicht wegen eines Barmannes, sondern wegen Magda hier. Und dass ich sie nicht antraf, konnte zweierlei bedeuten. Erstens: Sie hatte aus einem anderen Lokal oder einer Privatwohnung angerufen, deren Inhaber, so ungeheuerlich es klang, auch Costello-Fan war. Irrwitziger Gedanke: Vielleicht war es sogar Sörens Wohnung und er das Geburtstagskind.

Zweitens: Sie hatte von hier aus angerufen, aber die Geburtstagsgesellschaft war umgezogen, weil es im Olga zu voll geworden war.

»Hattest du gegen halb sieben auch schon Dienst?«, fragte ich Jule, als sie dem Botschafter der »Doppelköpfe« einen Pulk Flaschen überreichte.

»Nee, wir haben um acht übernommen. Wieso?«

»Weil ich mit der bewussten Magda kurz vor acht telefoniert habe. Da war sie hier.«

»Ach so. Das war noch Sören. Aber von einer Party hat er nichts erzählt.« Sie klickte weitere Flaschen auf.

»Warum rufst du deine Freundin nicht einfach an und fragst sie, wo sie ist?«

»Ich wollte sie überraschen.«

Gleichzeitig setzte ich auf meiner Liste der Möglichkeiten ein Ausrufungszeichen hinter Variante zwei: Verlagerung der Party irgendwann nach unserem in Anwesenheit von Sören und Costello geführten Telefonat. Zielort unbekannt. Unbekannt auch, wann Magda sich von dieser Party abseilen und zu mir fahren würde, um vergeblich an meiner Tür zu läuten, weil ich anderthalb Kilometer von meiner Wohnung entfernt wie ein Idiot in einer vollen Bar herumstand.

Fluchend stieß ich mich vom Tresen ab und rannte – in einen Körper.

»Hi«, sagte Leviathan verblüfft. »Hast du das Olga zu deiner neuen Stammkneipe erkoren?«

»Noch nicht, ich hab gehofft, eine Freundin hier zu treffen. Und aus welchem Versteck bist du gesprungen?«

Leviathan war einen kurzen Blick über die Schulter.

»Wir haben Sitzung. Ich muss nur mal aufs Klo.«

Vereinssitzung. Etwas löste sich aus dem Geröll meiner Erinnerung. Der Flyer. Nicht der, den Leviathan mir gegeben hatte, sondern der aus dem Spender vom AGV-Büro.

»Ach. Worum geht's?«

Leviathan kratzte sich am Kinn.

»Ursprünglich ums Mercure. Aber laut eines unserer Mitglieder steht uns wegen der Garnisonkirchensache die Polizei ins Haus. Das hat Vorrang, unseren Vorsitzenden und den Kassenwart haben sie schon vernommen. Wir müssen uns verständigen, du weißt schon.«

»Wegen des toten Winkels?«

»Zum Beispiel.« Leviathan grinste leicht. »Gibt's was Neues in deinem Fall?«

»Wie man's nimmt. Ich habe herausbekommen, dass Faust nicht mit Gisbert identisch ist. Und wie es aussieht, hat er meine Observierung aufgegeben. Dafür hat sich ...«

»Nicht Gisbert?«

»Nein.«

Leviathan kratzte sich das Kinn.

»Seltsam. Lass uns mal in Ruhe darüber reden, ich hab ja deine Nummer. Momentan hab ich's ein bisschen eilig, die warten da drinnen auf mich.«

»Ich muss auch los, hau ran!«

Er nickte, bestellte zwei Sternis und Tomatensaft und wandte sich in Richtung der Toiletten. Ich tippte ihm auf die Schulter.

»Entschuldige, aber sitzt unter Euch da drinnen zufälligerweise eine Magda?«

»Das fragt er jeden«, sagte Jule.

Leviathan runzelte die Stirn. »Nein, warum?«

»Wegen des Tomatensafts. Vergiss es.«

»Tomatensaft ist gerade hipp«, meinte Jule. »Besonders mit Salz und Tabasco. Ich hab heute bestimmt schon vier verkauft.«

Was nicht gerade viel war, zumal zwei davon in die Vereinssitzung gewandert waren, dachte ich, als ich mich zur Tür kämpfte.

Ich schlief, als sie kam. Irgendwann während des Wartens hatten die Aufregungen der letzten Tage mich eingeholt. Noch unterwegs hatte ich Magda eine SMS geschrieben.

»Alles okay«, hatte sie geantwortet, *»hier ist Karaoke-Battle, bin im Halbfinale, nicht einschlafen! Kuss.«*

Danach hatte mein Geist offenbar aus präventiven Gründen beschlossen, sich abzuschalten.

Das Schrillen der Klingel warf mich vom Sofa. Benommen rappelte ich mich auf und tappte in den Flur.

Magda stand mit zerrissener Hose, geröteten Wangen und glänzenden Augen vor der Tür und lächelte mich schief an.

»Bin in die Speichen gekommen«, sagte sie. Ihre Sprache verriet, dass man auf ihrer Party nicht nur Tomatensaft ausgeschenkt hatte. Aber das war egal. Hauptsache, sie war da.

Sie boxte mich in den Bauch.

»Du siehst aus, als ob du mich fressen willst.«

Bevor ihre Faust mich traf, fing ich sie auf und zog sie an mich.

»Nein, das wäre ein zu kurzlebiges Vergnügen.«

Bevor ein falscher Verdacht entsteht: Ich bestand nicht darauf, mit ihr zu schlafen. Wichtiger war mir ihr Duft – wenn auch mit Weindunst durchmischt –, ihre Stimme, die Linien ihres Körpers unter meinen Händen, und selbst darauf hätte ich für die Gewissheit verzichtet, dass diese Begegnung eine von vielen weiteren und nicht die letzte war.

Magda durchkreuzte meine Opferbereitschaft, indem sie sich aus meiner Umarmung wand, ins Schlafzimmer tänzelte und sich auszog. Dabei redete sie wie ein Wasserfall. Sie hätte die Karaoke um ein Haar gewonnen, Schuld an ihrem Misserfolg sei nur ihre letzte Konkurrentin gewesen, die sich während des Finales ihres Shirts entledigt und in einem schwarzen, durchsichtigen Top weitergesungen habe, um das Publikum in den Genuss ihres Fregattenbusens zu bringen. Eine Frechheit, die belohnt worden war. Dabei deutete sie seufzend auf ihren Busen, der nichts von einer Fregatte hatte, sondern eher zwei kecken Ruderbooten ähnelte, die kieloberst auf weißem Strand lagen.

Magda kam zu mir und bettete sie in meine Hände.

»Bei mir hättest du gewonnen«, murmelte ich und spürte, wie mein Hauptmast gegen die Vertäuung ankämpfte.

Ich sagte eben, ich hätte in dieser Nacht für ihre bloße Anwesenheit auf Sex verzichtet, aber als wir kopfüber ins Bett fielen, war ich dennoch mit Freuden ihr Kapitän. Manchmal eng umschlungen, manchmal nur durch meinen Mast verbunden, segelten wir durch hohe See, erklommen Wellenkämme und ritten mit angehaltenem Atem auf ihnen, bis wir nicht mehr konnten und jauchzend in die Tiefe stürzten.

Das heißt, Magda jauchzte, während ich selbst auf dem Höhepunkt der Lust den dunklen Felsen sah, der auf uns wartete. Als wir nach Ewigkeiten anlandeten, verspürte ich stärker denn je das Bedürfnis, sie in den Arm zu nehmen, wie ein Kleinkind zu liebkosen und zu wiegen, aber sie entglitt mir und schwamm zum Fußende des Bettes, um an meinen Zehen zu saugen. Eine aufregende Erfahrung, der ich mich nur leider nicht recht hingeben konnte.

Nach einer Weile schwamm sie wieder zu mir herauf.

»Alles in Ordnung?«

»Ja, ich bin nur völlig platt.«

Ich streichelte ihr Haar. Im Licht der Bettlampe sah ich, dass es am Ansatz etwas dunkler war und fragte sie nach ihrer natürlichen Haarfarbe. Mir war bewusst, dass ich damit nur Zeit schinden wollte.

Frage etwas, dann wirst du nicht gefragt.

»Braun. Aber das sage ich nur, weil sie nicht direkt schwarz und auch nicht blond oder grau ist. Im Grunde ähnelt sie Gartenerde. Gartenende sieht auf einem Kopf ziemlich langweilig aus, deshalb färbe ich, wie fast alle Gartenerde-Mädchen. Andernfalls wäre ich dir wahrscheinlich nie aufgefallen.«

»Doch.«

»Hinterher ist es immer leicht, so etwas zu sagen.«

Ihre Hand wanderte schon wieder zu meinem Mast.

»Wenn du willst, lass ich mir das Rot rauswachsen und pinsele nichts drüber. Dann hast du mich ganz bio. Wenn ich mir dann auch noch eine Brille zulege, gebe ich optisch sogar die perfekte Literatursendungs-Moderatorin ab. Wie fändest du das?«

Zunächst einmal hielt ich die Luft an. Darauf ihre Hand. Sie zappelte in meiner, wollte wieder zu ihrem Spielplatz. Und ganz offensichtlich hatte der Spielplatz nichts dagegen. Zögernd ließ ich die beiden wieder zueinander.

»Du wolltest mir noch erzählen, wie es war«, sagte Magda, während sie mit den Fingernägeln über meine Hoden strich. »Am Telefon klangst du ziemlich aufgeregt. Haben deine Leute meine Idee mit den unveröffentlichten Manuskripten geschluckt?«

»Ja. Der Chief brauchte eine Weile, bis er ihr Potenzial erkannt hat, aber dann war er hin und weg.«

Augenblicklich ließ Magda von mir ab.

»Siehst du? Ich hab's gewusst! Himmelherrgott, wann soll's denn losgehen?«

Ich leckte mir über die Lippen.

»Zur Frankfurter Buchmesse.«

Sie setzte sich auf.

»Das … sind nur noch zwei Wochen!«

»Hm.«

»Zwei Wochen«, wiederholte sie schaudernd. »Just, wir müssen uns vorbereiten, wir brauchen dringend ein unveröffentlichtes Manuskript, einen Ablaufplan oder wie das heißt, Jingles und all so was.«

»Natürlich, aber nicht mehr heute Nacht.«

Ich zog sie zu mir, und diesmal ließ sie es geschehen. Ich verbarg mein Gesicht in ihrer Halsbeuge und schwor mir, noch einmal mit Chief Magoth zu reden. Entweder er gab mit Magda als Co-Moderatorin, oder er konnte seine jüngste Stimme von Cottbus allein über Bücher lamentieren lassen. Dummerweise hatte ich eine ungefähre Ahnung davon, wie er reagieren würde.

In seinem Innersten war Magoth Indianer, und Indianer ließen sich nicht einfach so die Pistole auf die Brust setzen. Der Chief würde also sein Kriegsbeil erheben. Und ich …

Ich schmiegte mich an Magda, versteckte mich in ihren Locken und fühlte mich angesichts meiner Kapitulation schon jetzt wie ein Schwein.

Im ersten Morgendämmer stand ich auf.

Magda lag leise schnarchend, mit freiem Oberkörper an der Bettkante. Ich deckte sie behutsam zu und ging in die Küche.

Dort ließ ich mir ein Glas Wasser einlaufen. Trank einen Schluck, schüttete den Rest weg und kochte Kaffee. Wenn ich schon wach war, wollte ich wenigstens richtig wach sein. Schwierig, nach nur einer komatösen Stunde auf dem Sofa.

Als ich die Kardamomkapseln in den Mörser löffelte, ließ ein plötzliches Ziehen im Magen mich innehalten. Ich betrachtete die winzigen Kapseln. Sie waren bräunlich, rund und ähnelten Hirse. Es war nichts Auffälliges an ihnen. Auch nicht am Vorgang des Zerkleinerns, den ich nach fast zehn Jahren schon automatisiert hatte. Mörser, Kapseln, mahlen, pusten, mahlen, pusten, zum Kaffeepulver in die Tasse und mit Wasser aufbrühen.

Aber da war dieses Ziehen. Dergleichen kannte ich aus Schulzeiten, wenn ich bei einer Klausur auf eine Aufgabe gestoßen war, vor der ich innig gehofft hatte, sie käme nicht dran.

Oder vom Ende meiner Beziehung mit Anja, als ich in ihrem Nacken den violetten Fleck entdeckt hatte. Sie hatte versucht, ihn unter einem Tuch zu verbergen, aber im Bett trug man für gewöhnlich keine Tücher. Ich hatte nichts gesagt, von da an jedoch waren mir immer mehr Kleinigkeiten aufgefallen. Ein neues Paar Schuhe, eine plötzliche Vorliebe für Element of Crime, die sie früher verachtet hatte, und wenn sie mit mir schlief, war sie aktiver und benutzte Ausdrücke, die mich aus ihrem Mund befremdeten. Natürlich hatte ich auch den Brief auf meinem Schreibtisch gesehen, aber seine Bedeutung war mir erst nach den Beobachtungen aufgegangen, auf die der violette Fleck mich gestoßen hatte. Vorher hatte ich ihn einfach für den Brief eines Verehrers gehalten, mit dem Anja ein bisschen angeben wollte. Noch dazu einer mit der Schrift eines Fünftklässlers.

Als sie mir schließlich ihr Verhältnis mit dem Lachsack gebeichtet hatte, wusste ich es längst und wartete seit geraumer Zeit darauf, dass es sich von allein wieder erledigte. Ein Typ mit der Schrift eines Fünftklässlers, also bitte.

Erst als Anja schluchzend die Trennung eingereicht hatte, war meine Ruhe ins Wanken geraten. Aber da war es zu spät gewesen.

Und jetzt wieder dieses Ziehen. Nicht wegen eines Knutschflecks oder einer Vektorrechnung, sondern wegen eines halben Löffels Kardamom.

Das Wasser begann zu sieden.

Mechanisch zog ich den Manuskript-Umschlag unter dem Kocher hervor und goss den Kaffee ohne Kardamom auf.

Mechanisch trug ich Tasse und Umschlag zum Tisch, setzte mich, stand wieder auf und klaubte einen Zettel aus der Ablage neben dem Kühlschrank. Ich legte beide Schriftstücke vor mich hin und hob die Tasse, als könnte sie mich vor ihnen schützen.

Dieselben Blockbuchstaben, leicht nach rechts geneigt.

Ich redete mir ein, dass viele Leute so oder so ähnlich schrieben. Aber eine Zeile auf dem kleineren der beiden Schriftstücke brannte mir in den Augen: *»Ich hoffe, der Kaffee ist nach deinem Gusto.«*

Er war nach meinem Gusto gewesen. Von der Temperatur abgesehen, hatte jener von Magda nach unserer ersten Nacht aufgebrühte Kaffee geschmeckt wie immer, vielleicht sogar besser, viel besser jedenfalls als dieser hier. Denn diesem hier fehlte die würzige Quintessenz des Kardamoms. Jener hatte sie gehabt, nur war es mir nicht aufgefallen, weil man gemeinhin nur Abweichungen vom Gewohnten bemerkt. Dabei hätte gerade das mich stutzig machen müssen.

Unglücklich versuchte ich mich vor dem zu verschließen, was jetzt folgen würde, so wie es damals auf die Entdeckung des Flecks auf Anjas Hals gefolgt war. Und es tröstete mich in keiner Weise, dass ich, anders als damals, nicht einmal auf das Auftauchen seltsamer Kleinigkeiten zu warten brauchte. Sie lagen alle vor mir, Splitter im Kaleidoskop der letzten anderthalb Wochen.

Wie ein getroffener Hirsch wankte ich zum Schlafzimmer und legte meine Wange an die Tür, hinter der eine Frau schlief, die ich liebte, obgleich ich kaum etwas von ihr wusste.

»Sag mir, dass du mit all dem nichts zu tun hast, Magda«, flüsterte ich.

Hinter der Tür blieb es still. Mit etwas Phantasie ließ sich höchstens ein leises Schnarchen erahnen.

Magda. Wenn es denn ihr Name war.

Ich verteufelte mich dafür. Aber einmal angestoßen, konnte ich nicht anders.

Ich fand ihre Tasche im Flur und trug sie in die Küche. Eine kleinere Ausgabe einer Sporttasche, türkisblau mit gelben Streifen und einem Außenfach.

Noch gab ich nicht auf, noch wisperte eine Stimme mir ein,

dass der Kardamom kein Beweis war. Wer sollte einem anderen Menschen schließlich verbieten, seinen Kaffee auf dieselbe Weise wie ich zu trinken? Und selbst wenn nicht, hatte Magda eben die Dose mit dem Gewürz gefunden und sich, da sie ein kluges Mädchen war, ihren Teil gedacht. Demnach suchte ich in ihrer Tasche genau genommen nicht nach Indizien für ihre Schuld, sondern für ihre Unschuld. Und am besten geeignet schien mir dafür ein Ausweis oder anderes persönliches Dokument.

Zu meiner Enttäuschung fand ich keins. Nur ein Schlüsselbund, den Geldbeutel, den sie seinerzeit nach Kleingeld durchstöbert hatte, erdbraune Wimperntusche, ein Buch ihres neuen Lieblingsautors mit dem sphärischen Titel *Frau in den Dünen* mit einer zwischen die Seiten geschobenen Karte, die mir sagte, dass sie es schon fast zur Hälfte durch hatte, den Rest einer Rolle Minzdragees und einen einzelnen Strumpf. In der Außentasche einen Bierfilz in den Farben von Babelsberg 03, mit einer darauf gekritzelten E-Mailadresse und einen flachen Stapel AGV-Flyer, durch einen Gummi zusammengehalten. Ich blätterte ihn wie ein Daumenkino durch, während ich gegen den zunehmenden Lärm meines Pulses auf die flüsternde Stimme lauschte. Warum sollte Magda keinen Flyerstapel von AGV mit sich führen? Wahrscheinlich hatte ihn ihr jemand auf der Geburtstagsparty mit der Bitte in die Hand gedrückt, sie irgendwo auszulegen. Ein Mitglied vom AGV oder einer aus dessen Speckgürtel, warum nicht, in einer so überschaubaren alternativen Szene wie der von Potsdam kannte man einander. Der Bierfilz bestätigte nur, dass sie tatsächlich im Olga gewesen war. Ob gestern oder früher, blieb offen. Die Maildresse kannte ich nicht, wie auch, bei meinem bescheidenen Wissen über Magda.

Zumindest ihr Job im UCI stimmte. Es gab auch keinen Grund an ihrem Wunsch nach Popularität zu zweifeln. Ebenso wenig wie an ihrem erdfarbenen Naturhaar. Erdfarben, dunkel – wie das von Anjas ehemaliger Praktikantin, die sich erst von Manuel über meine Kaffeegewohnheiten unterrichten lassen und ihn dann, mit einer falschen Adresse, auf den Weg in die Hölle geschickt hatte. Wieder das ziehende Gefühl im Magen.

Um mich davon abzulenken, schlug ich Magdas Buch an der Stelle auf, an der die Karte steckte. Es war eine Postkarte, mit einem Gruß aus dem Erzgebirge und den üblichen Motiven. Eine Baude, Nadelbäume, ein Skiabhang, alles mit Schnee gepudert.

Bevor ich sie umdrehte, entschuldigte ich mich innerlich bei Magda. Fremde Post zu lesen gehörte gewiss nicht zu meinen Gewohnheiten. In diesem Fall jedoch musste ich es tun, um sie zu entlasten. Oder den harten Klumpen in meiner Brust zu zertrümmern, was aufs selbe hinauslief.

Beim ersten Blick auf die Adresse begann er zu bröseln. Die Karte war weder an Magda noch eine Luka adressiert, sondern an eine Isabella Sonntag. Doch die Erleichterung währte nur, bis ich Straße und Hausnummer las. Anja würde bestätigen, dass ich unter einer partiellen Demenz leide, nämlich, was das Merken von Adressen und Telefonnummern betrifft. Ausnahmen sind meine eigene und Adressen, die ich gerade besucht habe. Und von dieser hier hatte ich noch ziemlich frische Bilder vor Augen:

Eine marode Villa neben einer Tankstelle. Eine Katze, die mit dem Kopf eine Tür aufstieß, und ein efeuumranktes Klingelschild mit zu vielen Namen für die Anzahl der Wohnungen. Der AGV war darunter, die anderen hatte ich mir nicht gemerkt, wohl aber ein grasgrünes MIFA-Rad, das zwischen anderen im Hof gestanden hatte.

Die Atome des Klumpens schlossen sich fester zusammen denn je. Ich fühlte mich, als würde ich mit Beton ausgegossen. Was er an Flüssigkeit verdrängte, sammelte sich in meinen Augen. Ich blinzelte ein paar Mal, ehe ich mich daran machte, den Text der Karte zu entziffern.

Küsse aus dem Irrenhaus im Schnee. Freud hätte seine Freude, könnte er diese Frosttherapie miterleben. Es geht hier in jeder

Hinsicht bergauf. Bis bald, mit kaiserlichen Grüßen nach Kastilien: C.

Sei es, weil auch mein Gehirn sich allmählich mit Beton füllte oder weil es sich in die Gnade der Einfältigkeit rettete: Ich verstand kein Wort. Also klappte ich das Buch zu, steckte die Karte in meine Bademanteltasche und überließ mich meinen Beinen. Sie führten mich aus der Wohnung, die Treppe hinunter in den Hof.

Kein Fahrrad.

Ich fand es vor dem Haus, an die Wand gelehnt und nicht abgeschlossen. Ein Wunder, dass es noch da war.

Im Kegel der Straßenlaterne wirkte sein Grün so gelblich wie das schlaffe Gänseblümchen unter der Klammer des Gepäckträgers. Ich fummelte es heraus und steckte es in die Tasche meines Bademantels.

Eines der Fenster von Pachulke war erleuchtet. Das Licht hinter den vergilbten Stores erschien mir wie das Blinken eines Leuchtturms einem Schiffbrüchigen.

Ich zog den Gürtel des Bademantels enger, ging hinein und klingelte an seiner Tür.

Nach einer Weile hörte ich ihn brummelnd heranschlurfen.

Auch Pachulke trug einen Bademantel, in einer Hand hielt er eine kleine goldfarbene Gießkanne für Zimmerpflanzen.

»Schlüssel wieder weg?«, fragte er und warf einen amüsierten Blick auf meinen Aufzug.

»Nein. Nur eine Frage unter Frühaufstehern.«

Er lachte knarrend und winkte mich herein. Ich schüttelte den Kopf.

»Danke, ein andermal, ich hab Besuch oben.«

»Die Aktuelle oder die Schöne?«

»Die … Apropos: Bei unserem Gespräch letztens über Frau Frieses Katze und meinen Stalker erwähnten Sie neben dem jungen Mann mit Kuriertasche auch meine Aktuelle. Wie meinten Sie das?«

»Wie soll ich was gemeint haben?«

Pachulke stellte die Gießkanne behutsam irgendwo hinter der Tür ab.

»Im Allgemeinen meine ich etwas so, wie ich es sage, Jungchen. Sie war ja nun nicht nur einmal hier, nicht?« Er grinste.

»Interessant fand ich nur, dass sie ihr gleich einen Schlüssel gegeben haben, so kurz wie Sie sich kennen. Wobei, vielleicht kennen Sie sich ja schon länger, und Sie haben sich bisher nur geweigert, ihr Ihre Wohnung zuzumuten, was …«

»Wie kommen Sie darauf, dass ich ihr einen Schlüssel gegeben habe?«, unterbrach ich ihn mit einem Gefühl, für das das Wort alarmiert eine ungenügende Beschreibung wäre.

In Pachulkes Augen blitzte der Wächter auf. »Haben Sie nicht?«

»Ich habe zuerst gefragt.«

»Stimmt. Folgendermaßen: Die Kleine schmeißt ihr Fahrrad gegen die Wand unter meinem Küchenfenster. Sie klingelt. Ich höre jedes Klingeln Jungchen, ob ich will oder nicht, das ist der Nachteil, wenn man direkt neben der Haustür wohnt. Der mit der Kuriertasche damals hat eine Weile gewartet, dann ist er wieder gegangen. Aber nicht die Kleine. Ich würde natürlich keinen Eid darauf ablegen, ob sie wirklich einen Schlüssel besaß, aber dafür, dass die Haustür geklappt hat und jemand die Treppe rauf ging. Bald darauf kam jemand wieder runter, Türklappen und dann hatte ich durch das Küchenfenster Aussicht auf rote Haare. War ein kurzer Besuch, zwei, drei Tage her.«

Etwas in mir wehrte sich noch immer.

»Könnte es sein, dass die Tür ausnahmsweise nur angelehnt war?

Sie drückt nach dem Klingeln dagegen, merkt, dass sie sich öffnet und versucht ihr Glück noch einmal oben. Vielleicht hat sie gedacht, dass ich schlafe oder auf dem Balkon sitze, dann überhöre ich die Klingel manchmal, wenn ich niemanden erwarte. Als ihr dort auch niemand öffnet, akzeptiert sie, dass ich wirklich nicht da bin und geht wieder.«

Pachulke lächelte nachsichtig.

»Könnte sein. Wenn Sie zum Beispiel das Haus kurz vor ihrem Auftauchen verlassen hätten und es mir entgangen wäre. Hinter Ihnen muss man ja immer herschließen, als hätten sie noch nie was von Einbrüchen gehört.«

»Na also.« Der Magda-Verteidiger in mir seufzte erleichtert.

»Und ihre Aktuelle ebenso wenig«, fügte Pachulke hinzu. »Hinter der musste ich auch herschließen. Was ich getan habe, sobald sie drinnen war. Die Frage lautet also weniger, wie sie ohne Schlüssel ins Haus hinein, als wie sie wieder herausgekommen ist, verstehen Sie?«

Der Bademantel war eindeutig zu dünn, ich merkte es an der Gänsehaut auf meinen Armen.

»War es zufälligerweise der Tag, an dem sie mein Schlüsselbund im Flur gefunden haben?«

Auf der Stirn des Alten erhoben sich ein paar Denkfalten.

»Jetzt, wo sie's sagen.«

»Danke.«

»Holen Sie sich lieber Ihre Ehemalige wieder, die passt auch altersmäßig viel besser zu Ihnen«, rief Pachulke mir nach, als ich die Treppe hinaufstieg.

Oben empfing mich Stille. Ich brachte Magdas Tasche in Ordnung und warf sie über die Schuhe im Flur. Steckte den Zettel und das Gänseblümchen in den Umschlag von Fausts Manuskript. Goss den Rest des Kaffees in die Spüle. Machte einen Besuch in meinem Blog, wo ich die Einstellzeiten der Kommentare aus den letzten beiden Wochen abglich, während ich warmes Wasser gegen meine Magenschmerzen trank.

Dann kehrte ich ins Schlafzimmer zurück, legte mich neben die Frau, die ich liebte, und starrte an die Decke. So wartete ich auf den Tag. Ich zuckte nur einmal zusammen, als sie ihren Arm auf meinen Bauch legte.

24

Ich hatte vorgehabt, die letzten Stunden mit ihr wie ein zum Tode Verurteilter zu verbringen, in der Hoffnung, dass ich dann in der Stunde der Hinrichtung zu zermürbt sein würde, um den Abschied vom Leben zu bedauern.

Aber wie so oft lachte das Leben mich aus. In diesem Fall trug es Magdas Züge.

»Buh«, sagte sie. In letzter Sekunde schaffte ich es, mein Gesicht abzuwenden, so dass ihr Kuss auf meinem Ohr landete.

»Nanu, schlecht geträumt?«

Ich krümmte mich unter ihrer zärtlichen Stimme. Gleichzeitig registrierte ich, dass sie nur Unterwäsche trug und ihr Atem nach Minze roch. »Ja.«

»Mist, möchtest du es mir beim Frühstück erzählen?«

»Wie spät ist es?«

»Halb elf. Du hast geschlafen, als hättest du mehrere Nachtwachen hinter dir.«

Ich kroch in meinen Bademantel und dann hinter ihr her in die Küche, wo mich der Duft von Kaffee und frischen Brötchen erwartete. Neben den Tassen stand je ein Saftglas.

»Sektgläser hab ich nicht gefunden«, sagte Magda entschuldigend, öffnete meinen Kühlschrank und zog eine Flasche heraus.

Sie entkorkte sie, schenkte mit der Professionalität eines Mundschenks ein, setzte sich und hob ihr Glas.

»Was ist, trinkst du vor Mittag keinen Alkohol?«

»Selten.«

»Aber heute ist nicht alle Tage!«

Wie recht sie hatte. Ich hob mein Glas.

»Auf die Nachbarschaftshilfe.«

»Das muss wirklich ein schlimmer Albtraum gewesen sein«, sagte Magda und trank ihr Glas in einem Zug leer. Dann stellte sie es ab und begann, ein Brötchen aufzuschneiden. »Hatte er mit deinen Nachbarn zu tun?«

Ich sah zu, wie ihr Messer durch das Brötchen glitt und wünschte sehnsüchtig, es wäre mein Hals.

»Nein. Und es war einer von der Sorte, die einen auch nach dem Aufwachen noch foltern. Guter Kaffee, genau so, wie ich ihn mag. Woher weißt du, dass ich Kardamom hineintue?«

Sie hobelte ein paar Späne von der Butter.

»Na, von dir.«

»Wann soll ich dir denn davon erzählt haben?«

»An unserem ersten Abend im Olga. Und nicht nur vom Kardamom, ich könnte dir auch sagen, welche Zahnpastamarke du benutzt.«

»Das ist kein Kunststück. Die Zahnpasta liegt nebenan im Bad.«

Dennoch hatte sie es geschafft, mich zu verwirren. Ich konnte mich zwar nicht erinnern, an jenem Abend meine Kaffeegewohnheiten ausgeplaudert zu haben, aber wenn ich ehrlich war, erinnerte ich mich ohnehin hauptsächlich an ihre Augen.

Magda legte ihr Messer nieder.

»Am besten, du lässt den Traum raus, damit wir gemeinsam darüber lachen und ihn verabschieden können.«

»Auch wenn er von dir handelt?«

Sie hob erst ihre Braue, dann ihren Mundwinkel.

»Dann erst recht!«

»Du hattest darin einen anderen.«

Sie lachte.

»Das ist wirklich hart. Hatte er Ähnlichkeit mit Brad Pitt?«

»Nicht direkt. Nimm Brad Pitt, zieh zwanzig Zentimeter ab, schneide ihm die Frisur eines Klassenprimus und färbe die Haare im Ton eines alten Scheuerlappens, setz ihm braune Kontaktlinsen ein und hänge ihm eine Kuriertasche um, dann kommst er dem Typen aus meinem Traum recht nahe.«

»Moment …«

»Ach ja, und nenn ihn Manuel.«

Ich sah, wie ihre Hand mit dem Buttermesser stockte.

»Aber so einer ist doch keine Konkurrenz für dich«, sagte sie nach einigen Sekunden.

»Im Traum schon. Im Traum warst du sogar mit ihm zusammen, und ich hab überhaupt keine Rolle gespielt. Wenn man davon absieht, dass dieser Manuel mein Kumpel war und du ihn bis zum Erbrechen nach mir ausgefragt hast, meine ich. Du hattest nämlich zufällig eine meiner Rezensionen im Radio gehört. Und dabei war dir eine Idee gekommen.«

Magda pulte Teig aus der unbestrichenen Brötchenhälfte und schüttelte den Kopf.

»Eine so krude Idee wie sie einem nur im Traum einfallen kann«, fuhr ich fort. »Du wolltest ein Buch schreiben. Eine Art Politkrimi. Die Idee dafür hattest du schon länger, aber in mir schickte dir der Zufall durch das Radio plötzlich den optimalen Protagonisten. Einen Rezensenten! Es war nämlich so: Weil der Inhalt des Buches auf realen Tatsachen beruhte, sollte auch der Protagonist möglichst real sein. Und aus noch einem anderen Grund: Er sollte sich später beim Lesen wiedererkennen und so sehr darüber staunen, dass er Himmel und Hölle in Bewegung setzen würde, um herauszufinden, was es mit der Geschichte – seiner Geschichte gewissermaßen – auf sich hat. Darüber hinaus hast du auf die Eitelkeit des Rezensenten gesetzt und gehofft, dass er ein Buch, in dem er selbst die Hauptrolle spielt, Kraft seiner Berufskontakte an einen Verlag bringt.«

Mit schmalem Lächeln formte Magda aus dem Teig eine Kugel.

»Dieses Manuskript hat dich ganz schön mitgenommen, Just.«

»Das gebe ich zu. Wo ist es übrigens?«

»Woher soll ich das wissen? Es ist dein Manuskript.«

»Nein. Es ist und war immer Fausts Manuskript. Er hat es mir geschickt, als er es für sinnvoll erachtet hat, und als ich ihn enttäuschte, holte er es sich wieder.«

»Wie soll er das denn gemacht haben?«

»Indem er in meiner Abwesenheit gekommen ist. Woher

hast du den Sekt, den wir gerade trinken? Heute Nacht hattest du keinen dabei.«

»Ich hab ihn vorhin im Supermarkt gekauft«, sagte sie und zog ihre Braue noch ein Stück höher.

»Und wie bist du wieder herein gekommen?«

»Ich habe mir deinen Schlüssel ausgeborgt.«

Ich nickte. »Wie an dem Morgen, als du mich deinen angeblich verschwundenen Ohrring hast suchen lassen?«

»Wie bitte? Was soll das ...«

»Einer meiner Nachbarn besitzt die Gene eines Wachhunds. Ich glaube, du hattest mit ihm schon das Vergnügen.« Ich erzählte ihr, was Pachulke über die verschlossene Haustür gesagt hatte.

Derweil höhlte Magda ihre Brötchenhälfte vollständig aus und baute aus dem Krumen einen Turm.

»Na schön«, sagte sie. »Als ich gemerkt habe, wie besessen du von dem Manuskript bist und welche Verschwörungstheorien du daraus strickst, habe ich beschlossen, es verschwinden zu lassen. Ich hatte keine Lust, dir bei Phantomermittlungen zu sekundieren, ich wollte mit dir zusammen sein. Da du es mir aber nicht geben wolltest, habe ich es mir eben selbst geholt. Du hast übrigens nichts verpasst. Das Ende ist enttäuschend.«

»Das ist häufig so«, bestätigte ich. »Aber in dem Fall bist du selbst schuld.«

»Wie meinst du das?«

»Du hast es schließlich geschrieben.«

Zunächst passierte nichts. Dann öffneten sich in Zeitlupe ihre Lippen. Als Magda es bemerkte, steckte sie eine Teigkugel hinein.

Ich zog die Karte aus der Tasche und legte sie vor sie hin.

Nach einem widerwilligen Blick darauf, fragte sie:

»Was soll ich damit?«

»Die steckte in deinem aktuellen Buch.«

»Na und?«

»Du heißt Isabella Sonntag und wohnst im selben Haus, in dem auch der AGV residiert. Deine anderen Namen, Monk und Luka, waren vermutlich zu viel für das Klingelschild.«

Sie wollte etwas sagen, aber ich kam ihr zuvor.

»Vor einigen Tagen war ich dort.«

Ich holte den Umschlag und schüttelte Blume und Zettel auf den Tisch.

»Die hier hab ich unter den Gepäckträgereines Rades geklemmt, das dort im Hof stand. Eben war sie immer noch da. Ein so unauffälliges Blümchen bemerkt man, wenn überhaupt, nur, solange es frisch ist. Das ist das Los der Unauffälligen.«

Ich tippte auf die beiden Schriftstücke.

»Und jeder einigermaßen Schriftkundige wird bestätigen, dass dieser Umschlag und dieser Zettel, mit dem du mir einen Tag vor der Kirchensprengung Fausts Manuskript ans Herz gelegt hast, aus derselben Feder stammen. Isabella Sonntag. Schöner Name, auch wenn mir Magda lieber ist. Erinnerst du dich, dass du dich bei unserer letzten Begegnung auch »trauriger Sonntag« genannt hast?«

»Nein. Just ...«

»Ich schon. Und ich glaube, dass meine Ex-Freundin, wenn ich sie herbitte, bass erstaunt sein wird, ihre ehemalige Praktikantin wiederzutreffen, deren einnehmendes Wesen sie so geschätzt hat, bevor ihr bester Freund mit einem Umweg über die Havel in die Klapse gewandert ist. Sie sah ungefähr aus wie du, nur hatte sie lange dunkle Haare, keine roten oder honigblonden, aber Haare lassen sich abschneiden, und wie du selbst gesagt hast: Die Erdfarbenen färben fast alle.«

Magda sagte nichts, sie kniff nur die Lippen zusammen. Ich fühlte mich unendlich müde.

»Deine Zweitidentität als Monk, um mich auch über meinen Blog im Auge zu behalten, war clever. Aber noch nicht ausgereift. Monk ist dem Blog kurz vor unserer Begegnung am See beigetreten und hat sich, im Unterschied zu den anderen, nur dann dort gemeldet, wenn ich gerade nicht mit Magda zusammen war. Logischerweise war er hoch zufrieden, als ich über das angebliche Ende meiner Ermittlungen berichtet habe. Von meinen Schwimmgewohnheiten dürfte Manuel dir erzählt haben. Ich hab ihn früher manchmal gezwungen, mich zu begleiten. Es geht ihm übrigens miserabel. Egal, Monk. Du hättest deine Beiträge verzögert schalten sollen. Ich weiß, auch das ist nur ein Indiz. Eines von vielen jedoch, die das Fass zum Überlaufen gebracht haben.«

Sie saß da wie eine Statue, in der Hand das angebissene Brötchen.

»Warum?«, fragte ich.

Ihre Lider flatterten.

»Warum was?«

»Warum hast du in jener Nacht den Fernzünder betätigt? Es war deine Zigarettenkippe im Lustgarten, nicht? Ich hab sie hier, und von hier wandert sie zu Dietmar ins LKA und von ihm ins Labor, wo man – sag mir, wenn ich mich irre – deinen Speichel aus ihr extrahieren wird. Du rauchst, wie ich, Pepe mit Slimfiltern. Anders als ich benutzt du aber Streichhölzer.«

Mir war der Mund trocken geworden. Ich spülte ihn mit einem Schluck Kaffee, der so schmeckte, als hätte ich ihn selbst gebrüht.

Magda, so würde ich sie weiterhin nennen, egal wie viele Namen sie besaß, sah mir dabei zu.

»Du hast erzählt, dass du die meisten Bücher unbekannter Autoren, die du geschickt bekommst, zu einem Antiquar bringst, der sie an einen Altpapierhändler weitergibst«, sagte sie ruhig.

»Du lenkst ab!«

»Nein, ich bin bei deiner Frage. Andere Bücher treffen es besser, die schaffen es in eine Buchhandlung. Dort liegen sie einige Wochen, vielleicht verkaufen sich ein paar, der Rest geht den von dir beschriebenen Weg. Derweil schreiben ihre Schöpfer schon an den nächsten, in der Hoffnung, irgendwann den Durchbruch zu schaffen. Aber ohne Kritiken einflussreicher

Rezensenten erobern sie sich in der Regel maximal eine kleine Fangemeinde, die sich für einen Verlag nicht rechnet. Also macht er keine Verträge mehr mit ihnen und setzt auf neue Pferde. Die Literatur ist ein schnelllebiges Geschäft. Da ein Schriftsteller aber schreiben will, macht er weiter und endet im schlimmsten Fall bei Verlagen, die sich für die Veröffentlichungen bezahlen lassen statt umgekehrt.«

»Du redest von dir?«

»Ich spreche als Vertreterin einer Mehrheit. Und jetzt kommt die Crux. Während diese Mehrheit am ausgestreckten Arm verhungert, werden einzelne Autoren auf Silbertabletts durch Feuilletons und Literaturfestivals gereicht, obwohl sich einem beim Lesen ihrer Bücher die Zehennägel einrollen. Okay, manche sind in Ordnung, aber nicht besser als viele der Namenlosen. Wie kann das sein, frage ich dich?«

Obwohl ich immer noch fand, dass sie am Thema vorbei redete, fühlte ich mich in meiner Berufsehre getroffen.

»Bei mir bekommen schlechte Bücher auch schlechte Kritiken.«

»Aber sie *bekommen* Kritiken«, sagte sie. »Warum?«

»Das wissen wir beide. Ich wähle aus den Katalogen oder Rezensionsexemplaren, die beim Sender landen. Oder aus der Presse, wenn mich ein Artikel über einen Autor neugierig gemacht hat, manchmal nehme ich auch Empfehlungen von Bekannten oder Buchhändlern an.«

»Die ihr Sortiment ihrerseits mit den in Verlagskatalogen und von Vertretern als Spitzentitel Gehandelten, mit Preisträgern, Modeliteratur und Neuerscheinungen renommierter oder prominenter Autoren bestücken. Und damit nähern wir uns des Pudels Kern. Falls ein Autor nicht das Bedürfnis verspürt, die hundertste Version der *Twilight*-Saga für Erwachsene oder über seine Abenteuer mit dem Haustier zu schreiben, sondern, sagen wir, über die Dynamik einer Hausgemeinschaft nach dem Verkauf ihres Hauses an einen Privatbesitzer und dessen Folgen, was wird passieren?«

»Wenn er die Idee gut umsetzt, wird er einen Verlag finden.«

»Der ihn dann unter Sonstiges im letzten Drittel seines Kataloges laufen lässt. Es sei denn«, fügte sie hinzu, »der Autor ist der Spross einer Berühmtheit oder selbst abseits der Literatur populär – denk an den ganzen Schrott schauspielernder, singender oder moderierender Hobbyliteraten –, oder er verfügt über Beziehungen zur Medienbranche, schläft mit dem Cheflektor, ist ein Enfant terrible, von dem man sich Boulevard-Sensationen erwartet, ein niedliches Fräuleinwunder, ehemaliger Terrorist, Politiker, Krimineller, Prostituierte, Dschungelkind oder hat einen Teil seines Lebens in einem Keller zugebracht. Ich habe mir alle gehypten Neuerscheinungen der letzten Jahre angesehen, es ist kaum ein deutscher Autor darunter, der nicht entweder schon bekannt war oder ein exklusives Alleinstellungsmerkmal für sich beansprucht.«

»Ja. Aber es gibt auch andere. Die es allein durch die Qualität ihrer Texte geschafft haben.«

»Klar. Von Millionen Lottospielern streichen auch immer einer oder zwei den Jackpot ein. Aber die anderen gehen leer aus. Ich hab weder die Zeit noch die Lust, meine Hoffnungen auf Lotto zu setzen. Dafür hab ich zwei Bücher den Bach runter gehen sehen, obwohl mein Lektor begeistert von ihnen war. Vom Verlag beworben wurden dann jedoch die Biografie eines alkoholabhängigen Schauspielers, das sprachliche Fiasko eines ehemaligen Hell's Angel, das Bettgeflüster einer Hausfrau und Lizenztitel. Ein Buch ohne Werbung ist ein Sandkuchen zwischen Torten. Er kann noch so gut schmecken, die Leute geben ihr Geld lieber für Torte aus, selbst wenn sie nur aus Fertigböden und Sprühsahne besteht.«

»Also hast du beschlossen, eine Torte zu werden.«

Magda lächelte mich an. Ich glaube, in diesem Augenblick begann ich ihr zu verzeihen.

»Ja. Aber keine aus dem Supermarkt. Und ich dachte, wenn ich mich schon mit Pauken und Trompeten in eine Torte verwandele, dann sollen meine Landsleute auch etwas davon haben. Ich meine die kleinen, deren Stimmen nie gehört werden.«

»Der Robin Hood der Urpotsdamer«, sagte ich. Verdammt, ich war so nah dran gewesen. »Allerdings hat der echte Robin nicht allein gearbeitet. Und auch für die Sprengung eines Turmrumpfs braucht es mehr als zwei Hände und einen Kopf. Man muss bei Nacht und Nebel Bohrungen für die Sprengsätze anbringen, und zwar so schnell, dass es niemand merkt.«

»Gott sei Dank gibt es Fachleute. Und vergiss nicht, dass wir in der Stadt der Feuerwerke leben, ein paar spontane Böller fallen da kaum ins Gewicht.«

Ich musste grinsen. »Und die Kosten?«

»Nur etwas mehr als das Haus meiner Großmutter. Ein sehr schönes Haus immerhin, in Binz, direkt am Strand. In ihrem Testament hat sie geschrieben, dass ich nicht aufhören solle, den Horizont zu vermessen. Das hab ich als Kind immer gemacht, von ihrer Terrasse aus.«

Nach einem kurzen, stummen Zwiegespräch mit ihrem Brötchen fügte sie hinzu: »Die Sache ist die: Am Ende gibt es einen, der den Zünder betätigt. Und das war ich, alles andere habe ich vergessen.«

Als sie aufsah, las ich in ihren Augen Triumph.

Sie war definitiv verrückt. Verrückt und durchtrieben, schließlich hatte sie auf dem Weg ihrer Tortifizierung zwei Männerherzen zerstört. Und das alles ohne Gewähr dafür, dass ihr Plan aufging. Trotzdem konnte ich nicht anders als sie zu bewundern. Sie hatte einen Traum, sie hatte Talent, mit Luft nach oben, aber unbestreitbar Talent. Sie war mutig, sie war süß. Sie war eine Mörderin.

Erst jetzt fiel mir ein, dass sie Hohmann mit keinem Wort erwähnt hatte. Als ich es tat, wurden ihre Augen stumpf.

»Der hat alles verdorben. Als es durch die Medien ging, wusste ich, dass es aus war. Ich musste dir das Manuskript, an dem ich so lange gearbeitet hatte, schleunigst wieder ausreden. Keine Ahnung, was der Typ ausgerechnet in dieser Nacht auf der Baustelle gesucht hat. Meine Leute hatten alle schon das Weite gesucht, da taucht der da auf und vermasselt die ganze Show. Als Zerstörerin der Garnisonkirche wäre ich eine vorzügliche Herrentorte geworden, nach der die Verlage sich die Finger geleckt hätten, aber eine Mörderin …«

Sie stand auf und begann durch die Küche zu laufen. So wie ich es immer tat, wenn ich mit meinem Latein am Ende war.

»Hast du dich deshalb in dem Bekennerschreiben ans LKA so vehement vom Tod des Doktors distanziert?«, fragte ich.

Magda machte einen Schritt zu Tür, kehrte um und setzte sich wieder.

»Vielleicht hab ich mich eben nicht klar genug ausgedrückt. In dem Moment, als du mir von dem Toten erzählt hast, war mein Torten-Plan futsch! Und damit leider auch das Geld meiner Oma. Dafür hatte ich plötzlich eine Leiche am Hals. Ich weiß nicht, wo sie herkam, aber ich kann mir an fünf Fingern abzählen, was passiert, wenn rauskommt, dass ich die Kirche gesprengt habe. Glaubst du wirklich, ich bin so blöd, der Polizei da noch extra einen Brief zu schicken, den sie dann genüsslich auf sonst was untersuchen kann?«

»Wenn nicht du, wer soll es sonst gewesen sein?«

»Keine Ahnung, ein Trittbrettfahrer.«

»Der seinen Brief mit P. Faust unterschreibt?«

Sie starrte mich einige Sekunden an, dann blinzelte sie.

»Du bluffst.«

»Nein. Es stand nicht in der Zeitung, aber ich habe einen Bekannten beim LKA.«

Entweder war Magda eine exzellente Schauspielerin, oder die Nachricht warf sie wirklich um.

»Was …«, stammelte sie.

»Hast du dein Manuskript außer mir noch jemand anderem gegeben?«

Sie schüttelte den Kopf.

»Übrigens ist der Doktor kein Unfallopfer. Die Kirchentrümmer haben ihn zwar erledigt, aber jemand hat ihn vorher schon k.o. geschlagen, und er war randvoll mit Schlaftabletten. Vielleicht ist das nichts Neues für dich, wenn aber doch, finde ich, dass du es wissen solltest.«

Magda schloss die Augen. Ihr Körper wippte leicht vor und zurück, wie ein Farnwedel in der Abendbrise. Nur schien ihre Brise weniger lau zu sein. Nach einer Weile zuckte ihr Kinn und ihre Hände ballten sich. Ich war nahe daran, sie zu küssen.

»Was weißt du über diesen Arzt?«, murmelte sie.

»Er heißt Hohmann, arbeitete seit ungefähr einem Jahr als niedergelassener Psychotherapeut und war Mitglied des Förderkreises für den Wiederaufbau der Garnisonkirche. Man sagt, seinem Vater zuliebe, der dort im Vorstand sitzt. Darüber hinaus war er mit einer Ärztin verheiratet, die er schon aus Studientagen kennt. Sie ist am Boden zerstört und ernährt sich hauptsächlich von Beruhigungsmitteln, wahrscheinlich denselben, die er im Magen hatte. Hohmann war passionierter Segler, wollte seine Jacht aus Zeitgründen aber abgeben. Am Abend vor seinem Tod hatte er einen Termin mit einem potenziellen Käufer. Danach verliert sich seine Spur bis zur Sprengung der Kirche. Und ich glaube, er hatte ein Problem mit seiner Frau oder eines, das sie zumindest mit betraf.«

Ich wusste nicht genau, ob es klug war, ihr all das zu erzählen. Aber letztlich war es auch egal. Ich hatte meinen Beitrag geleistet, der Rest war Dietmars Job.

»Magda«, sagte ich. »Ist dir klar, dass ich die Polizei rufen muss?«

Sie öffnete die Augen, aber ich hatte nicht den Eindruck, dass sie mich sah.

»Keine Angst. Der Hauptkommissar ist ein netter Mensch mit einem Sohn beim AGV. Er wird dich ordentlich behandeln.«

»Na dann«, meinte sie und stemmte sich vom Tisch hoch. »Darf ich mich vorher noch duschen und anziehen?«

»Natürlich. Obwohl eine terroristische Autorin in Unterwäsche aus Tortensicht bestimmt etwas hermachen würde. Ich könnte dich auch hinbringen, wenn du mir versprichst, unterwegs nicht auszubüchsen.«

»Gut.«

Sie lächelte und ging hinaus. Ich folgte ihr.

»Eine kleine Bemerkung am Rande. Du hättest mich nicht überwachen oder in Gisberts Namen im Olga anrufen dürfen. So weit hättest du mich kennen müssen, dass derlei Einschüchterungsversuche mich eher anspornen als bremsen.«

»Ich glaube, so weit kenne ich dich auch«, sagte sie und klinkte die Badezimmertür auf. »Schade, dass wir uns nicht früher kennengelernt haben.«

»Wegen der Literatursendung?«

»Unter anderem.«

Zehn Minuten später saß ich ausgehbereit und angemessen deprimiert in der Küche, trank lauwarmen Kaffee und lauschte dem Rauschen der Dusche nebenan. Weitere zehn Minuten später klopfte ich an die Badezimmertür.

»Magda?«

…

»Isabella?«

Als ich mich umsah, bemerkte ich eine Lücke, dort wo vorhin noch ihre Schuhe mit der Tasche gestanden hatten. Ich wartete einen leichten Schwindelanfall ab und drückte die Klinke herunter.

Das Bad war leer, bis auf die vor sich hin dampfende Dusche. Auf der Toilette lag ein Zettel.

»Ich erledige nur kurz was, dann komm ich zurück oder stelle mich dem netten Hauptkommissar (falls du nicht da bist). Danke, für alles. Vielleicht verzeihst du mir irgendwann, das würde mich genauso glücklich machen wie ein Paradeplatz im Schaufenster einer Konditorei.
Bis gleich:
Magda«

25

Was bedeutete »bis gleich« bei jemandem wie Magda? Bis in einer halben Stunde? In zwei, sechs? In zehn Jahren? Hatte sie überhaupt einen Begriff von etwas so Abstraktem wie Zeit? Ich hätte es sie gern gefragt, aber ein Versuch, sie anzurufen, hatte in meinem Schlafzimmer geendet, wo ich ihr Smartphone aus ihrer Jacke geschüttelt hatte. Um es zu holen, hätte sie an mir vorbei durch die Küche gemusst und wahrscheinlich – zu Recht – befürchtet, dass ich sie aufhalten oder darauf bestehen würde, sie bei ihrer »Besorgung« zu begleiten.

Nachsehen, wem ihre letzten Anrufe und Mitteilungen gegolten hatten, konnte ich auch nicht, weil ich ihre PIN nicht wusste. Also nahm ich meine Tigerwanderungen wieder auf und durchkreuzte die Wohnung nach allen Himmelsrichtungen, während ich mir den Kopf darüber zerbrach, was sie mit »kurz etwas erledigen« gemeint haben könnte. Das Wahrscheinlichste: jemanden warnen.

Ich hatte sie schließlich praktisch aus dem Stand überfallen. An ihr jedoch hingen noch andere. Leute, deren Sicherheit ihr am Herzen lag. Ihr Plan hatte vorgesehen, dass sie allein die Verantwortung für die Sprengung übernahm, und dabei sollte es bleiben. Es war ihre Idee gewesen, sie hatte – vermutlich über den reiselustigen Treber – das Material und Fachleute rekrutiert und dafür im Namen der Torte bezahlt; es war ihr Attentat, egal wie viele davon partizipierten, basta.

Ihre Loyalität rührte mich. Aber sie überzeugte mich nicht gänzlich, und zwar wegen der Minuten, bevor sie ins Bad gegangen war. Seit die Rede auf das Bekennerschreiben gekommen war, hatte sie sich verändert. Als wäre sie innerlich zusammengebrochen, so hatte es ausgesehen. Ich hielt vor meinen Ermittlungsbögen.

»Verfolgung, Anruf im Olga (Gisbert, alias Faust)«, las ich.

»Ich glaube, soweit kenne ich dich auch.«

Magda hatte abwesend gewirkt bei diesem Satz, aber falls ihr das Lügen nicht schon zur zweiten Natur geworden war, steckte sie nicht hinter dem Anruf. Und folglich auch nicht hinter meinem Verfolger. Aber wer war es dann?

Ich überflog die anderen Notizen auf meinen Bögen, bis ich auf das Bekennerschreiben stieß.

»Bekennerbrief (Fausts Plan B?)«

Ich war geneigt, Magda zu glauben, dass sie ihn nicht geschrieben hatte. Auch den Schock, bei der Erwähnung der Unterschrift. Niemand hatte eine derartige Macht über seine Mimik, nicht einmal sie. In meinen Fingern breitete sich das vertraute Kribbeln aus.

Der Bekenner hatte mit ihrem Pseudonym unterzeichnet, und angesichts dieser Neuigkeit war ihr plötzlich aufgegangen, dass es kein beliebiger Trittbrettfahrer sein konnte. Dass sie das Manuskript außer mir niemandem gezeigt hatte, sah ich damit als widerlegt an. Obwohl, vielleicht reichte es auch schon, etwas darüber gehört zu haben!

Über Magdas Bekanntenkreis wusste ich nichts. In meinem bestand die Gruppe der Wissenden aus den Blogleuten, Anja, Bert und Dietmar, der sich wohl kaum selbst einen Brief schreiben würde. Am vielversprechendsten, weil unübersichtlich und anonym, schien mir der Blog.

Vielleicht hatte einer meiner Follower meine abgebrochenen Ermittlungen auf seine Weise zu Ende gebracht. Jemand, der von Faust als Autor und Sprengmeister genauso überzeugt gewesen war wie ich.

Allerdings ließ diese Erklärung die Frage nach dem Doktor offen.

Den Fokus des LKA auf Faust zu richten war eine Sache, sich so rigoros von Hohmanns Tod zu distanzieren, eine andere. Letzteres ergab keinen Sinn … es sei denn, der Schreiber wusste nicht nur über Magdas Pseudonym, sondern auch über ihre Unschuld bezüglich des Doktors Bescheid.

Ihre erste Frage nach der Erwähnung der Unterschrift hatte Paul Hohmann gegolten. Und dann, nachdem ich mein Wissen mit ihr geteilt hatte, war sie mir entglitten. Offenbar hatte etwas von dem, was ich gesagt hatte, etwas in ihr zum Klingen gebracht, das im Bad noch weitergeklungen – und sie dazu veranlasst hatte, sofort aufzubrechen und noch »kurz etwas zu erledigen«.

Ein Maunzen unterbrach mein Gedankenkarussell. Ohne es bemerkt zu haben, hatte ich die Wohnung verlassen. Ich stand auf dem Treppenabsatz und streichelte die Katze der alten Friese.

»Pachulke will dich tot sehen«, sagte ich zu ihr. »treib dich nicht zu auffällig im Haus herum, versteck dich hinter den Mülltonnen.«

Die Katze schnurrte.

»Ich hab dich gewarnt.«

Entmutigt kehrte ich in die Wohnung zurück. Die Katze wollte offenbar sterben. Und Magda? Im Stillen hörte ich mich meine Warnung wiederholen: Treib dich nicht zu auffällig herum, versteck dich. Hüte dich, bring niemanden dazu, dich tot sehen zu wollen. Geh nicht zu weit vom Wege ab.

»... etwas zu erledigen ...«

Bei der akribischen Planung ihres Coups hatte Magda garantiert für die Sicherheit ihrer Helfer gesorgt, selbst wenn sie, was ursprünglich ja ihr Ziel gewesen war, geschnappt würde. Vermutlich war diese Sicherheit sogar Teil der Abmachung gewesen. Ihr Aufbruch hatte demnach einen anderen Grund.

Mit steifen Fingern nestelte ich das Handy aus der Tasche. Es war kurz nach zwölf.

Dietmar blieb angesichts meiner Wortkaskade beleidigend ruhig.

»Ich rekapituliere: Eine verkannte Autorin hat dir gestanden, allein die Garnisonkirche gesprengt zu haben.«

»Genau. Aber nicht den Mord an Hohmann! Zwing mich nicht, mich zu wiederholen, uns rennt die Zeit weg. Sie weiß etwas, und ich wette, dass es mit Hohmann zusammenhängt.

Er ist in der Nacht und am Ort ihres Attentats gestorben, und falls sie es bis zu unserem Gespräch vorhin für eine Verkettung unglücklicher Zufälle gehalten hat – jetzt nicht mehr.«

»Hast du schon mal daran gedacht, dass deine kleine Attentäterin einfach abgehauen sein könnte, zum Beispiel, weil sie einen Termin für die Sprengung des Stadthauses hat?«

»Ich will deinen Vorgesetzten sprechen!«, brüllte ich.

»Na schön. Ich gebe Kommissarin Schneider Bescheid, dass sie dir die Nummer raussucht. Sie ruft dich dann zurück. Kann aber etwas dauern, sie ...« Fluchend drückte ich ihn weg.

Es war fast zwei, als die Lawine ins Rollen geriet.

Sie begann mit einem Schneeball auf der Urlaubskarte, die Magda/Isabella als Lesezeichen benutzt hatte. Ein Schneeball, bestehend aus einem Kaiser und seinem irren Gefolge. Ich hatte mir die Karte zum x-ten Mal vorgenommen, weniger in der Erwartung, etwas Richtungsweisendes auf Magdas Verbleib zu entdecken, als um überhaupt etwas zu tun, und da war auf einmal der Kaiser in mein Blickfeld geritten. Mitsamt den Irren und seinen Küssen an die schöne Isabella von Kastilien. Ein sanfter, aber platzierter Schlag in die Magengrube. Ich hatte diese Stelle schon Dutzende Male gelesen, aber erst jetzt ging mir ihre Bedeutung auf. Diese Küsse waren keine dieser aus Übersee importierten Schmusegrüße. Küsschen hier, Küsschen da. Nein. Magda hatte einen Freund. Oder hatte zumindest im Winter einen gehabt. Und zwar einen Kaiser, der in einem Irrenhaus residierte, wo er seine Mannen mit Frost therapierte.

Minutenlang starrte ich auf die Botschaft, die Magda von ihrem Kaiser empfangen hatte. Dann ließ ich sie fallen und rannte zu meinem Laptop.

Da ich wusste, wonach ich suchte, dauerte es nur einige Klicks zur Bestätigung. Danach ging ich in den Blog und las mir die Einträge der letzten beiden Wochen noch einmal durch, während mir Schneegriesel zunehmend die Sicht nahm. Mindbeards Frage nach einem Termin für das Interview mit seinem Vater konnte ich kaum lesen. Ich sah nur noch Satzzeichen. Schwarze Punkte, die aus den Zeilen herauswuchsen und mich dumpf ansahen. Betäubt von Schmerz, Resignation oder Barbituraten. Nein, Laetitia Hohmann war keine Frau, die nur um ihren Mann trauerte. Sie sackte vielmehr unter den Augen ihrer Mutter und der Obhut eines alten Freundes ihm nach ins Dunkel. Dieser Freund war einziges Bindeglied zwischen ihrer trostlosen Gegenwart und der unbeschwerten Jugend. Zwei Freunde, eine Frau, drei Mediziner, eine Jacht und Magda. Wenn man den Schnee einmal lostrat, rutschte er wie von allein weiter. Manuel, Alltagsgesichter, hundertfach gesehen, nie behalten. Weil sie nur Komparsen für die Inszenierung des eigenen Lebens waren, als Beweis, dass man auch außerhalb seiner selbst existierte. Kurioserweise spielte damit jeder automatisch eine Doppelrolle, als Protagonist und Komparse zugleich.

Wieder tastete ich nach meinem Handy.

Es half nichts. Kommissarin Schneider war beim Zahnarzt, und Dietmar sperrte sich wie eine katholische Jungfrau, zu glauben, dass ein kleines Mädchens einen Ziegelturm umgeschubst und es dann auch noch einem dahergelaufenen Typen wie mir gebeichtet haben sollte.

Ihm die ganze Sache noch einmal vorzubuchstabieren, fehlten mir die Nerven. Stattdessen verlegte ich mich aufs Betteln. Ich flehte, er solle wenigstens die Hand in die Seite des Messias legen, indem er die Bewerber für die Ausschreibung der Niederlassung ausfindig machte, der Hohmann seine Praxis verdankte. Nach kurzem Zögern nannte ich den Vornamen des Kaisers und bat ihn, nachzusehen, ob er ihn unter den Bewerbern fand. Zum ersten Mal zeigte Dietmar sich ansatzweise interessiert.

»Warum?«

»Weil es in Potsdam zwar viele Irre und Therapeuten, aber nur handverlesene Zulassungen für Praxen gibt.«

Dietmar riet mir, mich selbst in Behandlung zu begeben. Ich versprach es ihm im Austausch für die erbetene Information.

»Du erreichst mich auf dem Handy. Ich bin auf dem Weg zur Aue. Falls sich mein Tipp als Niete erweist, schicke ich dir von dort zukünftig jede Woche eine Kartoffeldruck-Karte.«

Was Dietmar darauf entgegnete, verstand ich nicht mehr.

26

Ich überlegte, ob ich noch ein Telefonat führen sollte. Ein weitaus heikleres als das mit Dietmar. Und es konnte unabsehbare Folgen haben. Deshalb steckte ich das Handy nach kurzem Zögern wieder weg.

Die Sache war die: Selbst wenn der Kaiser nicht selbst ans Telefon ging, würde mein Anruf einen Funken zünden. Jemand würde etwas erfahren, und Wissen verändert Menschen, besonders wenn es ihnen unter der Auflage der Geheimhaltung anvertraut wird. Auf der Stelle spüren sie den Drang, es nach außen zu tragen, wenn nicht durch Worte, dann durch Blicke und Gesten. Jemand, der ein Geheimnis hütet, verliert die Unschuld. Und wenn ich etwas fürchtete, dann dass der Kaiser durch irgendeine Kleinigkeit gewarnt wurde.

Als ich mich aufs Rad schwang, wusste ich daher nicht, ob ich Magdas Spuren folgte oder mich an einer pathologischen Kausalkette entlang hangelte, die vielleicht bald hysterisch klimpernd in ihre Einzelteile zerfiel.

Ein Mann im Ausnahmezustand. Die Synapsen nackt und hypersensibel, außer Atem, auf einem Rad mit mehreren gebrochenen Speichen, weil er keinen Rücksicht auf Bordsteinkaten hatte nehmen können, so schoss ich durch die Einfahrt zur Aue. Ich warf mein Rad gegen die erstbeste Wand und brüllte zwei rauchenden Angestellten oder Kranken die Worte »ambulante Tagesklinik« zu. Eine der Frauen streckte erschrocken die Hand aus, und ich rannte weiter, am Eingang der Tagesklinik vorbei, drehte um und stürzte hinein.

Wohlwollende Sachlichkeit empfing mich. Helle Farben, selbst gemalte Bilder. Nichtsdestotrotz war es Teil eines Krankenhauses.

Vor dem Büro der Leitung zwang ich mich zur Ruhe, zählte bis fünf und klopfte.

Als ich eintrat, stahl sich ein besorgter Ausdruck in die Augen der Frau hinter dem Schreibtisch. Sie mochte um die Vierzig sein, vielleicht auch fünfzig oder siebzig, mir fehlte momentan der Sinn für Frauen, die nicht Magda oder Isabella hießen.

Ich schnaufte meinen Namen und den des Kaisers. Danach war mein Luftvorrat erschöpft.

»Was möchten Sie denn von Doktor Birthler?«

Immerhin war ich schon mal an der richtigen Adresse.

»Es geht um einen Wasserschaden in seiner Wohnung.«

»Sind Sie einer seiner Mitbewohner?«

Der Kaiser wohnte also in einer WG.

»Sein Untermieter. Sonst wäre es ja wohl auch meine Wohnung. Es tropft durch die Decke.«

»Oh Gott. Warten Sie einen Augenblick.«

Sie stand auf und verließ den Raum. Eine Minute später kehrte sie zurück.

»Wie es aussieht, ist Dr. Birthler bereits über den Schaden informiert worden, Herr ... Verloren. Sagen Sie, sind Sie mit dem bekannten Literaturrezensenten verwandt?«

Zu dem Schweiß auf meinem Rücken gesellte sich duftendes Öl. Ein kurzer Augenblick, dann war es vorbei und es blieb nur der Schweiß.

»Mein Cousin.«

»Ach so.«

»Wer hat Claudius, ich meine, Doktor Birthler benachrichtigt?«, fragte ich nervös. »In seiner WG habe ich niemanden angetroffen. Und ich kann es auch nicht gewesen sein, denn ich sitze ja hier.«

»Seine Freundin, glaube ich. Wahrscheinlich besitzt sie einen Schlüssel und hat den Schaden zufällig bemerkt. Sie wohnt ja im selben Haus. Dr. Birthler hat jedenfalls alles stehen und liegen lassen und ist mitten aus einer Gruppentherapie weg.«

Ihrem Ton nach missbilligte sie seinen übereilten Aufbruch. Bei mir löste er einen neuerlichen Kälteschauer aus.

»Das ist allerdings schon fast zwei Stunden her, Sie hätten ihn also eigentlich antreffen müssen.«

In ihre Missbilligung mischte sich Verwirrung. Nicht nur dass einer ihrer Therapeuten einfach seine Patienten sitzen ließ, offenbar trieb er sich auch noch irgendwo herum, statt sein Problem zu beheben und zurückzukehren.

Mit gerunzelter Stirn tippte sie etwas in ihren Computer und griff nach dem Telefon auf ihrem Schreibtisch. Sie hielt den Hörer eine Weile ans Ohr und legte ihn mit einem Knurren wieder ab.

»Versuchen Sie es noch mal«, bat ich.

Sie tat es – mit demselben Erfolg.

»Merkwürdig. Normalerweise ist Dr. Birthler die Zuverlässigkeit selbst. Fast schon zwanghaft pünktlich. Hat nie seine Mittagspause überzogen, wie einige andere, nicht einmal, wenn er sie mit seiner Freundin verbracht hat.«

»Eine kleine Rothaarige?«

»Sie wechselt ihre Haarfarbe immer mal, wie viele Aschblonde. Kann sein, dass sie in letzter Zeit rot waren.«

»Danke.«

»Keine Ursache. Wenn Sie ihn erwischen, richten Sie ihm aus, dass er sich melden soll. Umgehend!«

Es war weg.

Rundherum Therapiezentren gegen jede Art von mentaler Schieflage, mit Sicherheit auch gegen Kleptomanie, dazu an jeder Ecke rauchende Krankenschwestern, und irgendwer klaute seelenruhig mein Fahrrad. Wie konnte das sein?

Mit der Frage musste ich mich später beschäftigen. Mein Besuch in der Klinik hatte dem Kaiser weitere zehn Minuten Vorsprung verschafft. Was angesichts der zwei Stunden, die Magda ihn vor mir erwischt hatte, zwar vermutlich bedeutungslos war, aber wenn nicht … Im selben Haus!

Meine verräucherten Bronchien pfiffen, während ich die Seestraße hinaufhetzte, vorbei an der traurigen Villa, an Wolfgang Joop oder einem seiner Doubles, einem verwaisten Laubbläser, und in die Mühlenstraße einbog.

Magdas Fahrrad stand ordentlich angeschlossen im Hof neben den anderen. Ich stolperte über die schwarze Katze, warf einen Blick aufs Klingelschild und stürmte ins Haus.

Bis auf das Schnurren der Katze, umfing mich moderige Stille.

Wie ich gesehen hatte, wohnte Isabella im ersten Stock, der Kaiser im zweiten. Unten im Keller saß der AGV, auch ein mögliches Versteck. Wohin? Nach unten oder nach oben?

Ausgerechnet in diesem Moment klingelte mein Handy. Ich riss es mitsamt dem Futter meiner Hosentasche heraus.

»Hast du Zettel und Stift bei der Hand?«, fragte Dietmar. »Es sind nämlich mehr als zwei Namen.«

»Mich interessiert nur, ob ein Claudius Birthler dabei ist.«

»Ja, direkt hinter Hohmann. War, laut Ärzteverband, auch der heißeste Kandidat neben ihm. Gleiches Alter, selbe Hochschule, besserer Abschluss, ungefähr dieselbe Berufserfahrung, gute Referenzen, falscher Vater. Das Letzte ist inoffiziell. Woher weißt du inzwischen seinen Nachnamen?«

»Von seiner Chefin. Er ist mitten aus einer Therapie abgehauen, nachdem meine kleine Sprengmeisterin dort aufgekreuzt ist.«

»Was? Du wirst immer leiser!«

»Pardon, ich stehe in Birthlers Haus und hab Sorge, dass er mich hört. Das wäre dumm, denn ich glaube, beziehungsweise Magda glaubt, dass er es ist.«

»Was?«

»Vergiss es. Danke für die Information, den Rest ziehe ich

allein durch. Aber vielleicht hast du Lust, mich später mal in der Aue zu besuchen.«

Ich schaltete das Handy aus und schlich zur Katze. Als ich sie erreichte, rumpelte irgendwo über uns etwas. Ihr Schwanz zuckte, während sie mich fragend ansah.

»Wir sind immerhin zwei« murmelte ich. Im nächsten Augenblick war die Katze durch die Tür verschwunden. Im Gegensatz zu der von Frau Friese hing sie offenbar am Leben.

Im ersten Stock öffnete mir ein Mädchen, das mit Magda so viel Ähnlichkeit besaß wie eine Robbe mit einem Wellensittich.

Sie war groß, üppig, trug Plüschpantoffeln und um den Kopf ein Handtuch.

»Ja?«

»Ich möchte zu M… Isabella.«

»Die ist nicht da. Und sie geht mal wieder nicht ans Handy, dabei wollte sie mir die Haare schneiden.«

»Das Handy hat sie bei mir liegen gelassen. Deshalb bin ich hier.«

Ich zog Magdas Smartphone aus der Jackentasche. Das Mädchen beugte sich interessiert vor.

»Guck an. Und du bist?«

»Just.«

»Magda.«

Ich machte aus Versehen einen Schritt rückwärts.

»Schöner Name«, stammelte ich. »Da draußen steht … Isabellas Fahrrad, daher dachte ich …«

»Echt?«, unterbrach Magda zwei mich verdutzt. »Dann muss sie in der Nähe sein. Ohne ihren Grashüpfer bewegt sie sich keine zehn Meter weit. Komisch. Normalerweise hängt sie bei Claudius oben rum, wenn er frei hat. Aber bei dem war ich schon, er meint, dass sie was von einem Casting im Filmpark erzählt hätte. Das kann aber nicht sein, *ich* weiß nämlich genau, dass sie mir heute Nachmittag die Haare schneiden wollte.

Und außerdem, das wäre das erste Mal, dass sie ohne mich zu einem Casting geht!«

Ich hörte nur noch mit halbem Ohr zu.

Claudius war da, Magda nicht! Magda, Isabella. Mir schwirrte der Kopf.

»Hast du vielleicht schon mal jemandem die Haare geschnitten?«, fragte Magda zwei.

»Nein, ich … geh mal hoch und gebe das Smartphone bei Claudius ab.«

»Warum lässt du es nicht einfach hier?« Aber da war ich schon auf der Treppe.

Durch die Tür drang Jonny Cash: *I hurt myself today.*

Dazwischen ein Scharren, dann Schritte, dann öffnete sich die Tür.

Wir starrten uns an.

»Du?«

»Hi, Leviathan. Oder, da wir uns außerhalb des virtuellen Raums befinden: Hi, Claudius!«

Leviathan kratzte sich einen Pickel am Kinn.

»Hat Zoran dich geschickt?«

Er deutete mit dem Daumen nach unten und ich begriff: Zoran – heutiger Telefonwart des AGV.

»Ja«, sagte ich. »Darf ich rein?«

»Warum nicht. Die erste links ist die Küche«, meinte er, als er die Tür hinter mir schloss.

Es war mehr ein Wohnzimmer als eine Küche.

»Mach's dir bequem!« Er deutete auf ein durchgesessenes Ledersofa an einem ovalen Tisch. Ich hockte mich auf einen Stuhl, hängte meine Jacke über die Lehne und sah mich unauffällig nach Spuren von Magda um. Drei Tassen neben der Spüle, ein durchsichtiges Tuch über der Heizung, das ich mir nur schwerlich an Magdas Hals vorstellen konnte, ein dunkler Fleck – vermutlich Kaffee – und eine Handvoll Brotkrümel auf der Tischplatte, alles in allem eine magere Ausbeute.

»Zu wievielt wohnt ihr hier?«

»Aktuell zu zweit. Die anderen beiden sind im Urlaub. Zoran hast du eben unten im Keller getroffen. Trinkst du Filterkaffee oder türkisch?«

»Türkisch. Mit Kardamom, wenn du hast.«

Leviathan hob die Brauen. »Kardamom? Ich weiß nicht ...« Er begann auf einem Regal über der Spüle zu wühlen.

»Es ist egal, mach dir keine Umstände.«

»Nein, nein, warte, wir haben eine Menge Zeug hier.« Er begann die Namen von Gewürzen vorzulesen. »Was machen deine Ermittlungen?«, fragte er mittendrin.

»So gut wie abgeschlossen.«

Er wandte den Kopf. Von seinem Kinn leuchtete der Pickel.

»Ich dachte, du wüsstest vielleicht, wo Ma... Isabella steckt. Von deiner Chefin soll ich dir übrigens ausrichten, dass du dich bei ihr melden sollst. Pronto. Sie schäumt vor Wut.«

Leviathans Mund klappte auf. Er blieb eine Weile so, dann fuhr er fort, das Gewürzregal zu durchsuchen.

»Ah, hier. Allerdings nur Pulver.«

»Pulver ist okay.«

»Ich melde mich nach dem Kaffee in der Klinik. Brauch noch eine Weile, um mich runterzukühlen.«

»Runterkühlen wovon?«

Meine Bekanntschaft mit Magda und die Stippvisite auf seiner Arbeitsstelle schienen ihn nicht sonderlich zu jucken.

Er ließ Wasser in einen Kessel laufen und stellte ihn auf den Herd.

»Davon, dass sie mich verlassen hat. Entschuldige.«

Leviathan verließ die Küche. Als er zurückkehrte, knüllte seine Rechte ein Stofftaschentuch. Mit der anderen Hand griff er nach einer Kaffeepackung.

»Und wo ist sie jetzt?«

»Bei einem Casting. Sie ist in einer Kartei der Babelsberger Studios, die rufen sie manchmal an. Danach wollte sie zu ihren

Eltern oder irgendwo anders hin. Das hat mich nicht mehr so brennend interessiert, wenn du verstehst.«

Ich bemühte mich, gleichmäßig zu atmen. Den Kopf kühl halten. Die Fäden überprüfen, die ich heute Vormittag verknüpft hatte. Mindestens einer war durchgescheuert.

»Ihr Fahrrad steht im Hof.«

Leviathan zuckte die Schultern, ohne sich umzudrehen.

»Dann wird sie wohl mit dem Bus unterwegs sein, oder die haben sie wieder mit dem Taxi abgeholt. Das geht mich nichts mehr an.«

Der Kessel pfiff.

Leviathan goss den Kaffee auf und kam mit zwei dampfenden Tassen an den Tisch.

»Warum?«

»Warum was?«

»Die Trennung.«

»Was denkst du?«, fragte Leviathan mit einem Blick, der mir die Farbe in die Wangen trieb.

»Wenn eine Frau dich nicht mehr will, erzählt sie dir stundenlange Geschichten über die Notwendigkeit der Freiheit für ihre Entwicklung, beklagt sich über Leid, das man ihr angetan hat, und wirft dir, wenn du dich, weil es Ewigkeiten zurückliegt, nicht mehr daran erinnerst, Gleichgültigkeit vor. Das Einzige, was sie auslässt ist, dass sie einen anderen hat. Hoch die Tassen.«

Dem Gefühl nach befand sich der überwiegende Teil meines Blutes inzwischen in meinem Kopf. Und ich hörte Dietmars Stimme sagen:

»Hast du schon einmal daran gedacht, dass deine kleine Sprengmeisterin einfach abgehauen sein könnte?«

Es wäre nicht das erste Mal, im Abhauen hatte Magda Erfahrung.

Um Zeit zu gewinnen, trank ich einen Schluck und zuckte zusammen.

»Zu viel Kardamom?«, fragte Leviathan besorgt. »Oder liegt's am Kaffee? Das sind kenianische Bohnen, direkt vom Erzeuger.«

»Geht schon.« Der zweite Schluck war tatsächlich genießbarer. Ein Kaffeejunkie gewöhnt sich selbst an kenianische Bohnen mit einer Überdosis Kardamom, wobei ich durch die Bitterkeit auch eine leichte Kreuzkümmelnote zu schmecken meinte. Offenbar hatte sich in der Gewürzdose eine indische Mischung befunden, die neben Kardamom noch mindestens fünf andere Zutaten enthielt.

»Ma… Isabella hat die Garnisonkirche gesprengt«, sagte ich ins Blaue.

Leviathan seufzte.

»Warum nennst du sie eigentlich immer Ma… Isabella?«

»Mir gegenüber hat sie sich Magda genannt, es fällt mir schwer, mich umzustellen.«

Über sein Gesicht huschte ein schwaches Lächeln.

»Der Name ihrer Mitbewohnerin. Das passt zu Bella. Warum in die Ferne schweifen?«

»Einem Kumpel gegenüber nannte sie sich Luka.«

»Ihre kleine Schwester. Sie sind Waisen, hat sie dir das erzählt? Nur eine Oma, bei der sie aufgewachsen sind und ein kriegsversehrter Opa.«

»Nein. Dafür wusstest du die ganze Zeit über, dass sie Faust ist, und hast mich trotzdem im Kreis rennen lassen.«

»Tut mir leid, so war die Abmachung. Sie wollte, dass du es selbst herausfindest. Wegen ihrer Torte. Bist du von Zoran unten eigentlich direkt zu mir raufgekommen?«

Ich zögerte kurz. Irgendetwas an seinem Blick störte mich. »Ja.«

»Gut. Zoran ist ein taffer Typ. Gebürtiger Ungar, einer unserer engagiertesten Leute. Er hasst jede Art von Kirche, seit ihm ein Pope mal an die Wäsche wollte.«

»Mit der Sprengung hat er natürlich nichts zu tun.«

»Natürlich nicht«, grinste Leviathan. »Aber er freut sich ein bisschen darüber, das sei ihm gestattet. Der Rest des AGV nebenbei auch. Ich soll dich übrigens von Treber grüßen. Es geht ihm gut in Holland, die haben da Arbeit für die nächsten zehn Jahre. Ich glaub nicht, dass er so schnell zurückkommt.«

Ich zuckte die Achseln.

»Auf der Feier anlässlich des Spatenstichs damals habe ich Isabella und dich kurz nacheinander zum ersten Mal getroffen. Zufall?«

Leviathan sah mich mitleidig an. »Was wir ersinnen, ist des Zufalls Spiel. Shakespeare. Oder anders: Du hast sie zufällig getroffen, was uns erspart hat, dich im Gewühl zu suchen, und wir hatten beide Handys dabei.«

»So einfach?«

»Die einfachsten Spiele sind in der Regel die schönsten.«

»Und der angebliche Anruf von Gisbert im Olga samt deiner Verfolgungstheorie, war der auch Spiel?«

»Na ja. Nennen wir es eine spontane Spielerweiterung. Du warst mir ein bisschen zu verbissen in den AGV, Just. Hättest du Bellas Roman weitergelesen, wär dir klargeworden, dass der Verein nur als falsche Fährte fungiert, aber nein, du wolltest unbedingt sofort hin und rumschnüffeln. Nicht dass wir was zu verbergen hätten, aber Schnüffler nerven. Und du musst zugeben, dass dieser Gisbert eine ideale Vorlage für einen Verfolger abgeliefert hat. Wäre schade gewesen, die ungenutzt zu lassen.«

»Hamlet?«, krächzte ich.

»Ist glücklich mit seiner Umschulung. Geht's dir gut? Du siehst irgendwie käsig aus.«

Das aus seinem Mund. Tatsächlich fühlte ich mich aber auch etwas käsig.

Ich war ein Spielstein, den man beliebig hin und her geschoben hatte. Und jetzt stand ich da, mit schwammigem Hirn, blutendem Herzen, ein Feld vor dem Ziel.

»Das Bekennerschreiben war von dir«, sagte ich langsam.

»Was tut man nicht alles für die Liebste.« Leviathan lehnte sich zurück und streckte die Beine aus. »Als rauskam, dass unter den Trümmern eine Leiche liegt, bekam Bella eine Heidenangst und wollte aussteigen. Aber du hast sie nicht gelassen, du hast immer weitergemacht, obwohl ich, dein Watson, dir davon abgeraten habe. Da hat Watson die Sache selbst in die Hand genommen und den Ball ins Aus geschossen. Ich dachte, wenn du Schwarz auf Weiß liest, dass Faust die Bullen dir vorzieht, dämpft das deinen Eifer nachhaltig. Leider haben die Esel die Unterschrift nicht abgedruckt. Noch Kaffee?«

»Nein. Also halten wir fest: Ma… Isabella hat die Kirche auf dem Gewissen, nicht aber Hohmann.«

Ich atmete ein paar Mal, um die Übelkeit zu verdrängen. Eindeutig, ich fühlte mich käsig.

»Für Hohmann, den frisch niedergelassenen Psychotherapeuten mit der schönen Gattin hat jemand anderes des Zufalls … Spiel ersonnen. Und zwar jemand, der den Termin für die Sprengung gekannt und Hohmann … gehasst hat.«

Leviathan betrachtete mich interessiert.

»Wenn du wissen willst, ob einer von Trebers Bekannten eine Rechnung mit dem Arzt offen hatte, fragst du mich zu viel.«

»Treber oder seine Bekannten sind mir egal.«

Was war nur mit meinem Kopf los. Er fühlte sich an, wie eine Schwimmblase.

»Mir reicht es, über den Tisch zu gucken, da sehe ich einen, dem Hohmann gleich zweimal etwas vor der Nase weggeschnappt hat, das er unbedingt wollte. Erst … eine Frau und dann die … Zulassung für eine eigene Praxis. Einer mit dem gleichen Faible fürs Segeln wie Hohmann, der sich ab und zu wehleidig die Verkaufsanzeigen für Jachten durchliest, die er sich als einfacher Therapeut in einer Tagesklinik nicht leisten kann. Einer, der auch bei warmem Wetter lange Ärmel trägt. Warum? Vielleicht … um das Tattoo zu verbergen, das ihr euch nach dem Törn, auf dem Laetitia sich für Hohmann entschieden hat, stechen lassen habt?«

»Das hätte ich doch längst weggelasert.«

»Gelasert ja, aber nicht längst, sondern erst vor … ein paar Tagen. Und es braucht mehrere Sitzungen, bis ein Tattoo restlos weg ist … wenn es überhaupt klappt. Letzten Mittwoch hat Hohmann einen Interessenten für seine Jacht getroffen. Es war ein Mann, mit dem er nach der Bootsbesichtigung noch gemütlich Wein … Was war in dem Kaffee!«

»Kardamom«, sagte Leviathan, aus dessen Gesicht sich plötzlich ein zweites löste. »Aber er ist sehr stark, er bekommt nicht jedem.«

Ich stemmte mich mühsam hoch.

»Meine Füße … sind eingeschlafen. Und ich muss aufs Klo. Warte hier auf mich, wir sind noch nicht …«

Ich winkte ab und wankte aus der Küche.

»Nebenan!«, rief Leviathan mir hinterher. Oder etwas Ähnliches, außerdem hatte er vergessen zu erklären, was »nebenan« bedeutete. Ich nahm die nächstbeste Tür und stieß gegen ein Waschbecken. Darunter stand ein Papierkorb aus Plastik.

Das Letzte, was ich sah, war eine leere Tablettenschachtel, die mir irgendwie bekannt vorkam. Das Letzte, was ich hörte, war Leviathan, der angewidert sagte: »Verdammt, kannst du nicht ins Klo kotzen wie andere Leute auch?«

»Du …«

»Halt's Maul!«

Das Letzte, was ich klar dachte, war: Magda ist nicht beim Casting.

Dann packte jemand oder etwas mich derb unter den Achseln. Die Greifer eines Baggers vielleicht. Aber kein sehr leistungsstarker. Er hob mich nicht hoch, er schleifte mich nur über unebenes Gelände und warf mich schließlich in eine Baugrube.

Tief … tief … tief hinunter.

Überraschenderweise landete ich relativ weich.

27

Früher habe ich den Tod und seine kleinen Brüder, Ohnmacht und Schlaf, immer für halbwegs sichere Kandidaten gehalten, um den Anstrengungen des Lebens für eine Weile oder für immer zu entgehen.

Abschalten, Ruhe – die Gnade des Nichts.

Weit gefehlt. Beim Schlaf klappt es manchmal, wenn die Bedingungen stimmen, ohnmächtig oder tot war ich vorher nie gewesen, aber seit jenem Erlebnis bin ich auch nicht mehr scharf drauf.

Und die Bedingungen stimmten hinten und vorn nicht.

Ich lag halb neben, halb auf etwas Vertrautem und erlebte, wie die Grube langsam zugeschaufelt wurde. Eine Ladung nach der anderen rieselte Dunkelheit auf mich herab und legte sich schwer auf Kopf und Glieder.

Ich fing an zu schreien, jedoch ohne den Mund zu öffnen. Es war ein Schreien in meinem Inneren, das mich völlig erfüllte, bis mir klar wurde, dass nicht ich schrie, sondern Es. Es hörte nicht auf. Es begann im Hals und setzte sich in meiner Speiseröhre fort. Während ich versank, wurde Es in mir geboren und kletterte mit Krakenarmen in meinen Magen hinab. Dort stellte Es fest, dass Es in der Falle saß. Es tobte. Versuchte sich durch die Schleimhäute zu nagen, fand endlich den schmalen Durchgang zum Darm und wütete in den Zotten weiter. Unfähig mich zu rühren, war ich ihm ausgeliefert. Meine einzige Chance, Es loszuwerden, bestand darin, Es zu erbrechen. Also würgte ich um mein Leben. Doch da war der dunkle Widerstand. So in etwa musste sich die Vorhölle anfühlen. Vielleicht befand ich mich sogar schon in der echten. Wenn, dann konnte ich ohnehin nichts machen, dann waren stärkere Mächte als menschliche am Werk. Ich konnte mich nur ergeben und bereuen: Anja, Manuel, all die Nachlässigkeiten, Grobheiten, Lügen und meinen Hochmut, unter dem ich andere hatte leiden lassen, bis hin zu den bedauernswerten Autoren, denen ich gehässige

Rezensionen geschrieben hatte. Meine Scham war tief und aufrichtig. Und seltsamerweise schienen die Mächte das anzuerkennen.

Sie zogen sich zur Beratung zurück. Bald darauf verstummte das Monster, kroch wieder nach oben, rieb sich ein letztes Mal an meinem Kehlkopf und verließ mich.

Mein Hals schmerzte immer noch, als ich die Augen aufschlug. Zunächst glaubte ich, meine Peiniger holten gerade zum nächsten Schlag aus, in dem sie mich, wie Dickens' Scrooge, mit den Geistern meiner Opfer konfrontierten. Und als Erste hatten sie Anja geschickt.

»Verzeih mir«, röchelte ich.

Anjas Geist wandte den Kopf zu jemandem außerhalb meines Gesichtsfeldes.

»Könnte das Zeug sein Gehirn geschädigt haben?«

»Wenn, dann die Nerven«, antwortete eine Stimme. »Ist aber unwahrscheinlich. Der Arzt sagt, dass er es höchstens eine halbe Stunde intus hatte. Sie haben ihm nicht mal das Blut gespült, nur den Magen ausgepumpt. Bei dem Mädchen sieht's schon anders aus.«

Ein Mädchen. Und was machte die Stimme da? Seit wann führten die Schergen des Teufels den Verdammten ihre Opfer in Gruppen zu, zeigten dann aber nur die Hälfte? Ich bewegte vorsichtig den Kopf.

»Er will wieder mitspielen«, sagte die Stimme und kam näher. Sie gehörte einem Mann in den Fünfzigern, den ich schon mal mit einem Weinglas in der Hand gesehen hatte. Und auf einem S-Bahnhof.

Ich assoziierte ihn mit Kopfschmerzen.

»Na, wie fühlt sich der geschundene Held?«

»Matt.«

Dietmar. Jetzt fiel es mir ein. Dietmar lächelte wie ein liebender Vater. Und auch Anja, nur verhaltener. Demnach lag ich vielleicht doch noch nicht vor meinen Richtern.

»Matt ist angemessen. Deine Bombenlegerfreundin würde ihren Zustand drastischer beschreiben, wenn sie könnte.«

Meine … Magda. Ich war Magda suchen gewesen und bei Leviathan alias Claudius gestrandet. Dem mörderischen Kaiser.

»Ist sie …«

»Ja, sie ist noch, sagen wir mal so. Dank deiner, möchte ich ergänzen. Oder besser: Dank deines Flohs mit dem Ärzteverband und der überzeugenden Neuinszenierung von ›Das Fenster zum Hof‹: Ich betrete jetzt das Haus des Mörders! Nach einigem Überlegen fand ich, dass es nicht schaden könne, nachzukommen. Und sei es nur, um einen unwissenden Bürger vor einem paranoiden Holmesdouble zu schützen. Und wen treffe ich? Eine Frau, die von mir die Haare geschnitten haben will, und einen Mörder, der nach Erbrochenem riecht. Ein aufregendes Haus.«

»Ich dachte, ich liege in einer Baugrube«, krächzte ich.

Dietmar lachte.

»Nah dran. Ein Container, das Haus wird ab nächster Woche saniert, sagt die Frau, die die Haare geschnitten haben will. Schon deshalb hätte er als dauerhaftes Grab für euch beide nicht getaugt, aber als Zwischenlager war er praktisch. Zumal Birthler noch ein Federbett, eine Steppdecke und anderen Plunder auf euch draufgeworfen hatte. Gewiefter Typ. Weißt du, wann er Hohmann den Schlaftrank verabreicht hat? Direkt auf der Baustelle. Auf dem Rückweg von der Jacht fing er an, über seinen alten Gram über die Zurückweisung der schönen Laetitia zugunsten seines Kumpels Hohmann und die Folgen für ihre Freundschaft zu reden. Hohmann mit seinem Promillepegel ist wohl ganz rührselig geworden. Und jetzt pass auf: Als sie ungefähr auf Höhe der Garnisonkirche waren, fiel Birthler plötzlich deren zukünftige Bestimmung als Versöhnungszentrum ein, und er schlug einen Abstecher auf die Baustelle vor, um dort symbolträchtig ihre erneuerte Freundschaft nebst Versöhnung zwischen AGV und Förderkreis zu begießen. Zufällig hatte er dafür sogar einen Flachmann einstecken.

Hohmann war viel zu gefühlsduselig, um sich groß darüber zu wundern, oder darüber, dass der Whisky vielleicht ein bisschen bitter schmeckte, wie Birthler befürchtet hatte. In den entscheidenden Minuten bis zum Einsetzen der Wirkung hat Birthler sich von Hohmann die Baustelle zeigen lassen. Kannst du noch?«

»Hm«, machte ich und bewunderte den fluoreszierenden Schimmer von Anjas Haaren.

»Gut, denn jetzt kommt das Holz. Am Anfang hat Hohmann brav mitgemacht, obwohl er auf der Baustelle auch nicht viel besser Bescheid wusste als Birthler. Aber als er anfing, müde zu werden, wollte er nach Hause. Das konnte Birthler natürlich nicht zulassen, nach seinem Plan sollte Hohmann am Fuß des Turms einschlafen und nicht unterwegs auf dem Fahrrad. Er hat alles Mögliche veranstaltet, um ihn aufzuhalten, am Ende hat er ihm sogar ein Bein gestellt. Aber Hohmann ist wieder auf die Füße gekommen und hat sein Handy aus der Tasche geholt, und als Birthler es ihm weggenommen hat, hat er angefangen zu brüllen. Das ging nun gar nicht. In seiner Panik hat Birthler sich umgesehen, die erstbeste Latte gegriffen und sie seinem Freund über den Schädel gezogen. Dann hat er ihn zurück zum Turm geschleift. Sagt er. Ich dagegen bezweifle stark, dass er ein Gefühl wie Panik überhaupt kennt. Du hättest ihn beim Verhör erleben sollen, kalte Sülze ist nichts dagegen. Er hat sogar versucht, mit der Schneider zu flirten.«

»Erfolgreich?«

»Kommt auf die Sichtweise an.« Dietmar grinste. »Wir haben jetzt jedenfalls ein vollständiges Geständnis. Zumindest fast. Auf die Frage nach den Hintermännern des Attentats hat er dichtgemacht und auf seine Freundin verwiesen. Beziehungsweise Ex-Freundin«, sagte er.

»Von ihr erfahrt ihr auch nichts«, murmelte ich. »Das ist eine Abmachung. Wie hast du sie und mich überhaupt gefunden?«

»Über deinen schwachen Magen und deine Jacke. Sie hing über der Stuhllehne, Birthler war noch nicht dazu gekommen, sie zu entsorgen. Von dort aus musste ich nur noch dem sauren Geruch vom Bad bis zu einem der WG-Fenster folgen, rausgucken und mich über die Hand wundern, die in dem Container darunter unter einem alten Federbett hervorgelugt hat.«

Bei dem Gedanken daran, was ohne Dietmars Einsatz aus Magda und mir geworden wäre, wurde mir schon wieder schlecht. Vielleicht war es aber auch eine Folge des Tubus'.

Dietmar tätschelte meine Schulter.

»Bevor du dich wieder einmal auf einen Fall stürzt, musst du lernen, deine Karten geschickter an fremde Städte anzulegen. Ich freu mich schon auf den nächsten Carcassone-Abend. Gern auch zu viert«, fügte er hinzu und blinzelte Anja zu. Dann beugte er sich zu mir hinunter und flüsterte mir etwas ins Ohr, das meine Wangen zum Glühen brachte.

»Jetzt siehst du schon beinahe wieder gesund aus«, sagte er. In der Tür drehte er sich noch einmal um.

»Apropos: Der Bericht der Gerichtsmedizin enthält eine Kleinigkeit, die mit dem Mord an Hohmann nichts zu tun hat. Aber vielleicht interessiert es euch trotzdem.«

»Er war steril«, sagte Anja.

Dietmar fuhr zusammen. »Unheimlich«, brummte er.

»Nein, Frauengespräche. Auf unserem letzten gemeinsamen Törn hat Laetitia mir erzählt, dass sie sich untersuchen lassen hat, weil sie und Paul sich seit über zwei Jahren vergeblich um ein Kind bemühten. Sie war in Ordnung.«

»Unheimlich«, wiederholte Dietmar und ging.

»Was hat er dir ins Ohr geflüstert?«, fragte Anja, als er draußen war.

»Dass ich mir häufiger die Fingernägel reinigen soll.«

Sie verdrehte die Augen.

»Dass ich dir ein Pizza-Jahresabo im Da Vinci schulde.«

»Klingt gut. Aber das war es auch nicht.«

»Nein.«

Wir sahen uns an.

»Darf ich dich etwas fragen? Mir ist völlig klar, warum du dich damals von mir getrennt hast. Aber warum danach auch vom Lachsack?«

Anja wurde blass.

»Entschuldige«, sagte ich hastig. »Es geht mich nichts an. Vergiss es, tut mir leid.«

Sie sah so verloren aus, dass ich Lust bekam, den Lachsack und mich zusammen ins All zu schießen.

Da das so ohne weiteres nicht möglich war, wiederholte ich: »Bitte entschuldige.«

»Schon gut«, erwiderte sie, öffnete ihre Satteltasche und holte ein abgegriffenes rotes Etui heraus.

»Was ist das?«

»Nähzeug, von Herrn Pachulke mit den besten Genesungswünschen. Er meint, in deinem Bademantel ist über dem Saum ein drei Zentimeter langer Riss. Er kann die Vorstellung, dass du mit einem kaputten Bademantel im Krankenhaus herumläufst, nicht ertragen.«

Gerührt nahm ich das Etui entgegen.

»Streich mal über meine Handfläche!«, forderte Anja mich dabei auf. »Und jetzt über die andere«, als ich es verwundert getan hatte. »Fällt dir etwas auf?«

»Die linke ist glatter.«

Sie setzte sie sich auf mein Bett und legte, ohne mich anzusehen, ihre geöffneten Hände vor mich hin.

Jetzt, wo ich darauf achtete, sah ich, dass sich über die Innenfläche der rechten feine Narben zogen, als wäre die Haut mehrfach aufgeplatzt und wieder zugewachsen. Ich konnte mich nicht erinnern, dass sie sie früher schon gehabt hatte. Und plötzlich begriff ich.

»Wie?«, quetschte ich heraus.

»Herdplatte. Einmal wegen Manuel, einmal nachdem Paul Hohmann mit mir schwimmen war, einmal, weil mich ein Kellner angelächelt hat, und zuletzt nach einer Feier, auf der ein Kollege von Thoralf mich zum Tanzen aufgefordert hat. Angeblich, weil ich vorher mit ihm geflirtet hatte. Wie auch immer: Indem Thoralf meine Hand auf die Herdplatte presste, zeigte er mir, wohin es führt, wenn man mit dem Feuer spielt.«

»Der Typ ist krank!«

»Ja. Aber es ist interessant, wie lange man einem Kranken glaubt, man wäre selbst krank. In seinen Augen war ich eine verkappte Nymphomanin. Hinterher hat er sich immer tränenreich entschuldigt. Bis einer meiner Praktikantinnen der Kragen geplatzt ist und sie mich erst zum Arzt, dann zur Polizei geschleppt hat. Du ahnst, wen ich meine.«

»So schließt sich der Kreis«, murmelte ich und strich über Anjas kaputte Hand. Sie zog sie kichernd weg.

»Auch Narbengewebe ist kitzelig! Luka, ist sie deine Freundin?«

»Du meinst Magda?«

»Ich glaube, genau genommen meinen wir beide Isabella.«

»Nein«, sagte ich. »Isabella ist eine Torte. Und nach allem, was sie getan und eingesteckt hat, und weil sie wirklich talentiert ist, werde ich ihr zu einem Platz im Schaufenster der besten literarischen Konditorei verhelfen.«

Anja runzelte die Stirn. »Muss ich das verstehen?«

»Ach wo. Mir reicht, wenn du verstehst, dass ich verstehe …«

Sie hielt mir den Mund zu.

Und obwohl ich Kopfschmerzen hatte, wurde in den folgenden Minuten aus meinem Einzelzimmer im Bergmann-Klinikum ein Eins-a-Versöhnungszentrum.

© Anne Heinlein

Christine Anlauff, geboren in Potsdam, studierte nach einer Buchhändlerlehre Archäologie und Geschichte. Seit 2005 lebt sie als freischaffende Autorin in ihrer Heimatstadt, wo sie neben Gegenwarts- und Kriminalromanen regelmäßig auch für Rundfunk, Zeitung und Theater schreibt. Zuletzt erschienen von ihr 2014 »Die schönsten Sagen und Legenden aus Potsdam« und der Katzenkrimi »Schnurr mir das Lied vom Tod«. 2010 erhielt Christine Anlauff den Deutschen Katzenkrimi-Preis.

Authentisch und tödlich

Thomas Knauf
Der Golem vom Prenzlauer Berg
Ein Prenzlauer Berg Krimi
9,95 €
ISBN 978-3-89809-526-6

Vor der Synagoge in der Rykestraße wird ein Rabbiner tot aufgefunden. Privatermittler John Klein steht vor einer Bewährungsprobe. Alle Spuren führen zu einem Unbekannten, der skrupellos Beweise vernichtet …

»Knauf erzeugt mit seinen Schilderungen eine reizvolle, mystische Stimmung.«
ekz-Informationsdienst

Ein spannender Fall für Privatschnüffler Klein

Thomas Knauf
Mord hält jung
Ein Prenzlauer Berg Krimi
9,95 €
ISBN 978-3-89809-532-7

John Klein erhält einen unverhofften Anruf: Lotti Rogall meldet sich aus dem Altersheim. Dort sind in den letzten Monaten ungewöhnlich viele Pflegebedürftige eines überraschenden Todes gestorben. Die alte Dame fürchtet um ihr Leben …

»Thomas Knauf, der Pionier des Prenzlauer Berg-Krimis.«
Prenzlauer Berg Nachrichten

Gänsehaut in Friedrichshain

Krause & Winckelkopf
Warschauer
Ein Friedrichshain Krimi
9,95 €
ISBN 978-3-89809-535-8

Ein sechs Monate alter Junge verschwindet am helllichten Tag aus dem Auto seiner Mutter. Erst vor Kurzem wurde das Opfer einer anderen Kindesentführung tot aufgefunden. Treibt ein Serienmörder sein Unwesen in Berlin? Oder kommt der Täter diesmal aus dem Umfeld der Eltern, zwei Musikern der angesagten Band »Warschauer«? Ein Wettlauf mit der Zeit beginnt …

Mörderisches Prenzlauer Berg

Thomas Knauf
Berliner Weiße mit Schuss
Ein Prenzlauer Berg Krimi
9,95 €
ISBN 978-3-89809-527-3

Im Mauerpark wird eine Leiche gefunden. Schnell bestätigt sich die Vermutung, dass es sich bei dem Toten um einen Jugendlichen handelt, der in der Nacht des Mauerfalls spurlos verschwand. John Klein kommt einem dunklen Geheimnis auf die Spur, die bis ins Pankower Rathaus führt und bald weitere Tote fordert …

»Ein aktuelles Thema mit sehr gelungenem Lokalkolorit.«

ekz-Informationsdienst